一个人，遇见一本书

Phoenician
mythology

腓尼基神话

深刻影响古希腊、埃及、罗马神话
注于世间万物之中的瑰丽想象

龚 琛 ○ 著

陕西新华出版传媒集团
陕西人民出版社

图书在版编目（CIP）数据

腓尼基神话 / 龚琛著 . —— 西安：陕西人民出版社，2021.5

ISBN 978-7-224-13897-9

Ⅰ. ①腓⋯ Ⅱ. ①龚⋯ Ⅲ. ①神话—作品集—世界 Ⅳ. ① I17

中国版本图书馆 CIP 数据核字（2020）第 267082 号

出 品 人	宋亚萍
总 策 划	刘景巍
出版统筹	关 宁 韩 琳
策划编辑	王 倩 张启阳
责任编辑	王 凌 晏 黎
封面设计	侣哲峰

腓尼基神话

作　　者	龚 琛
出版发行	陕西新华出版传媒集团　陕西人民出版社
	（西安市北大街 147 号　邮编：710003）
印　　刷	陕西隆昌印刷有限公司
开　　本	787 毫米 ×1092 毫米　1/16
印　　张	16.5
字　　数	215 千字
版　　次	2021 年 5 月第 1 版
印　　次	2022 年 3 月第 2 次印刷
书　　号	ISBN 978-7-224-13897-9
定　　价	59.90 元

如有印装质量问题，请与本社联系调换。电话：029-87205094

前言
PREFACE

两千五百年前,古希腊人希罗多德乘船环游地中海世界。

希罗多德出生于小亚细亚西南海滨的古城哈利卡纳苏,一个名门望族之家,自幼受到良好教育。自从卷入城邦政治旋涡被放逐之后,希罗多德开始了一段跨越欧亚的漫长游历。他一边经商一边旅行,并将自己的所见所闻一一记录下来,编成一部书。

书中非常生动地叙述了西亚、北非以及希腊等不同文明区二十余国度的山川河流、奇风异俗。

这部著作宛如古代地中海世界的"百科全书",记录下希罗多德游历过程中见识到的各民族生活图景,书中提及的地理环境、民族分布、经济生活、政治制度、历史往事、风土人情、宗教信仰和名胜古迹等内容,成为后世了解过去的一面魔镜。

在这部书的第一卷中,希罗多德首先提及波斯帝国入侵希腊世界的旧事,并且借波斯人之口责备了一个挑起战乱的民族:"根据有学识的波斯人的说法,最初引起争端的是腓尼基人……"

腓尼基人就是我们这部书的主人公,关于这个古老民族的历史与神话一直都扑朔迷离,关于他们的记录基本来自他们的敌人——希腊人和罗马人。

在人类历史上很少有征服者不去抹黑被征服者的例子，争夺地中海霸权失败的腓尼基人就被希腊-罗马世界视为品德低劣的民族。

在漫长的时间里，西方人对腓尼基的历史并不感兴趣，腓尼基的文化痕迹也在腓尼基人被征服者同化后消失殆尽。

基于近代的考古发现及人类和文化学的不断进步，笼罩在腓尼基人身上的迷雾终于被逐步驱散。

于是今天的我们终于能够扫清历史的尘埃，梳理记忆的脉络，看清腓尼基人扬帆远航的勇敢身影，知晓腓尼基神话丰富多彩的传说故事。

你会发现这个古老民族曾对世界文明发展做出过怎样的贡献，你会惊叹他们的神话如何启蒙了埃及、希腊和罗马神话。

现在就翻开这本书，走进腓尼基人的精神世界吧……

目录
CONTENTS

第一章
紫色的民族

第一节 礁石上的腓尼基人 002

第二节 航海民族兴起 018

第三节 地中海的霸主 044

第四节 迦太基崛起 070

第五节 迦太基必须毁灭 108

第二章
腓尼基神话体系

第一节 艾尔与众神 140

第二节 阿诗丹特和阿多尼斯 150

第三节 特立独行的阿娜特 162

第四节 巴尔的善与恶 172

第五节 推罗的梅尔戛 192

第六节 人鱼女神阿塔伽提斯 200

第三章
腓尼基神话故事

第一节 被拐走的公主 208

第二节 卡德摩斯的历险 216

第三节 艾丽莎的迦太基 226

第四节 被诸神遗弃的推罗 238

第一章
紫色的民族

腓尼基是对古代地中海东岸一连串城邦小国的统称,它们集中在今天的叙利亚和黎巴嫩海岸线约三百二十公里长的狭长地带。这一区域西临地中海,东倚黎巴嫩山,北接小亚细亚,南连巴勒斯坦,就在这样一块弹丸之地却诞生了古地中海世界的第一个航海和商业霸权。

腓尼基诸国中国王的权力受到城邦长老会议的严格限制,长老会议由大奴隶主把持,城邦的官吏也从富有的贵族奴隶主中选出。

腓尼基这个名字并不是这群城邦小国的自称,就像"埃及"这个词源自希腊语一样,"腓尼基"同样是希腊人对这群地中海东岸异族人的称谓,意思是"紫红之国"。

  在当时的埃及、巴比伦、赫梯和希腊等国度流行穿着红袍，不过这些国家的染色技术不过关，鲜艳的时装很容易会褪色。后来大家发现来自地中海东岸的一些人总是穿着鲜亮的紫红色衣服，那些衣服的颜色似乎永不消退，直到被穿破了颜色也和新的时候一样。

  于是在公元前3000年前的埃及人就称呼这些人为"腓尼赫（紫红色的人）"，后来希腊人沿用埃及人的称呼，怀着羡慕嫉妒恨的心态将这些幸运儿称为腓尼基人。

第一节
礁石上的腓尼基人

首先,腓尼基人从何处来的呢?

考古学证据显示,腓尼基人起源自肥沃的黎凡特新月地带,一般认为腓尼基人是闪米特人中的一支,与古犹太人很有渊源。

公元前3000年起,腓尼基人的祖先迁徙到后来被称为腓尼基海岸的地区,与此地生活了两千年的土著居民胡里特人融合。这些新来的移民选择定居在易守难攻的海边礁石上,并逐步建立起一个个城邦。

研究者们通过考古研究,并对腓尼基人的语言、生活方式和宗教进行考证,认为腓尼基人与黎凡特的其他居民,如他们的近亲和邻居以色列人之间差异很小。

这一论点得到了很多研究《圣经》的学者支持,他们指出犹太人在遭到亚述进攻时曾前往腓尼基海岸避难,后来又因为与腓尼基结盟而遭到罗马人的憎恨和报复。即使在罗马统治时期,犹太人也依旧频繁前往腓尼基故地:"耶稣又离了推罗的境界,经过西顿,就从低加波利境内来到加利利海。"

这里所提及的推罗、西顿都是腓尼基人建立的城市,这些城市沿着今天的以色列、叙利亚和黎巴嫩等国海岸线一字排开,每一个城市都是一个独立的城邦国家。

那么，腓尼基人到何处去了呢?

2004年时，美国国家地理学会赞助了牛津大学的一项人类基因考察项目。项目牵头人是人类基因学家斯宾塞·威尔斯和皮埃尔·札卢亚，这两位分别来自英国和黎巴嫩的科学家经过两年的工作后，在地中海沿岸收集了两千份血液样本。他们将其与从黎巴嫩拉斯基法山洞中发现的四千年前的腓尼基人尸体进行了DNA对比，得出结论：基本可认为腓尼基人的直接后裔就是今天的黎巴嫩人。

也就是说根本不用问腓尼基人后来去哪里了——几千年过去，他们其实根本没有搬过家……

声名狼藉的民族

在大众最为熟知的希腊传说中，腓尼基的传奇起源自一个腓尼基牧人的突发奇想——这人有一天闲得没事干，居然跑到地中海边捡贝壳喂狗。

还有一种说法是狗自己在海滩上叼了个贝壳回来，根本没麻烦主人。

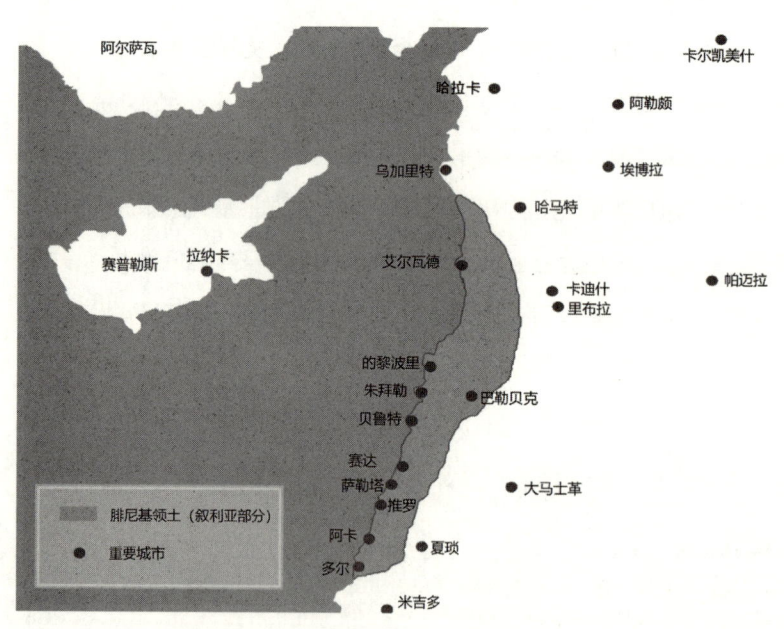

叙利亚附近的腓尼基领土

无论开头是什么，总之结果是这只狗当着牧人的面把贝壳咬得粉碎，随即嘴里喷出一股红色液体。

牧人一看，还以为是狗嘴让贝壳碎片划破了，于是赶紧找清水为爱犬清洗。结果发现这种红色液体并不是狗血，费了半天劲儿，居然无法将其洗掉。

爱动脑筋的牧人仔细观察剩下的贝壳，发现这神秘液体来自贝壳内部的两片软体组织。他把贝壳捣碎后，便得到了纯天然不褪色的紫红色染料……

按照希腊人的说法，腓尼基人自从发现了贝壳染料的奥秘之后便放弃了农业生产，他们是"有钱就变坏，变坏更有钱"的典型，昔日的淳朴牧人成了手握皮鞭的奴隶主，驱使来自非洲的奴隶潜入冰冷的海水中捕捞贝壳制成染料，然后用一艘又一艘的商船将这种神奇的特产行销海外。

当然，为腓尼基人赚取财富的货物清单中并不是只有染料一种。

被腓尼基人贩运到地中海各地的还有象征不朽的黎巴嫩特产雪松，阿拉伯沙漠中的玛瑙、红宝石、碧玉、水晶、黑曜石、彩色长石、雪花石膏、祖母绿和铜矿石，西奈半岛源源不断出产的铜锭和绿松石，近东以及西班牙的白银和天青石，非洲地区的黄金、黑檀木、象牙、紫宝石、玛瑙、碧玉、闪长岩、各种兽皮、香料、油脂、鸵鸟蛋和鸵鸟翎毛以及各种猿猴等奢侈品都借由腓尼基人之手在地中海世界传播流通。

精明的腓尼基人在地中海两岸建立起一个个港口殖民地，它们由小镇和商栈逐渐发展为城邦。凭借这种手段，腓尼基人控制了地中海的霸权。于是从以色列的阿市多得、阿什科隆和厄科隆，黎巴嫩的推罗和西顿，一直到塞浦路斯、西西里、法国和西班牙的海岸线上遍布腓尼基人的踪迹。

在希腊和罗马人的笔下，腓尼基商人待人苛刻，为人狡诈。他们用一船油脂骗取了西班牙人一船白银，冒着船只被超载白银压沉的危险返航；他们唯以榨取利润的手段为标准选择任命总督，致使腓尼基非洲领地的黑人惨遭横征暴敛，苦不堪言；他们不耻于海盗行为，公然在地中海上拦截商船进行抢劫；他们热衷于奴隶买卖，经常诱骗自由人为奴，除了惯于诱拐岸上居民外，还会将靠岸者的船只推入大海，迫使失去退路的可怜人卖身为奴……

希罗多德就留下了如此记载：

当年腓尼基人将埃及和亚述货物运抵希腊的阿尔哥斯王国进行交易，那里是当时希腊最富强之地。

腓尼基货船一直停留在海边，在五六天的时间里就基本上把货物都卖光。

这时候阿尔哥斯国王伊那柯斯的女儿伊奥与一些女伴登上货船，当这些希腊女人站在船尾对着尾货挑挑拣拣时，腓尼基商人们却变了一副嘴脸，朝她们猛扑过去……

大部分的希腊女人跑开了，但仍有一些不幸者被腓尼基人绑架到了埃及，其中就有伊奥公主本人。

随后希腊人以暴易暴跑到腓尼基的推罗抢回了可怜的公主欧罗巴，但在希罗多德笔下这次复仇行为却显得正义凛然……

希腊人和罗马人认为腓尼基人正是依靠这些低劣下作的手段积累了无数财富，以至于推罗城中"堆银如土，堆金如沙"。环地中海世界的其他民族对其恨之入骨却又无可奈何。

他们将腓尼基人描绘成为一种同时威胁东方和西方世界的穷凶极恶之徒：他们认为不能赚钱的人是可耻的，他们可以出卖一切东西去谋取利润；他们是一个毫无教养的野蛮民族，族人全都是无耻的吸血奸商；他们软弱怕死依靠雇佣兵卖命；他们毫无底线地杀害自己的孩子取悦神灵……

总之，希腊人和罗马人眼中的腓尼基人是一个软弱、懒惰、无诚信、残暴的东方民族，他们的消亡是历史的必然，也是正义的惩罚——这一看法一直到19世纪时依然被西欧人全盘接受。

罗马人对腓尼基人的仇视情绪继承自希腊人，并且将希腊人与腓尼基人时而通商时而交战折腾了十几个世纪的复杂关系发展到极致——罗马人不仅从肉体上毁灭了迦太基等腓尼基文明的国度和人民，还将所有被征服城邦的档案和图书焚毁或赠送给自己的非洲蛮族盟友处置。

由于希腊人和罗马人数个世纪以来一直在努力抹杀腓尼基人的历史，导致后世只能从他们单方面的证词来追寻腓尼基人消逝的文明了。

坟墓的证词

如果说希腊人和罗马人对腓尼基的描绘失之偏颇的话，那么真正的腓尼基文化又是什么样的呢？

在一座腓尼基人建造的阿波罗神庙遗址中，出土了一份外形看似完好的档案。这份档案与其他成千上万的卷轴一样，写在自埃及进口的莎草纸上。当时，腓尼基人写好档案之后，小心地卷起莎草纸，并用细绳缠绕，再糊上泥封，加盖上印章。

当时的阿波罗神庙中有无数份这类文件，它们被密密麻麻地排放在一起，以防散开受损。腓尼基人相信，将它们存放在神庙中，太阳神的神圣权威能保证其完整安全地永久留存。

然而这一切努力都在公元前146年化为乌有。当罗马士兵冲进神庙杀死避难者和祭司并洗劫纵火时，千千万万份档案随着整座神庙和城邦一起灰飞烟灭。虽然这份档案幸运地保持了自己的外形，但它内部的莎草纸早已化为灰烬。

千百年来，腓尼基人在历史长河中销声匿迹，无法为自己的名誉辩护。

不过世上没有绝对的事情，尽管罗马人雷厉风行，手段残酷，却无法彻底清除腓尼基人的一切遗产，在历史的边边角角还是留下了腓尼基文明的蛛丝马迹。

腓尼基人虽然以航海与商业立国，但他们在农业、手工业和文学艺术方面也很有成就。

在迦太基城陷落之际，罗马元老院曾特别下令要抢救出一批无价珍宝——对于富甲地中海的迦太基城来说，这样的珍宝会是什么呢？

答案有些出人意料：元老院想要的是迦太基大图书馆中存放的由迦太基人马戈撰写的二十八卷农业名著！这批图书被征服者小心翼翼地护送回罗马，并翻译成拉丁文广为传播。尽管马戈的著作最终未能保存到今天，但史籍中仍然留下了关于这位古代地中海世界的农艺学权威的记载。然而令人遗憾的是，与马戈的著作一同存放在迦太基大图书馆中浩若烟海的腓尼基历史神话及文学著作却只能在烈焰浓烟中与城市一同毁灭了。

虽然迦太基人没能留下只字片语，却通过一个特别的方式向世人讲述着他们的传说——他们留下的许多坟墓。在考古学家看来，坟墓恰恰是回溯时光，走进历史的最佳通道。

因为坟墓是人类文明的独特产物，其建造目的不仅在于安放墓主的遗体，更是为了综合展示墓主生前身份、地位、种族、习惯等，而且不同身份的墓主自然会有不同形制的墓葬。

古埃及新王国时期，腓尼基地区大部分时间是在埃及统治之下，深受埃及文化的影响，贵族奴隶主们不仅照搬来埃及式的石棺和木乃伊制作技术，更将生前享用的生活器具、艺术品等一并埋入坟墓，以备自己在永生的来世继续享用。

在失去历史文献记载的情况下，腓尼基人的坟墓提供了强有力的证词。贵族墓葬里出土的大量随葬品不仅体现当时生产力发展水平和文化特点，更是墓主个人形象的展示舞台：

他是谁？

他生活在什么时代？

他信仰什么？

他喜欢什么？

他经历了什么？

不同时代坟墓中随葬的首饰、生活用品等不仅体现了当时的生产力发展水平，也表现出他们的文化与埃及和希腊等邻近文明相互交融的进程。而壁画和陶器彩绘则生动地表现出墓主生前的生活场景。

通过对坟墓的发掘，一个个墓主形象站立在了考古学者眼前，在充斥着死亡气息的墓穴中，腓尼基人开始复活。

说到这里，就得先讲一讲古埃及史上的一桩盗墓案件。

案件要从法国巴黎卢浮宫博物馆中收藏的一具来历复杂的石棺讲起，据说这具石棺的原来的主人是埃及国王，后来则变成了西顿国王伊什穆纳扎尔二世的长眠睡床。而西顿是腓尼基城邦国家之一，那么为何腓尼基国王会躺在埃及国王的棺材中呢？正是因为盗墓。

埃及人盗墓的历史与他们建造金字塔的历史一样久远，甚至更为久远。埃及人代代口耳相传：神庙中藏有财宝，坟墓里有丰富的陪葬品。但一般来说盗墓贼要的是财宝，很少有人会把石棺偷走。

从三千余年前拉美西斯九世时期一个八人盗墓团伙的供述来看，埃及的盗墓贼一般是这么干的："我们打开了棺材，揭去了覆盖，看到这位国王那庄严的木乃伊颈部戴着一串金质的护身符和许多饰物，头上戴着金面罩。这位国王庄严的木乃伊通身盖着黄金。覆盖物里外都是金银编制的，并且镶嵌着各种宝石。我们剥下这尊神圣庄严的木乃伊身上的金衣，取下他颈上的金护身符和饰物，揭走覆盖的金被。我们还找到了国王的妻子，并把她的木乃伊身上的东西照样剥光。我们还找到了殉葬的金瓶、银瓶和钢瓶，也统统偷走。我们把从这两位神圣木乃伊身上取到的护身符、饰物、覆盖的一切都分成了八份。"

瞧瞧，埃及的盗墓贼一点都不傻，没人会去打石棺的主意——即便真弄来这么拉风的一件赃物，也不好销赃不是？

那么伊什穆纳扎尔二世所使用的石棺又是哪个特立独行的盗墓贼偷来的呢？

公元前525年左右登上王位的伊什穆纳扎尔二世是伊什穆纳扎尔一世之孙，塔布尼特国王和阿玛施塔特王后之子。

在这位少年担任国王的日子里，西顿的事情实际上由他母亲说了算。当时波斯帝国皇帝冈比西斯二世征服了埃及，西顿和其他本属于埃及附庸国的墙头草纷纷改弦易辙归顺了势力滔天的波斯人。

根据希罗多德的记载，当时的埃及第二十六王朝法老是篡位上台的埃及将军雅赫摩斯二世，国家防线完全依靠贪婪无信而又矛盾重重的利比亚和希腊雇佣兵支撑。

冈比西斯二世首先向雅赫摩斯二世索要一名埃及最好的眼科医生，雅赫摩斯二世不敢得罪这个强邻，便从埃及挑选了一名眼科医生强行送到波斯。

埃及人素来不愿离开故土，所以这位心怀不满的眼科医生随即挑唆冈比西斯二世向雅赫摩斯二世求娶公主，因为这样会使波斯皇帝获得埃及王位继承权。

雅赫摩斯二世当然不愿送出女儿，于是便让前任法老阿普里伊的女儿尼特缇丝顶替自己的女儿出嫁——问题是这位公主可是遭到他背叛的前法老的女儿。

尼特缇丝在嫁到波斯之后将事情的经过告诉了冈比西斯二世，冈比西斯二世勃然大怒，决定出征埃及。

就在此时，雅赫摩斯二世的希腊雇佣军首领法涅斯也与他闹翻了，法涅斯不仅丢了工作还差点丢了性命，于是这个被一路追杀的希腊人决定携带大批埃及军事情报投奔冈比西斯二世。

这下冈比西斯二世更加胸有成竹，波斯大军势如破竹。波斯的战舰由西顿等腓尼基国家提供，但是基本上没怎么派上用场。在梵蒂冈博物馆中收藏着一座埃及贵族乌加霍列森尼的雕像，雕像上的铭文记载了这位赛斯城奈特女神神庙的祭司暨埃及海军统帅在波斯人入侵时勾结侵略者葬送自己祖国的行径——铭文来自乌加霍列森尼本人执笔的自传。

当波斯顺利征服埃及之后，忠诚的西顿王国自然也得到了皇帝陛下的欢心，没想到国王伊什穆纳扎尔二世却不幸去世，西顿方面提出想在孟菲斯的墓地中寻找上等大理石材打造棺木——看人家腓尼基人把盗墓说得多优雅。

消息传到冈比西斯二世那里，波斯皇帝一拍大腿说："找什么找，从土里刨一个现成的不就行了吗？"

于是一位长眠在孟菲斯国王谷中的埃及国王从自己的棺中被拖出，沉重的石棺被千里迢迢运到西顿，成就了国际盗墓史上的一桩传奇。

当然，在伊什穆纳扎尔二世墓室铭文中并没有明确提及这具石棺的尴尬来历，但有不少希腊学者将这个传奇的故事作为"波斯昏君冈比西斯二世暴行录"

黎巴嫩南部西顿附近出土，公元前5世纪时西顿国王伊什穆纳扎尔二世的埃及式石棺

西顿国王伊什穆纳扎尔二世墓中的腓尼基铭文

公元前1050年前的石碑上刻下的腓尼基字母的痕迹

的一部分加以传播。

其实这个故事的真实性确实可疑，毕竟以西顿的财力和物力购买或制造石棺不是什么了不得的大事。如果石棺真的来自埃及，那么很有可能是少年国王骤然去世时匆匆购买了来自埃及的殡葬用品罢了。

总之，腓尼基工匠把石棺上的埃及象形文字打磨掉，重新刻上腓尼基文字的咒语铭文，但整具石棺依旧保持着埃及式的风格。从铭文中我们可以看出，虽然当时的腓尼基社会被埃及风俗同化的程度相当深，但伊什穆纳扎尔二世依旧祈求由腓尼基人的神灵阿诗丹特和巴尔来保佑自己的永恒来世不受打扰。

尽管腓尼基人刻下的诅咒和警告似乎全无用处，但这种文字却是他们留给人类文明的珍贵遗产，它是第一种字母文字，对西方文明的形成起到了关键性作用。

腓尼基人受苏美尔、赫梯和埃及文明影响，在楔形文字和象形文字的启发下，以埃及圣书体文字为基础设计出了二十二个腓尼基字母。他们放弃了象形文字的华丽外形，以获得更高的书写效率。

腓尼基文字对爱琴海文明产生了深远的影响，希腊人在腓尼基字母的基础上创造了希腊字母，希腊字母传入意大利后形成了罗马人的文字，罗马征服西方世界时又将这套文字传给周边未开化的蛮族——而所有这些古民族的后裔构成了今天的西方世界。

从这一点看，可以说腓尼基文字是西方文明兴起的基础，但它自己却随着腓尼基人的衰败而逐渐退出历史舞台。

早在伊什穆纳扎尔二世去世前三百年，腓尼基文明就开始走下坡路。到西顿人为少年国王寻求石棺时，希腊人已经在地中海东部占据上风，不断夺取腓尼基的殖民地和市场份额了。

伊什穆纳扎尔二世去世后两个世纪，公元前332年，推罗城被亚历山大大帝摧毁，腓尼基人的名字和文字不再见诸史书；公元前147年，迦太基城被罗马军夷为废墟，腓尼基文明的余脉也彻底断绝……

不过就在伊什穆纳扎尔二世死去时，腓尼基的社会文化出现了新的变化。

黎巴嫩出土的公元前350年腓尼基年轻女性石棺，带有浓厚的希腊风格

由于波斯帝国统治的疆域辽阔，波斯、亚述、埃及和希腊文化得以在腓尼基的海船上汇聚。学者、商人和士兵搭乘满载充满异国情调商品的船只跨越汪洋大海，将不同地区的工艺技术和审美品味传播到新的土地。

逐渐成熟的希腊文化开始深刻影响腓尼基人，他们的石棺造型开始由埃及血统转向希腊风格。

英国伦敦的大英博物馆中藏有一具公元前5世纪后期的腓尼基石棺，这具石棺的雕刻风格明显是埃及式的，但人物造型却开始希腊化。石棺上的墓主有着夸张的圆头，埃及风格的假发整齐地梳理在耳朵后面，巨大的杏仁状眼睛凝视着来访者。整个脸部从容镇定，表明了墓主面对死亡和来世旅程的态度。石棺雕像突出表现了墓主的鼻子以及锐利的烟熏妆式眉毛——这些则体现出了希腊化的现实主义风格。

在这一时期，腓尼基人的葬礼仪式开始被后人知晓，虽然墓穴铭文中留下的文字信息很少，随葬品却越来越多。这些随葬品中包括衣服、家具、首饰、陶器、玩具、乐器、食物和饮品等等，凡是主人生前享用的一切，几乎都要在死后一并带走。

这些商业头脑发达的腓尼基人如其他民族的人一样热爱生活、渴望不朽，他们效仿埃及人的做法，以咒语护符保护自己的坟墓，他们试图以希腊式的手法让自己的形象长留世间。

针对腓尼基城市墓葬遗址的考古学发现表明，腓尼基人渴望拥有来生，并享受不亚于在世时的生活品质。

那些有产者被精心细致地安葬在地下陵墓或石棺墓穴中，整座坟墓通常为一大块厚厚的石板所覆盖。发掘出的随葬品有剃刀刀片、香料、香水瓶、化妆品、小碗、灯具、小雕像和微型祭坛，这些物品显然被认为将会在来生派上用场。此外遗体上还佩戴了护身符，以保护死者免受恶魔侵害。

而在腓尼基贵族墓穴中则拥有错综复杂的结构和贵重的陪葬品，包括金质圆形浮雕、吊坠项链、象牙镜子把手和梳子，大量刻着咒语的瓷釉或彩陶护身符，以及埃及式的圣甲虫宝石护符，等等。这些生活和宗教用品保证了死者可以在巴

腓尼基城邦萨布拉塔遗址

尔的指引下抵达永恒的来世。

腓尼基人的这种丧葬观念明显深受古埃及神话影响,他们相信人死后灵魂会一分为二。其中留在坟墓中陪伴死者遗体的是"内菲什",它使得死者在坟墓中有着与活人一样的饮食需求;死者的精神化身"卢拉"则将离开人间,前往阴间居住。

虽然腓尼基人极少将死者制成木乃伊,但他们会采用类似古埃及的做法:为死者清洗身体并涂上香脂油膏,在脸上涂抹化妆,使之栩栩如生后才做收殓。之后将作为供奉的食物和饮料摆在一个特别的祭坛之上,再组织一场酒宴和一支由哀悼者所组成的送葬队伍。最后在墓志铭中提醒亲属不要忘记墓主灵魂需要日常饮食的祭祀供应,并警告生者不要打开墓穴惊扰死者。

当摆满食物的餐具和酒罐被放入墓室,好让墓主永远不受饥饿和口渴之苦之后,葬礼便到了结束的时刻。哀悼者围绕着墓穴与墓主进行最后的告别,大家揪扯自己的头发,用力拍打胸口放声哭泣,最后用一块巨大的石板将墓穴盖住。

在公元前2世纪初,一位居住在利比亚境内的腓尼基城邦萨布拉塔的有钱人为自己修建了一座规模宏大的陵墓。

这座由当地砂岩石块建成的"豪宅"为三层建筑结构,高度超过二十三米,呈现为一个正面凹陷的金字塔形状。

一座阶梯状基座从地平面延伸至陵墓第一层,这一楼层的三个拐角点矗立着以爱奥尼亚式柱头作为装饰的柱子,它是希腊古典建筑的三种标志性柱式之一。陵墓的正立面由装饰有两只正面相对狮子的假门和描绘有翼日轮的标准埃及风格楣梁组成。陵墓的第二层有一系列雕刻而成的柱间壁,来自腓尼基、埃及和希腊的神灵均位列其上;第三层则是一个金字塔形的塔尖,也是这座建筑物的顶端。

这种集东西方神话、建筑和艺术元素于一身的大杂烩风格的陵墓代表着腓尼基人的审美和世界观:优雅而直白的拿来主义。

尽管腓尼基人饱受希腊人敌视,但当希腊文化占据优势地位时,他们又欣然地接受了这种敌国的文化,主动将其融入自己的生活。腓尼基人一边与希腊人激烈竞争,一边毫无忌讳地说希腊语,撰写研究希腊文学、哲学和神学的著作,身穿希腊式服装，膜拜希腊神祇。

生活在地中海沿岸地区形形色色的民族依靠海洋贸易联系在一起，以商业往来为驱动力，推动商品、人员、技术和思想四处流动。

在两个实力相当的毗邻民族——腓尼基-迦太基与希腊-罗马激烈地争夺殖民地和市场之时，两种文化并没有停下互相影响和渗透的脚步。

可以说腓尼基人是个简单直白的群体，他们曾经真实地生活在地中海世界，虽然不是天使，但绝非恶魔。

第二节
航海民族兴起

有人可能觉得奇怪，既然腓尼基的历史源自公元前3000年，又处于丰饶的黎凡特地区，且深受埃及文化影响，却为何始终没能建立一个像埃及那样强大统一的国家呢？

埃及能够成为一个统一国度，与其得天独厚的地理位置关系巨大。这个国家总体而言嵌在一条长长的峡谷之中，尼罗河以及外围的沙漠构成了一个抵御异族入侵的天然屏障：尼罗河西岸是广袤无垠的撒哈拉大沙漠，尼罗河东岸是干燥荒芜的连绵山地，尼罗河南段在努比亚形成连续六个无法通行的大瀑布，尼罗河北面便是地中海。

这是一个在地理环境上无比安全的文明摇篮，外来入侵者被四面八方的地理屏障所阻拦。

而腓尼基城邦零星分布在地中海沿岸，并没有任何地理屏障保护它们不被异族征服者入侵。

不要说腓尼基，就连一时称霸美索不达米亚的亚述与波斯这等强国，其繁荣也不过一瞬，那种夜郎自大式的"宇宙四方之王"幻觉很快被频繁的异族入侵所打破。

其实这个问题并非腓尼基人独有，与他们相爱相杀多年的希腊人也一样长期处于城邦时代未能统一。

所谓城邦其实就是城市国家，是在一定历史条件下由实行土地公有制的原始公社演化而来的一种公民集体。城邦包括城市和乡村两部分，以城市为政治经济和宗教文化中心。

城邦会不断发展，很大一批城邦是由原有城邦派出的移民建立的新殖民地。希腊城邦之间虽然有相同的文化，但因为各地区经济、政治、文化发展的不平衡，导致虽然出现过许多城邦联盟却始终未能统一。

最终结束希腊城邦时代的，还是亚历山大大帝的长矛利剑。

腓尼基人生活在各自的城邦中，他们的眼界也被小小的城邦所束缚。

从一个城邦看出去只能看到另外的城邦，同族城邦之外则是更远方的异族城邦。所有的城邦都彼此虎视眈眈心怀鬼胎，每个城邦的公民也只能以城邦为政治单位，把自己的城邦视为我的世界，把城邦之外视为征服、支配和剥削的其他世界。于是腓尼基各城邦互争霸权，长期处于分裂状态，没有一个城邦有足够力量能够统一其他城邦。

这既是腓尼基人的悲哀，也形成了他们特殊的民族性格，更是造就腓尼基商业帝国的原因所在——如果想要呼吸更广阔天地的空气，就必须走出去。

黑曜石、青金石和青铜

地中海贸易圈是世界古代文明史上最为活跃的贸易圈，在前古典文明时期，米诺斯人、腓尼基人和希腊人是活跃在地中海沿岸的主要商人群体，他们控制着地中海的贸易。

地中海是腓尼基人最熟悉的大海，在环地中海世界的早期居民口中它被简称为"海"或"大海"。因为无论是犹太人还是希腊人，他们唯一能见到的就是位于三大洲之间的这一片碧海、"地中海"之名也由此而生。

地中海被北面的欧洲大陆、南面的非洲大陆和东面的亚洲大陆包围着，东西共长约四千公里，南北最宽处大约为一千八百公里，面积约为二百五十万平方公里，是世界最大的陆间海。

除了是最大的陆间海，地中海还是世界上最古老的海，它的年龄比大西洋还要老。在这片古老海洋周边催生出一系列古代文明发祥地。属于西方世界的有爱琴文明、古希腊文明和罗马帝国，属于东方世界的有古埃及文明、古巴比伦文明和波斯帝国，除此之外，还有在东西方之间穿针引线的腓尼基文明。

中国社会习惯用"下海"来形容放弃原有职业投身商界的行为，在古代地中海世界，下海也是沿岸民族的不二之选。当航海技术初现雏形之时，地中海沿岸的国家和部族之间已经开始了真正意义上的"国际贸易"。

在被称为"东地中海"的地中海东岸地区，由北向南分别是安纳托利亚半岛、迦南地区、埃及、塞浦路斯岛和爱琴海的部分岛屿。这一区域位于上古世界几大文明的交汇处，形成了贯穿石器时代、青铜时代和铁器时代的国际贸易线路。

在我们中国人熟悉的丝绸之路诞生前，上古时期的东地中海国际贸易以黑曜石、青金石和青铜三种商品最为典型，大约在公元前7000年至公元前4000年之间黑曜石之路出现，大约在公元前5000年至公元前2000年之间青金石之路出

史前时期的黑曜石箭头

青金石原矿

现，大约在公元前4000年至公元前1000年之间青铜之路出现。这三条商路在相当长时间里共存并互有交集，正是这三条商路将地中海沿岸的国家与亚洲腹地联系起来，频繁的物物交换模式催生了环地中海贸易圈。

黑曜石贸易是人类历史上最早的跨区域商业交换活动。这种锋利的石块是岩浆突然冷却后形成的天然琉璃，它具备玻璃的特性，拥有尖锐锋利的贝壳状断面。黑曜石在石器时代是最优秀的石刀刃面和弓箭箭头材料，也是古人类最早使用的石制工具之一。

当生活在地中海周边的原始部落得到这种神奇的石头时，无不激动不已地表示：好方便，好方便！从此后狩猎时杀个野羊，祭祀时宰个俘虏，都能做到一刀割喉啦……

大约在公元前7000年，安纳托利亚、亚美尼亚地区以及爱琴海的米诺斯岛出产的黑曜石就开始被当作交易商品。即使是在金属工具被发明之后，黑曜石也没有失去自己的市场。大家虽然不再需要把黑曜石捆绑在木柄或箭杆上砍砍杀杀了，但很快又开发出黑曜石珠宝和护符的奢侈品属性，保证这种商品拥有长久的市场需求。

黑曜石商路主要分为三条线：安纳托利亚的黑曜石出口到迦南地区、两河流域和塞浦路斯岛；亚美尼亚的黑曜石出口到两河流域和伊朗地区、波斯湾沿岸；米诺斯岛的黑曜石出口到希腊本土和爱琴海诸岛，以及安纳托利亚西部沿海地区的希腊城邦。

青金石是一种不透明的宝石，拉丁语意为"蓝色的石头"。古代两河流域、埃及、希腊的青金石都来源于阿富汗的巴达赫尚地区。两河流域自古以来有戴上青金石首饰便可以与神灵对话的观念，在古埃及的上层阶层更是对这种宝石尤为垂青。

在埃及人人都佩戴首饰，不管是活着还是死去，首饰始终伴随着他们——甚至连受到崇拜的神圣动物也同样佩戴着首饰。因为埃及神话中认为青金石代表保护世人的深蓝色夜空，所以在王室饰品护符中少不了它的存在，所有的埃及国王和王后的木乃伊身上都有青金石护身符相伴，以至于青金石经常作为重要的国礼被西亚国家赠送给埃及国王。

埃及人虽然对青金石极为推崇，但这种昂贵的舶来品并不是人人都能享用的，于是他们发明了人工合成颜料"埃及蓝"作为青金石的廉价替代品。埃及工匠将这种颜料调配成碱性釉料，涂在石英砂胎或石子上烧制成亮晶晶的首饰，于是埃及平民也拥有了能与神灵沟通的天蓝色项饰、耳环、头冠、手镯、手链、指环、腰带、护身符及坠子等饰品。

虽然看起来类似富二代的晚饭是燕窝鱼翅鲍鱼，我的晚饭是燕窝鱼翅鲍鱼味方便面。但埃及蓝好歹让普罗大众也拥有了与神灵对话的心理体验不是？于是它迅速流行，成为埃及对外出口的紧俏商品，由这种颜料产生的贸易沟通了整个东地中海世界，与青金石贸易一起构成了东地中海世界的另一个贸易网。

青铜时代来临之后，延伸到地中海世界的青铜之路表现出更为复杂成熟的特性。

纯铜一般被称为紫铜，它很软，又是电的良导体，经常被用作电线的金属芯使用，例如我们每个人都有的耳机。可想而知这种金属在上古时代并不实用，毕竟那是个动不动就喊打喊杀比赛谁拳头硬的战斗民族时代，恐怕原始部落的先民不大会同意以伴随嘻哈音乐比赛街舞的形式来解决争端。

当紫铜加入其他配料被冶炼成青铜之后就大不一样了，这种新生的合金金属青铜具有熔点低、硬度大、可塑性强、耐磨、耐腐蚀、色泽光亮等特点——简直是金光闪闪的直男专用型战斗合金！地中海世界的乡亲们对青铜真是爱不释手，纷纷高呼：太方便了，太方便了！这下狩猎时杀个野羊，祭祀时宰个俘虏，都能做到"一刀两断"啦！

青铜可以制造食器、酒器、水器、乐器和兵器等诸多生活器具，尤其是青铜武器和铠甲简直为地中海世界带来了军事文化的大革命时代！只有一个小小的问题：俺们这嘎达基本上并不产青铜原料，所以开展国际贸易的需求大大的啊，亲！

上古先民的青铜炼制过程经历了会在冶炼过程中产生剧毒物的黄铜-砷合金之后快速过渡到黄铜-锡合金时代，黄铜贸易和锡贸易也就成为青铜贸易的重要组成部分。塞浦路斯岛、土耳其东南部、伊朗东南部和阿曼半岛是古代著名的铜矿产地，而青铜的另一原料锡的产地主要在安纳托利亚和阿富汗。

在美索不达米亚地区的苏美尔的尼努尔塔神赞美诗中提到了制造青铜的国家，古亚述文献中则记载了往来于安纳托利亚与阿淑尔之间的青铜制品贸易。上古东地中海青铜贸易的特点是以青铜制品与其他商品进行等价交换，亚述帝国就将青铜制品作为向东地中海沿岸小国征收贡品的一项大宗收入。而在这些被征收青铜贡品的小国中，腓尼基人的城邦占据了大多数。

群狼环伺

虽然被希腊人统称为"腓尼克斯"，但腓尼基人真正使用的自称却是"坎奈"。他们将黎凡特和叙利亚以北所有沿海平原的人都视为自己的一分子，也就是迦南之地的居民。

然而，尽管这片区域中的坎奈之子有着共同的语言、文化和宗教传统，却在政治上以城邦为单位自成一体，每一个城市均作为一个独立王国，由一位国王或当地的统治者统治。

大约在公元前30世纪，腓尼基地区的原始部落聚落形成了奴隶制城邦的雏形，后来的著名城邦如乌加里特、阿瓦尔德、毕布勒、西顿、推罗等都是因此而生的。

我们可以参照希腊城邦来理解腓尼基城邦，古代希腊城邦的版图范围比现今的希腊国家要大得多，它是对巴尔干半岛南部、爱琴海诸岛以及小亚细亚西岸的众多奴隶制城邦的总称。古希腊与腓尼基非常类似，它们都不是一个完整意义上的国家，而是由大大小小的奴隶制城邦所组成的集合体。在当时，大一点的城邦面积也不过三千到八千平方公里，人口二十万至三十万；而小的城邦面积就仅有百余平方公里，人口万人左右。

在腓尼基城邦中的自由民贫富分化剧烈，有产阶级在政治上享有特权，公职

腓尼基的海船（浮雕）

海上民族与迦南人融合

腓尼基商船复原绘画

人员根据财产多寡选举出来，城邦会议完全操纵在大奴隶主手中。

腓尼基人生活在沿海多山多雨的肥沃土地上，在经商之前他们就是擅长精耕细作的农夫。腓尼基人的园艺业发达，他们种植葡萄、橄榄和椰枣等经济作物，并且在浅海处捕鱼。

黎巴嫩山出产的雪松和其他珍贵木材令周边国民羡慕，而腓尼基海岸地处西亚海陆交通的枢纽，发达的商业在远古时代便已经萌芽。

自公元前30世纪时起，来自腓尼基城市比布鲁斯的水手就驾驶着弧形船体的海船，将埃及权贵们视为不朽神木的雪松不断运往埃及，所以在埃及神话中称比布鲁斯为神木之国。

在接下来的许多个世纪里，比布鲁斯和其他腓尼基城邦不断在地中海市场往来贩卖奢侈品和大量原材料，逐步为自己赢得了海上商路以及重要的商机。

目前有记载的腓尼基历史大致可以分为三个阶段：第一阶段为埃及时代，大约在公元前28世纪到公元前12世纪；第二阶段是腓尼基时代，大约在公元前1200年到公元前800年；第三阶段是迦太基时代，大约在公元前814年到公元前149年。

在第一阶段，腓尼基地区的迦南人诸城邦在政治上受处于中王国和新王国时代的埃及控制，在文化上与埃及互相影响，但他们并没有形成民族共同体；在第二阶段，由于埃及和克里特的衰弱，新出现的腓尼基人得以独霸地中海；在第三阶段，传统的腓尼基城邦已经衰落，由推罗城邦派生出的海外殖民地迦太基崛起，并成为称霸地中海的强大国家。

在埃及时代和腓尼基时代之间，发生了一起影响深远的"海上民族"入侵事件。正是该事件终结了古埃及的新王朝，也就是帝国时代，并且促成了腓尼基民族的诞生。

海上民族指的是腓力斯丁人等居住在地中海东南沿岸的古代多种族人，他们在巴勒斯坦南部沿海一带建立加沙、阿什杜德等小城邦。

海上民族融入了希腊人的祖先亚该亚人，以及加里亚人、西里西亚人、条克里人等，由海路大肆入侵埃及帝国。

拉美西斯三世击退海上民族的壁画

埃及书吏曾将侵犯国境的腓力斯丁人称作"北部丘陵诸国"的西亚蛮子,这些人拥有铁质长剑和铠甲,装备精良,战斗力凶悍。

在腓力斯丁人的各部落集团中,有些人可能来自西亚西北角的安纳托利亚、塞浦路斯和叙利亚北部,另一些人则来自爱琴海的一些地区,诸如希腊半岛的美塞尼亚、克里特,还有一些则来自意大利南部和西西里岛。

海上民族是一个环地中海区域的多个民族融合过程的产物,他们一边抢掠一边迁徙,后来活跃于历史舞台上的雅典人、吕底亚人、腓尼基人、以色列人、阿拉美亚人、罗马人等都是海上民族迁徙和融合后产生的新种族集团。

根据古埃及的记载,海上民族在大约公元前1200年侵入了黎凡特地区。腓尼基人正是他们与迦南人的后裔。

海上民族入侵黎凡特的同时,也试图进攻垂暮的埃及帝国。

当时统治埃及的是第二十王朝开国君主塞特纳克特的儿子拉美西斯三世。拉美西斯三世统治时期埃及社会繁荣却不稳定,当时希腊世界爆发了特洛伊战争,埃及帝国处于利比亚和海上民族联手入侵的艰难岁月中。

拉美西斯三世击退了来自陆地上的两次大规模入侵,以及一次来自海上的民族武装大迁徙。

拉美西斯三世在自述中认为,第三次抵抗海上入侵者的过程尤为惊心动魄——埃及帝国没有海战优势,他必须将敌人诱入尼罗河河口进行伏击。可如果计划失败,下埃及一定会惨遭蹂躏。因为这是一拨绝望的举族入侵者,他们包括所有的男女老少、牲畜家具,他们急切地希望夺取尼罗河三角洲作为生存空间,而赫梯王国刚刚被他们摧毁。

战斗在拉美西斯三世在位第十二年时打响,埃及舰队成功地把敌人引入了尼罗河两岸陆地上的弓箭手射程之内,密集的箭雨大量杀伤了入侵者。紧接着,拉美西斯三世派出负责接舷战的特别舰队。经过残酷的肉搏战,入侵者被击败了。

拉美西斯三世最后这样总结这次战役:

那些到我的边界的人,他们的种子没有到,他们的心和他们的灵魂完蛋了,直至永远。

那些聚集在海上的人，面向火焰到达海港，一堵金属之墙把他们包围了。

他们的船被拖住，翻倒，他们躺倒在海滩上，尸体从船头到船尾堆积如山，他们所有的物品漂浮在水上。

这次战役是古代防守战的一个成功范例，也是埃及历史上极为惨烈的一次战斗。从第十八王朝开始，帝国的每一次大规模对外战争都是主动出击的。但在第二十王朝时期，埃及帝国总是处于被动防御之中。

连续三场大规模战争打完后，拉美西斯三世为埃及帝国赢得了一段时间的和平和安宁。但帝国人口损失巨大，国库也接近枯竭。

海上民族的掠夺狂潮被拉美西斯三世遏制，但新王朝也从此一蹶不振，走上末路。当海上民族与埃及帝国的身影相继消失后，叙利亚海岸线上的腓尼基人出现了。

正是因为这样，腓尼基人才拥有了极强的航海能力，他们的船只逐渐演化成远洋大船，腓尼基城邦的贸易活动随着他们的航海及造船技术的发展而得到了进一步增强，地中海世界商贸活动的地域范围随之扩展，速度也加快了。

新兴的腓尼基人掌握了利用名为"腓尼克"的北极星进行导航的先进技术，水手们能够在夜间航行于开阔的海面上。他们发明了龙骨技术，并利用死海中丰富的沥青将厚木板并排粘在船壳表面，以确保船的密封性。腓尼基的大型海船外壳呈球根状，实现了储存空间与航速的完美结合。它们靠着巨大的单一横帆与一队队的划桨手，在天气良好的情况下以每天四十公里的航速破浪前进。

在脱胎换骨的大型海船助力下，如推罗、西顿、亚瓦底和贝鲁特等腓尼基城邦纷纷建立起覆盖塞浦路斯、罗德岛、基克拉泽斯、希腊大陆、克里特岛、利比亚海岸和埃及等众多东地中海地区的海上商业网络。

在腓尼基城邦兴起的过程中，它们始终面临着一个群狼环伺的险恶世界：巴勒斯坦和叙利亚素来是埃及不容他人染指的禁脔，埃及每当重新崛起时一般都会软硬兼施地控制这一地区；而先后统治美索不达米亚的赫梯、亚述和波斯等强国也无不对富饶且战略位置显著的腓尼基海岸虎视眈眈。

在经常面对巨大的外部压力的情况下，腓尼基人的自治权和实实在在的繁荣得以延续的关键，就在于那对海洋无与伦比的控制力——维系腓尼基城邦与列强之间邦交关系的核心就在于地中海世界的奢侈品国家贸易。

从美索不达米亚到埃及，能彰显王室权威的一个方式就是牢牢地控制国际贸易往来。停驻在腓尼基城邦港口的外国商人实际上是代表着统治者利益的皇家代理人，外国君主希望自己派往腓尼基城邦的商人能够作为自己的代表得到使者般的待遇，而不光是以私人身份受到他们的东道主所提供的商业和法律上的保护，所以满足周边国家王室对奢侈品的渴求这一点在腓尼基城邦的外交活动中长期占据着核心地位。

有一篇写于埃及二十王朝末期的《乌奴阿蒙历险记》就讲述了这样的故事：底比斯高级祭司温阿蒙被派往比布鲁斯购买雪松木材，这些珍贵的木材将用来制造阿蒙神的太阳船。

这位乌奴阿蒙大人离开底比斯沿着尼罗河水路抵达地中海，再一路航行到比布鲁斯，一路辛苦不说，还霉运当头历经艰难。

乌奴阿蒙首先抵达了腓尼基城邦德尔城，这里的首领贝德尔按照腓尼基人的习惯热情款待了带有官方身份的埃及人，"送给我（乌奴阿蒙）五十条面包、一罐啤酒和一条牛腿"。

按说贝德尔做得很不错了，毕竟乌奴阿蒙又不是来与德尔城做生意的。没想到就在埃及船只停泊期间，乌奴阿蒙的一个水手竟然卷款潜逃，这下埃及使团的旅费和货款都泡了汤。乌奴阿蒙情急之下在德尔城停留了整整九天，每天都向贝德尔追索失窃的钱财。

贝德尔对此的反应可想而知，他很客气地指出：要是你被我领地中的人所偷窃，我自然应该补偿你。但现在偷你钱财的可是你的自己人，这你赖我可不应该了！总之直到乌奴阿蒙一行吃光了五十条面包和一条牛腿后被迫离开时，他一分钱也没要回来……

乌奴阿蒙两手空空地出海后急眼了，走投无路之下他在比布鲁斯附近海上抢劫了一艘腓尼基城邦泰凯尔的货船，将船上的货款一卷而空。

乌奴阿蒙对着愤怒的泰凯尔船长说："你的银子我要扣留，一直到你找到那偷我银子的人！纵使你辩解偷银子的人并不是你，我也要扣留这笔银子！"

虽然对于一个埃及高级祭司而言，做出如此海盗行径也是迫不得已，但这件事也充分说明了地中海海上贸易真实的一面——任何一艘船上的客商都可能在一念之间转为海盗。

乌奴阿蒙抵达比布鲁斯后却立刻遭到了报应——不仅损失了自己的船，更因为他抢劫泰凯尔人违反了腓尼基人的法律而遭到驱逐出境的处罚。

乌奴阿蒙厚着脸皮硬挺着逗留了二十九天——因为没有返回埃及的船只，比布鲁斯人也没法硬把他丢进海里去……结果在第三十天终于得到比布鲁斯王泰克巴奥的召见——国王首先板着脸训斥了乌奴阿蒙的海盗行径，并指出根据腓尼基城邦之间的贸易协定，任何破坏贸易行为的人都要受到惩罚。接下来又重申了比布鲁斯王国的独立地位，他指出自己并非法老的仆人，埃及购买雪松就应该一手交钱一手交货。最后他翻出账本来告诉乌奴阿蒙：您那点可怜的抢劫赃款连买树皮的钱都不够！

乌奴阿蒙只好托人给法老的驸马斯门德斯去信，要来了"四瓮零一罐黄金、五瓮白银、十臂尺王室亚麻衣料、十条上等轻薄亚麻布、五百张牛皮、五百条绳索、二十袋扁豆、三十篮咸鱼"的货款，这才让泰克巴奥同意了这笔交易。

虽然《乌奴阿蒙历险记》中曾提及有些埃及使者在比布鲁斯等待十七年之久都没能完成交易，以至于埋骨异乡，但这种情况一般发生在埃及国内四分五裂国力一落千丈的时候，在正常情况下腓尼基人还是会非常圆滑又现实地对待外国商人的。

整个东地中海世界的政治格局大多是由掌握文字的祭司阶层和手握军权的贵族精英组成头重脚轻的统治体系，那些看似庞大显赫的国度往往因为僵化的体制而反应迟钝，以至于无法战胜任何严峻的社会挑战。

从公元前12世纪开始，每当遭遇巨大的天灾袭击时，来自亚洲和北非各地形形色色、成群结队的游牧民、逃难农民和无主雇佣军就形成毁灭性的洪流。当

威震美索不达米亚的亚述战士

粮食生产因为入侵而停滞、铜和锡的国际贸易因为战乱而停顿的时候，已经存在数千年之久的青铜时代西亚统治者们发现自己既没有足够的谷物养活军队，更没有足够的武器装备应对战争。于是乎赫梯帝国、乌加里特王国等老牌强国彻底烟消云散，而亚述和埃及也变得奄奄一息。

贸易对于地中海世界的国家而言是无比重要的，虽然亚洲和非洲的强大国度可能掌握某种奢侈品原料的来源，但总有更多渴望得到的商品来自隔海相望的地区。腓尼基城邦作为沟通四海的奢侈品集散地，也就成为地中海世界的外交活动中心。

那么是否会有列强试图征服腓尼基人并为己所用呢？可以说即使是有，也主要是象征性的。

对于崛起于西亚的亚述、波斯等大国而言，由于地处内陆，纵使控制了疆域辽阔的国土，对地中海依旧充满了畏惧。埃及人虽然习惯了尼罗河的泛滥，但他们糟糕的造船技术和航海经验让其无缘征服大海。所以最终所有的西亚和北非君主都不得不依靠腓尼基城邦作为贸易中介，努力争取和这个"边境延伸至大海"的航海民族合作。

在公元前9世纪上半叶后期，亚述国王阿苏尔纳西尔帕二世率领大军抵达腓尼基海岸。阿苏尔纳西尔帕二世站在地中海的沙滩上用清澈的海水清洗兵器，并郑重地向神灵献祭。

虽然留着精心修饰的标志性卷髯和头发的亚述战士向来以残暴而著称，但这次进军并不是为了征服和杀戮。从阿苏尔纳西尔帕二世得意扬扬的自夸之词就能看出他此行的真实目的："我收到了腓尼基沿海诸国的效忠和贡品，推罗、西顿、比布鲁斯、马哈拉图、迈祖、凯祖、阿姆茹和大海中央的城市亚瓦底等诸民族之国王纷纷献上了白银、黄金、锡、青铜和青铜器、彩色的亚麻布服装、一只体形巨大的母猴子、一只小母猴、乌木、黄杨木和海洋生物的长牙。总之，他们全部臣服于我！"

阿苏尔纳西尔帕二世的这次进军作秀意味深长，他的做派其实与影响过腓尼基人的埃及、赫梯等国度毫无二致，都是要求腓尼基名义上臣服，实际上纳贡与贸易。

当然亚述人索要的比以往的列强更多，这位君主吹嘘说，大批从腓尼基这样的征服地流入亚述的战利品令他的臣民过上了富足的生活，就连那些最卑贱的臣民也不例外。

亚述王国提出可以保证腓尼基诸城邦的独立，但作为条件，腓尼基人要定期为他们提供足额优质原材料、供应奢侈商品以及服务。这些原材料和奢侈品虽被亚述人自夸为战利品，其实是通过贸易而非征服手段获得的。而他们向腓尼基人索要的服务则是征发腓尼基舰队以充实海军力量——这一点与日后的波斯帝国毫无二致。

对于腓尼基人而言，要满足亚述帝国对资源的巨大需求，就必须勘探开发新的矿产资源，扩展地中海贸易的广度和深度。在这种现实压力之下，腓尼基城邦大大加快了对外拓展殖民地的步伐。

腓尼基城邦中的国王逐步放开对国民的控制，成群结队的商人以大家族为核心建立起"商行"组织。城邦王室利用手中的财富，充当起为商行提供房贷业务的银行角色，而被《圣经》称为"商业亲王"或"海上亲王"的商业家族领袖则组成为国王出谋划策的元老院。

就这样，腓尼基人基于生存权和独立性的考虑，踏上了扩张之路。

向海洋扩张

在希罗多德笔下，腓尼基商人的贸易方式充满了上古时代的浪漫主义作风。他描写腓尼基人的分支——迦太基人与北非进行贸易时尤为有趣：迦太基人在海滩上卸下货物，然后点起火堆升起黑烟，全部返回船上等待回应。对方看到后会来到海滩上评估检视货物，他们在自己心仪的货物旁放上一些金子，然后躲进树林观察。

创作于1620年的《所罗门王接见示巴女王》

这时又轮到迦太基人上场了，他们从船上下来检查金子的质量和重量，如果满意就拿走金子，如果不满意就什么都不做，回船上等。等对方再度来到海滩上，会拿走迦太基人收取了金子的那些货物，然后在未被收取的那些金子上再加一些。这种无言的交易会一直持续到金子的数量使迦太基人满意为止。

但地中海世界的商业行为绝不都是如此浪漫简单的，自古以来往来于地中海的商船就面临着来自大海风暴和劫匪海盗的双重威胁。腓尼基商人一手握着短剑，一手拎着钱袋，他们从公元前10世纪起就开始在自己的货物倾销地开辟出一块块落脚地。随着定居于这些地方的腓尼基人越来越多，这些落脚地便逐渐从货站变成小镇，从小镇变成城市，从而形成了腓尼基城邦在海外建立的殖民点。

渐渐地，移民中的手工艺人和祭司将近东风格的工艺品以及腓尼基神话中的宗教传说带到东地中海及爱琴海各地，以至于这一时期的希腊陶器及金属器皿普遍具有被称为"东方化"的仿近东风格，在克里特岛南部的孔摩斯等地也出现了腓尼基风格的神庙遗迹。

在拓展海外殖民地的热潮中，腓尼基的推罗城邦表现得最为耀眼。早在公元前9世纪的时候，推罗的商人就已经开始拓展海外商路和殖民地了。

推罗是希伯来语的叫法，腓尼基人则自称该城邦为"苏尔"，意为"岩石"。这个城邦在公元前2700年前后由来自南方三十二公里处的西顿城殖民者所建，但它发展迅速，很快在渔业和贸易方面超越了自己的姐妹城邦西顿。

推罗的兴起得益于公元前10世纪至公元前9世纪统治该国的阿比巴尔和希兰一世等几位英明国王强有力的统治，推罗异军突起彻底改变了腓尼基城邦之间的力量平衡。

由海岛和近岛陆地组成的推罗领地曾长期面临着水资源短缺的难题，在阿比巴尔当政时开始在岛上岩石中凿出深水池蓄水，从而解决了用水问题。不过阿比巴尔并不只是个工程师，他还是精明的外交家和手腕娴熟的政客，在他统治时期奠定了推罗对外扩张的国力基础。

到希兰一世上台时，腓尼基的传统宗主国埃及正处于持续没落的第三中间期，而亚述和巴比伦等美索不达米亚强权也在走下坡路，只有犹太人的犹太王国正如日中天。

犹太人大卫王开创了犹太王国，当希兰一世将目光投向这个新兴国度时，大卫和拔示巴之子所罗门正在耶路撒冷的王位上大展拳脚。

根据《圣经·旧约》的记载，大卫王老迈之时，他的第四子亚多尼雅得到将军约押和祭司亚比亚他的支持准备继承王位，而先知拿单、祭司撒督等人支持所罗门即位。经过一番明争暗斗之后所罗门成功即位，他以闪电般的速度消灭了亚多尼雅等政敌，并将亲信分别安插在军政和神庙等要害部门的关键位置上。

大卫王曾希望建立一个从埃及边界直至幼发拉底河的大帝国，所罗门积极实现父亲的梦想，他通过联姻的办法加强自己的地位，为此他娶遍周边国度的公主，甚至包括埃及法老的女儿——埃及法老专程出兵攻占迦南人的迦萨城作为礼物送给女婿所罗门。

当然，所罗门并不光靠做女婿"吃软饭"度日——他自己也统率着精锐的军队，其中尤以战车兵和骑兵出众。

所罗门还是一位精力充沛的行政管理天才，他把以色列原有的十二支派重新划分为十二个行政区，每区任命一名总督管理。以贤明著称的所罗门也是一位有名的诗人，据说他写过一千零五首诗歌，《圣经·旧约》中收录了他创作的《雅歌》和《箴言》。

《雅歌》号称"歌中之歌"，是《圣经》中最神秘、最难解释的一首诗歌。它的全文都在讲述男女之间的相思之苦和欢聚之乐，提及神灵的地方却只有一处。据传这首诗是所罗门自己亲身经历的一段爱情故事：所罗门将自己的一处葡萄园委托给一户以法莲（以色列十二支派之一）人家看守。没想到这家的男孩都懒惰不负责任，把看守葡萄园的责任丢给妹妹书拉密女，还让她负责放养，以至于美丽的女孩被晒得肤色黝黑。有一天，一个俊美的青年牧人经过葡萄园，与书拉密女热情攀谈。

书拉密女勇敢地向牧人示爱：

不要因日头把我晒黑了，就轻看我。我同母的弟兄向我发怒，他们使我看守葡萄园，我自己的葡萄园却没有看守。

我心所爱的啊，求你告诉我，你在何处牧羊，晌午在何处使羊歇卧？

牧人热情回应书拉密女，应许即来迎娶。可他一去不返无音信，旁人都说书拉密女受了牧人的欺骗，而她深信山盟海誓的婚约痴心不改。

在久等良人不来的煎熬中，书拉密女有时会在思念的幻觉中见到自己的所爱："我的爱人有如没药囊，常系在我的胸前；我的爱人像一丛凤仙花，开放在隐基底葡萄园中。"

忽然有一天，犹太王国的使者率领盛大的队伍来到书拉密女家中，宣布奉王命来迎娶她，书拉密女起初愕然不知所对；等她见到所罗门王才知道原来他就是自己心爱的牧人，于是发出喜悦的欢呼："吻我吧，吻我吧！因为你的爱比美酒更香甜！"

当然，希兰一世关注所罗门并不是打算去以诗会友。他看重的是所罗门的国策能为己所用：所罗门选择以商业立国，一切政府机构都为贸易服务。犹太王国缺乏出海良港，它又处在腓尼基与西亚内陆之间狭窄的非沙漠区通道上。

公元前961年，所罗门即位之后，希兰一世是腓尼基诸王中第一个意识到应争取与犹太王国联盟的政治家，他火速派使者携带包括雪松在内的厚重礼物前去祝贺所罗门荣登王位。

在所罗门还没坐稳王位之时，推罗的这种姿态自然赢得了所罗门的感激和友谊。犹太王国与推罗签署了一份长期有效的商业协定，约定由推罗出建材和工匠在耶路撒冷城修建两座大型建筑物：一座用于祭祀以色列人的上帝即耶和华的神庙，另一座是王宫。

由推罗包工包料建造的神庙后来有个名传千古的称号——所罗门圣殿。为了完成这桩上古时代的世纪工程，希兰一世让推罗人倾巢而出，去砍伐黎巴嫩山上的雪松和柏木，他还召集城邦中所有的能工巧匠在采石场里打磨修建神庙用的石块并运往耶路撒冷。与此同时，在推罗-犹太混血的金匠切洛莫斯主持下，大量为圣殿所用的金、银、青铜装饰物被铸造出来。

据史料记载，建成后的所罗门圣殿高踞山巅，坐西朝东，气势雄伟。圣殿大门和所有的廊柱、天花板、门窗全部镶金，灯具、祭器和供奉"摩西十诫"的"约柜"全部用纯金制造。圣殿外边的院子里，有一百个种满莲花的金边水池。

推罗所做的这一切当然不是免费的，犹太王国向自己的盟友支付了巨额白银，每年还向推罗提供超过四十万升小麦和四十二万升橄榄油的供给——这对国土狭小、粮食供应不足的推罗来说是极大的恩惠。

二十年后这两座建筑物竣工，已经结成同盟的两国又重新签订了一份协议：推罗支付四千零八十公斤黄金，从犹太王国购买了位于加利利和阿卡平原的二十座城市——推罗终于拥有了足够养活自己的产粮区！

希兰一世为推罗赢来的不仅是这些明面上的好处，他还使推罗拥有了在犹太王国的独家经商特权，封锁了其他腓尼基城邦进入西亚腹地的商路。

推罗拉着犹太王国一同展开海外冒险活动，由推罗和犹太王国联合组建的探险队深入苏丹和索马里腹地，一路抵达印度洋。当满载着金、银、象牙和宝石的探险队船只归来后，两国均迫切地同意将这一有利可图的事业持续下去。

为了巩固这种联盟，推罗王室还和犹太王室通婚。其中最有名的是推罗国王伊思洛巴尔一世的女儿耶泽贝尔与以色列国王亚哈的婚姻，虽然这一对夫妻是以《圣经·列王记》中的昏君和淫妇反面形象流传后世的……

所罗门当政时期是犹太王国的巅峰期，军队强大，商业繁荣，所罗门圣殿和华美的王宫相继在耶路撒冷建成，因此他被视为古代以色列最伟大的国王。

所罗门去世后，继任的国王大多昏庸无能，犹太王国再度分裂为南部的犹太和北部的以色列两个国家。

所罗门兴建的圣殿被后世的犹太人称为"第一圣殿"，在他去世三百四十四年之后，巴比伦国王尼布甲尼撒的铁骑攻陷了耶路撒冷。征服者赶走了所有犹太人，一把火烧毁了壮丽的所罗门圣殿，繁华一时的耶路撒冷变成一片废墟。

直到巴比伦被波斯帝国灭亡后，犹太人才得以返回故土。他们收拾山顶圣殿废墟中的乱石，在原地砌了一堵墙，并以此为基础建起了"第二圣殿"。

公元70年，罗马帝国镇压犹太民族大起义时将重建的圣殿彻底焚毁，只留下西墙墙基的一段。犹太后人收集残石，在墙基上垒出了一堵墙。此后世界各地的犹太人如能回到耶路撒冷，都会登山回到这面象征犹太信仰和苦难的墙前低声祈祷，因缅怀昔日民族荣光和历史沧桑而悲恸不已——这座山就是圣殿山，这堵墙便是哭墙。

让我们将视线再转回到推罗城邦，已经在外交和贸易方面大获全胜的希兰一世为了加强王权开始进行宗教改革。

希兰一世虽然对兴建所罗门圣殿的工程投入了巨大的热情，但耶和华并不是他信仰的神灵。腓尼基人保持着迦南民族古老的多神教信仰，在他们的万神殿中位居首席的是埃尔和阿舍拉这对造物主夫妇，其次是以众多不同面貌出现的巴尔，这位大神在万物运转中扮演着大管家的角色。

与整个地中海世界悠久的传统一样，在腓尼基人城邦中，王权和神权几乎并驾齐驱，占据着权力结构的中心位置。希兰一世见过太多祭司插手政务导致城邦崩溃的例子，于是他打算把自己的王位与诸神牢牢连接起来。这注定是一次思想和信仰方面的大革命，但他并不打算颠覆现有信仰，而是准备在诸神中安插一个自己人，那就是推罗日后的守护神——城邦之王梅尔戛。

梅尔戛是腓尼基语发音，这位神灵被希腊人称为麦勒卡特。他和他的妻子阿诗丹特被希兰一世册封为推罗城邦和王室的守护神，希兰一世还为这夫妻俩建立了宏伟壮观的新圣殿。

这样一来，在原有的腓尼基神灵名册中出现了专为国王意志服务的神灵。侍奉梅尔戛的祭司是希兰一世的亲信，他们负责将梅尔戛的神话提炼出来，并且与推罗建立的传说相结合，使其从一个腓尼基人普遍信仰的神灵转化为某种意义上的推罗"专属"神灵。

虽然希兰一世的动作不小，不过他并不是第一个这样做的君王。在这方面比布鲁斯城走在前面，在那里人们已经在普遍膜拜"比布鲁斯夫人"巴拉特女神了。与此同时，西顿城邦的国王则将医药之神埃斯穆恩和阿诗丹特女神宣布为王室的监护及保护者，并任命他的直系亲属为祭拜这两位神灵的祭司长。

到了公元前9世纪，最初几十年间在位的推罗国王伊思洛巴尔一世，颇有政治手腕和战略眼光，他以推罗城为中心，建立了遍及小亚细亚、塞浦路斯、亚美尼亚、爱奥尼亚群岛、罗德岛、叙利亚、犹太王国、以色列、阿拉伯及近东的众多地区的庞大贸易网络。

在伊思洛巴尔一世的时代，埃及正处于自己漫长的历史中又一次国力复苏阶段。伊思洛巴尔一世眼看着这个沉睡中的巨人终于从长期的经济昏迷中苏醒过来，立即专门建造了名为"埃及人"的新人工港以促进海外贸易。推罗商人与埃及人建立了新的商业与政治同盟，传统的埃及-腓尼基大规模商业贸易线路就此复苏。

在希兰一世统治时期，推罗与派生出自己的西顿结为城邦联盟，但随着推罗国力的膨胀，西顿逐渐沦为推罗的臣属。称霸南黎凡特地区的推罗-西顿城邦联盟日后将其城市和人民称为"普特"和"波尼姆"，现代学者认为统一的腓尼基民族身份认同正是在这一时期形成的。

随着商业影响力的与日俱增，推罗已经成为其他腓尼基城邦联合开展海外殖民冒险行动的枢纽。

希兰一世时代的推罗还拥有了第一个海外殖民地——位于塞浦路斯岛的基提翁城。希兰一世建立这一殖民点的首要目标是获取塞浦路斯岛丰富的铜矿石，这些矿石在基提翁被冶炼成铜锭后运回推罗。随着移民数量的增加，腓尼基人开始耕种基提翁城周边的肥沃土地，以保证粮食供应。

在此之前，腓尼基商人一般不会在异族人的土地上长久逗留，如希罗多德曾提及的那样，他们卖完货物就离开，所以只建立临时性的商栈。是推罗人改变了腓尼基人先前的海外探险模式，他们与和自己有贸易往来的土著人混居，以便得到生意伙伴的保护。

基提翁等推罗殖民地不断发展，开始被视为推罗的主权领土，由一位直接听命于国王的推罗总督管辖。与此同时，来自推罗的祭司也开始在原住民中传布梅尔戛和阿诗丹特崇拜——直到四百年后，在基提翁货币上仍然能见到梅尔戛的肖像。

由于与殖民地距离遥远，希兰一世便将自己的雕像与梅尔戛神像并列，通过这种方式在殖民地推广信仰，这样被殖民者就会因为对梅尔戛的人间化身——推罗王的敬畏而服从统治，不会轻易产生叛乱之心。这种通过宗教控制殖民地的做法相当有效，成为日后推罗控制海外殖民地的标准模式。

　　当然，这些举措在推广之初自然引起了当地原住民的不满，不过当他们奋起反抗鸠占鹊巢的推罗人之时，则遭到了推罗军队毫不留情的镇压，至此腓尼基人彻底走上了殖民主义的道路。

第三节
地中海的霸主

在希兰一世统治时期,以推罗为首的腓尼基势力达到全盛时期。

腓尼基人知道自己无法与西亚的陆上强国抗衡,所以他们放弃陆地扩张的打算,专注于自己的航海和商业特长,将广阔的海洋视为自己的辽阔国土。

虽然并非每一次都能成功,但他们大体上还是运用臣服和银弹战略使自己免于陆上强国的征服和吞并。但这份"赎身钱"的份额越来越大,逼迫腓尼基人大肆拓展海外殖民地,环绕地中海开发一座座新的移民城邦,就像总公司开设子公司一般拓展自己的势力。

当推罗持续着如日中天的辉煌时,他的盟友犹太人却已经遭遇新巴比伦王国近乎亡国灭种的打击。流亡的犹太人先知对着推罗呼喊:

看哪,你比但以理更有智慧,什么秘事都不能向你隐藏。

你靠自己的智慧聪明得了金银财宝,收入库中。

你靠自己的大智慧和贸易增添资财,又因资财心里高傲。

所以主耶和华如此说,因你居心自比神,我必使外邦人,就是列国中的强暴人临到你这里。他们必拔刀砍坏你用智慧得来的美物,亵渎你的荣光。

他们必使你下坑。你必死在海中,与被杀的人一样……

——《旧约·以西结书》

黄金时代

虽然历史学家们可以解读腓尼基文字，但在研究腓尼基史料的时候也经常感觉头大如斗。原因之一是上古史料缺失严重，而另一个原因则是腓尼基民族拥有奇怪的命名规则。

每一对腓尼基父母在给孩子命名时都会遵从一个古老的民族传统：以腓尼基众神的名字为模板，在有限的姓名储备库中为他们的后代选取名字。

名字对于腓尼基人来说有着非同一般的意义。他们深受埃及文化影响，相信人的生命、命运都和名字相互依存。名字不是一个思维中的抽象概念，而是具备创造与毁灭魔力的实体。名字可以代表一个人的形体和实质，名存人存，名亡人毁。

腓尼基人的名字以词语和短句构成，通常情况下名字中包含神的名字和对神灵能力的描述，以及神灵对人类的垂青喜爱。例如曾令罗马人闻风丧胆的迦太基大将汉尼拔，他的名字其实在腓尼基人中相当常见，意为"巴尔的恩典"；与汉

腓尼基海岸上的推罗

尼拔类似的还有一个大众化的名字叫博德斯塔特,意思是"掌握在阿诗丹特女神的手中"。这两个名字大概相当于英美人名汤姆和玛丽。

当然,腓尼基人的名字也可能有着更为精确的含义,比如用来表明自己的出身。曾有个名为阿比巴尔的女子出现在腓尼基文献中,她的名字意为"我父亲是巴尔"。而阿比巴尔的母亲叫作阿里苏特-巴尔,意为"巴尔的欲望对象"——这让后来的学者普遍推测这位女士可能做过巴尔神庙中的庙妓或女祭司。

除了"我父亲是巴尔"这类以某神孩子自称的名字之外,腓尼基人还将对神灵的赞美直接当成名字,比如"巴尔是万神之王""梅尔戛力大无穷",这样一来,别人称呼自己时也顺便高呼革命口号赞美了诸神,当然很容易取悦神灵好让好运临头了。

腓尼基人的好运还在持续,在推罗最辉煌的日子里,腓尼基人在叙利亚北部的许多商业竞争对手都被亚述所摧毁,他们的贸易网络得到极大拓展。

与此同时,腓尼基人的海外殖民地也迅速发展,如爱琴海埃维亚岛的殖民城邦伊比尼亚和奥尔比亚城都建有坚固的石砌城墙和三层高的箭塔,城中的居民住宅呈环状分布,港口、公共墓地、腓尼基神殿、商栈和手工作坊密布,街道上到处竖立着描绘野生动物、战士和船舶等形象的青铜雕像——这个岛屿盛产铜矿。腓尼基人抵达这里正是为了建立自己的金属冶炼加工中心。

而这些殖民地的母国——全盛时期的推罗城更是壮丽无比。它由陆地上的王城和距陆地不到一点六公里的海上岛城两部分组成。主城面积辽阔,较小的岛城周长不足九千米,人口却有四万人。岛城东面有两个葫芦状港口,北面的叫西顿港,南面的叫埃及港,两港肚大口小,易守难攻。推罗舰队以两港为基地,不断环岛巡逻,戒备森严。

西顿等城邦虽然较推罗稍逊一筹,但也一样气势恢宏,显出富裕非凡。每当风向改变时,在西顿那遍布平顶建筑的街区中便弥漫着贝壳腐烂的恶臭,这是腓尼基人赖以起家的紫色染料带来的副作用。尽管这些作坊都设置在城镇的边缘地带,但由于生产规模极大,以至于仅被丢弃在西顿城外的螺壳贝壳堆积而成的垃圾山高度就超过四十米!

推罗城遗迹

推罗城门

西顿城工坊遗址，著名的腓尼基紫色颜料便诞生于此

奇特的"腓尼克斯"紫取自腓尼基海岸浅水中的骨螺和贝壳这两种软体动物的腮下腺，但腓尼基人并非如希腊人所诽谤的那般逼迫奴隶潜水拾取两种原料——那是外行拍脑袋的想法。

在染料制作工序中，这些螺贝是用特制的渔网从海底捕捞上来的，奴隶们用木棒和铜棍将这些海底软体动物的外壳击碎后摊放在沙滩上暴晒。等干透之后，这些螺肉贝肉被投入特定浓度的盐水中浸泡——这是被腓尼基人严格保密的配方，再提取出紫色的颜料。

其实腓尼基人一般不直接出口染料，在大的腓尼基城镇中由染坊生产两种不同规格的紫色纺织品：将亚麻布直接染色而制成的紫色布匹原料，以及高档的带有刺绣的紫色服装。

腓尼基社会虽然农业发达，但并没有亚麻纺织业，他们的印染行业所需的亚麻布是从埃及进口的，毛织品则自产解决。被运回腓尼基城邦的原料并非只有亚麻布一种，腓尼基人的海船每天带来塞浦路斯的铜锭、安纳托利亚的锡块和西班牙的铝块、铜锭、锡块等，等卸货后又拉着黎巴嫩的木材、北非的象牙制品和以布匹为主的紫红色染料制品等扬帆远航。

我们在上一节反复提及奢侈品对地中海世界各国宫廷的重要性，但并非所有腓尼基城镇出产的商品都与奢侈品有关。在被打捞起的腓尼基失事船只残骸中，人们发现了他们日常航行中所运物资的信息：一块块的铜锭和锡锭，还有盛着油膏、酒和油的容器，以及玻璃、金银首饰和彩陶器等贵重物品、金属工具和武器的残片。

推罗、西顿、比布鲁斯等腓尼基城邦中出产的大量铁制家庭用品和农具，以及铜制投枪和枪头等兵器、彩陶玻璃饰品、橄榄油等油脂也都在大宗出口商品之列。

当然，腓尼基的商业精英在奢侈品制造和贸易方面更是独领风骚。

虽然希腊人一再抱怨腓尼基人奸诈不可信，但他们不得不承认腓尼基商品的质量是无可挑剔的。它们的优良质地得到了包括《圣经》、荷马的《奥德赛》在内的古代文学作品的认可。在荷马的《伊利亚特》中，被伟大的希腊英雄阿喀琉斯当作奖品的一只巨大银杯是"西顿工艺的巅峰之作",它是"世界上最美丽的东西"。而拐带海伦的罪魁祸首——帕里斯的母亲特洛伊王后赫库芭则拥有大量西顿妇女织成的礼服。这些带有华美刺绣的紫红色服装由于过于贵重,以至于一直被放在特洛伊城的王宫宝库中珍藏。

推罗城素来以盛产能工巧匠而著称,来自海外的珍贵原材料由大批的奴隶和牲畜分送到城中的一家家作坊中进行加工:来自叙利亚北部、非洲和印度的象牙被雕刻成精美的家具装饰物和日用器具。作为地中海世界的玻璃和彩陶器生产中心,木匠们能从这里购买到大量彩陶、半宝石和彩色玻璃嵌入雪松等高档木家具中作为装饰。

腓尼基工匠能够按照亚述、巴比伦和埃及等不同文化主题进行设计,让顾客称心满意。西亚和埃及的贵族家中如果不摆几件腓尼基人打造的家具,就会被人瞧不起。

不过,希腊和意大利的客户却对腓尼基的金属制品趋之若鹜。对这些曾经承揽所罗门圣殿金属铸造工作的工匠来说,打几个青铜酒壶或银饭碗当然不在话下。虽然后来的希腊人和罗马人对腓尼基多有诽谤,但他们也承认在金属铸造和制造工艺方面自己被甩出几十条大街……

在一处公元前10世纪的爱琴海埃维亚岛的希腊贵妇墓葬中,女主人的贴身物品是腓尼基制造的精美镀金发髻和金别针。而在陪葬物件中以一个做工精细的镀金青铜碗最引人瞩目,女主人的双手放在这个碗上,似乎在守护自己的财宝,她那泛白破碎的指骨上还套着九个不同样式的腓尼基金戒指。

在介绍腓尼基墓葬文化时我们已经了解到他们对周边文化兼容并蓄的态度,这种思想也充分体现在工艺品生产中。每条抵达异邦的腓尼基商船都会带给客户风格各式各样、摆在一起时令人眼花缭乱的商品。

至于腓尼基出产的金银首饰则是大行于天下的紧俏商品,这些贵金属产品在细节处理艺术方面能让见多识广的埃及人都为之惊叹。在产量惊人的腓尼基首饰中最受欢迎的主题是埃及神话题材。

腓尼基制造的古埃及风格的首饰主要有项饰、耳环、头冠、手镯、手链、指环、腰带、护身符及坠子等种类，它们制作精美装饰复杂，复杂的配色蕴含着浓重的神话象征意义：金色是太阳神的颜色，象征着生命的源泉，代表神的肉体和永恒不灭；银色代表黎明的太阳、月亮、星星；天青石代表保护世人的深蓝色夜空；绿松石、孔雀石和沙漠长石象征尼罗河带来的生命之水；墨绿色碧玉代表再生的力量；红色碧玉则象征着生命。

除了颜色之外，形状也非常重要。埃及风格的护身符一般被制成圣甲虫、生命符号安克、神圣动物、男女神灵、王冠和荷鲁斯之眼等形状，腓尼基人和埃及人都相信依靠它们的魔法力量可以让自己吸收好运气，并驱逐一切厄运、危险的事故、饥渴、毒蛇和恶魔。

虽然早期埃及时只有国王能使用和佩戴金质饰物，因为黄金是"太阳之体"，代表着神圣永恒，后来才逐渐允许祭司和贵族阶层佩戴金质饰物。但在腓尼基人这里显然没有这类等级顾忌，只要顾客出得起钱他们什么质地的货物都卖。

腓尼基的首饰多用金银和半宝石制成，半宝石是介于宝石和石头之间的各种色彩斑斓的矿石，如绿长石、绿松石、孔雀石、石榴石、玉髓、青金石等。除了奢侈品首饰之外，他们还批量制作供应平民的首饰——这类产品一般用彩釉陶珠制成，工匠们将碱性釉料涂在石英砂胎或石子上烧制成亮晶晶的首饰。腓尼基人受埃及人影响也喜欢佩戴各种护身符，就算是最穷苦的奴隶和农民的孩子，也至少拥有陶质戒指和骨质护身符，在这些粗糙的首饰上刻着贝斯神、荷鲁斯之眼以及新月状的太阳神符号，这些符号被认为可以保护携带者免受在阳间潜行的恶魔如夜魔"飞鸟"、"扼杀者"和蛇身恶魔"玛泽"的侵害，这几乎是可怜的父母能给予孩子的唯一保护了……

除了一般的货物之外，腓尼基人还贩卖特殊的商品——奴隶。

腓尼基是当时地中海世界奴隶买卖的集散中心，经由海路和陆路被运送到腓尼基海岸的奴隶中有西班牙的白种人、美索不达米亚的西亚人以及来自北非的黑人。

腓尼基城邦中的奴隶众多，他们有的在主人的田地里服务，有的在手工作坊中工作，有才华者也可经商、航海——这些岗位上的奴隶往往比较受腓尼基人信任，他们的待遇稍好，甚至可以拥有自己的积蓄。

希腊人曾讲述过很多北非和西亚土地上的原始部落居民被腓尼基人掳掠为奴的故事。

曾热情颂扬过质地优良的腓尼基商品的荷马就在《奥德赛》的著名片段中讲了一个人贩子的故事：智勇双全的希腊英雄奥德修斯那忠心耿耿的奴隶猪倌欧迈俄斯曾是一位希腊王子，自幼被父母找来的西顿籍保姆拐走，保姆将他交给了自己的腓尼基商人同伙，最终将这个苦孩子卖给奥德修斯，一直养猪养到老。

不光欧迈俄斯如此，连奥德修斯本人也差点在腓尼基人手中着了道："一个阴险的腓尼基人，一个已经在世界上干下了许许多多伤天害理之事且卑劣无耻的窃贼说服了奥德修斯跟自己一同前往腓尼基的住宅做客，结果这竟然是诱拐奥德修斯准备卖他为奴的诡计！"

当然，荷马写下的这些故事基本都是根据神话传说编的。更多的是为了表达希腊贵族精英对商人的厌恶之情。希腊贵族们希望将自己与唯利是图的商业活动划清界限。与古代希腊一直以来的做法相同，当故事里需要出现一个坏人时，作家们往往喜欢去腓尼基人中"拉壮丁"。

这种普遍存在于希腊人传统认知中的憎恶之情基于"之前就已存在的"对腓尼基人的负面看法而产生，说明即使早在荷马所处的时代，腓尼基人与希腊人之间的商业和殖民竞争就已经相当激烈了。

但有意思的是，当初为黑暗中的希腊人重新点燃文明之火的恰恰是腓尼基人，双方在交恶之前也曾经经历过漫长的蜜月期……

敌友之间

希罗多德所描述的腓尼基人与黑人之间"躲猫猫"式的贸易方式源自一次腓尼基人的航海冒险，但这次冒险的发起者不是推罗或西顿等传统城邦的国王，而是一位埃及法老……

在后期埃及第二十六王朝时代，埃及出现了又一次复兴的态势。腓尼基与埃及的海上贸易再度兴盛，尼科二世大力发展地中海和红海舰队，甚至试图建设连通尼罗河与红海的运河，这就是现代苏伊士运河的滥觞。

尼科二世的海军中坚力量由腓尼基人组成，这些雇佣兵为埃及带来了先进的造船和航海技术，埃及因此拥有了三层桨座的巨大战舰。心花怒放的尼科二世派遣这些腓尼基人远航探险，他认为非洲大陆比埃及大不了多少，所以埃及需要控制从红海出海口到直布罗陀的海上运输线。而腓尼基人此时正好急于找到一条从非洲直通西欧的新航路，一个出钱，一个出人，双方一拍即合。

于是一个由六十艘海船组成的伟大探险舰队出发了，然而航程中的艰难困苦和耗时久远都大大出乎埃及法老与腓尼基人的预料——他们头脑中的非洲实际上只是对北非地区面积的片面认识。

勇敢的腓尼基人从红海出发，经过好望角整整绕非洲航行了一圈。当幸存的船只由直布罗陀海峡返回埃及时，已经是三年后了。

这次跨越一万六千海里的航行不仅是古埃及航海业的巅峰，也是大航海时代之前地中海文明圈中最伟大的一次探险。

正是在这次探险中，腓尼基人接触到了赤道附近的黑人原始部落。其中有一个种族的黑人有着他们从未见过的怪模样：肤色黝黑、嘴唇特厚、鼻孔朝天。这些黑人禁止腓尼基人靠岸接近自己的村落，朝他们丢石头并做出射箭的姿态。腓尼基人只好继续航行，然后在不远处的沙滩上见到了摆放整齐的兽皮和象牙等物品。

正在疑惑的腓尼基人发现沙滩上有一位土著老人，经过艰难的交涉后才明白土著人希望与腓尼基人进行贸易，却又不愿意外人进入自己的村落，所以才想出这个办法。于是腓尼基人将船上的青铜斧头、彩陶饰品等货物搬上沙滩，然后将象牙和兽皮搬上船后离去，并在木板上记录下了这次奇遇。

至于土著人禁止腓尼基船只靠岸的原因，很可能是被船队中那些三层桨座的巨大战舰吓住了。这些战舰是公元前7世纪到公元前4世纪时期在地中海地区具有压倒性优势的先进武器，它巨大的船体能容纳得下分布在两侧三层甲板上的八十名划桨手。

除了人力之外，这种战舰还装备有一大一小两张帆，可以捕捉利用横向吹来的海风，在人力和海风共同作用下，它可以连续完成三百四十公里的长距离航程。这种战舰还装有锐利的青铜冲角，可通过撞击在敌舰侧面制造破洞。除了撞击战术之外，弓箭手和投石兵还能站在船首前甲板上向敌舰水手密集投射。

这种战舰虽然经由腓尼基人之手成为埃及法老的战舰，但它的"知识产权"却属于腓尼基和希腊。

大约在公元前2130年，埃及的古王国时代忽然结束了，那些只关心永恒来世的人间荷鲁斯——埃及国王被推翻，动用举国之力兴建的大金字塔沦为盗匪抢劫的目标。在缺乏史料记载的情况下，古王国的结束显得无比突然，仿佛一夜之间这个神王的国度就在魔法作用下彻底崩溃。

通过对沉积岩的分析，我们已经确定在古王国崩溃的时候，非洲正遭遇严重的旱灾袭击，尼罗河年度洪水水平面不同寻常地低——这表明泛滥没有如期而来，农夫们无地可耕。

埃及地方历史记录和艺术品为那场与古王国崩溃同时发生的大旱灾提供了旁证，古代文献中记载从南方吹来的热风连续刮了几周时间，沙尘暴让人们数日见不到太阳的光辉，农田彻底干燥化为尘埃，尼罗河浅到人们可以赤足蹚过……

不光是埃及在遭难，整个近东地区的历史记录都留下了可怕的旱灾和大饥荒的回忆，外国饥民不顾一切地越过边境，这些疯狂而绝望的难民消耗掉埃及本来就匮乏的粮食和水供给。

虽然中国用"天要下雨娘要嫁人"来表示无可奈何，可偏偏埃及人相信天要下雨河要泛滥都是归国王管的。

一连串的灾难事件让埃及的老少爷们纷纷对信仰神王产生了动摇，控制河流和农业丰收这些事不是他该做的事情吗，为什么住在大房子里的国王不使用他的魔法解决这些问题？是他懈怠渎职，还是他根本不是真正的拉神之子？

在每个地方的百姓眼中，能保护水和粮食不被夺走，能够保护他们活下去的人，就是他们的国王。于是古王国就这样彻底解体了，上下埃及分裂成由很多强有力的首领控制的小王国。除了抵御入侵者和确保地盘安全之外，金字塔、艺术等一切与生存无关的事情全部被停下来，哪怕是对神灵如此虔诚的埃及人，此刻唯一祈求的也只有生存。

乱世之中人不如狗，所有的史料都是模糊的，后世的研究者甚至不能明确这个中间期到底有多长。目前的估计是从一百四十年到二百年不等。没人知道上下埃及经历过多少次城头变换大王旗的王位更迭，这些所谓的国王数量是一个谜。在一些古代留下的只言片语中我们可以窥见一个又一个人闪电般称王又覆灭，有时候几个人同时宣称自己控制了整个埃及，但所有这些人的影响力都没能超出孟菲斯的城门一步。

这场被天灾人祸持续打击的埃及大混乱时代持续了一个半世纪之久，它被历史学家称为"第一中间期"。在此期间下埃及所在的尼罗河三角洲受到近东涌来的难民冲击，这些难民成分复杂，有埃及东北部国境附近的异族人，也有来自巴勒斯坦的迦南人难民，甚至还有沿着底格里斯河-幼发拉底河地区的赫梯等游牧民族入侵者，犹如一个史前"联合国部队"。

在亚洲人和利比亚人的入侵洪流面前，埃及的政府机构土崩瓦解，统治者抛弃自己的土地和人民一路向南逃去。被遗弃的埃及人惶然无措，他们不愿离开自己的国度，甚至不愿离开自己的家乡。但在大灾变之前，很多埃及人也离开了尼罗河的怀抱。不久之后具有强烈近东-埃及文化风格的克里特文明诞生了，人们一直猜测这是第一中间期逃离故土的埃及人移民克里特的结果，而克里特文明就是照亮希腊文明的第一缕曙光。

说起希腊文明，不能不提到克里特这个名字。

克里特文明因克里特岛上发现的遗迹而得名。克里特岛位于爱琴海南部，距离埃及约三百公里，距离希腊本土一百余公里，爱琴海文明正是起源自克里特岛。克里特遗迹中发现的人翻牛壁画与赫梯文明陶罐上绘制的人翻牛画如出一辙，而他们的壁画用色和绘画手法又完全是埃及绘画的翻版。

历史学家推测克里特岛上的居民祖先来自西亚和埃及，这些移民发展出灿烂的青铜文化，但因为公元前14世纪的一场剧烈的火山喷发而一蹶不振，最终被希

克里特文明留下的壁画

腊伯罗奔尼撒地区亚该亚人建立的迈锡尼文明吸收并灭亡，只留下空荡荡的遗迹和无法破解的线形文字。

与克里特文明比起来，迈锡尼文明留下的艺术品和建筑遗迹无不透露出"傻大粗笨"的气息，迈锡尼征服克里特其实是野蛮战胜文明的一个例证。

那么这些亚该亚人又是从哪里冒出来的呢？按照埃及人的记载，他们就是曾经入侵过埃及的海上民族中的一支。亚该亚人可谓是上古时代的战斗民族，他们向海外扩张的势头十分猛烈：他们伙同利比亚人进攻埃及本土，又与加里亚人等巴尔干半岛上的蛮族一起入侵巴勒斯坦-叙利亚地区，并形成了一个被称为腓力斯丁人的混血民族。

古代希腊人称腓力斯丁人的居住地为巴勒斯坦，意即腓力斯丁人的国家，这就是巴勒斯坦地名的由来。亚该亚人还曾渡过地中海向北进攻小亚细亚西北部的特洛伊，此次战役就是后来被荷马写入《伊利亚特》和《奥德赛》而传诸后世的史诗——希腊联军统帅阿伽门农正是迈锡尼的国王。

讲到这里，大概理清了希腊人和腓尼基人的渊源——正是海上民族入侵地中海世界后与迦南人相互同化而诞生了腓尼基人，而这些入侵者中的亚该亚人又是希腊人的祖先。

海上民族入侵地中海世界并不是短暂现象，到了公元前12世纪时，亚该亚人遇到了比他们强悍的战斗民族——从南俄草原起源的多利安人。这些更加勇猛的移民一路迁移至伯罗奔尼撒后彻底灭亡了已衰落的迈锡尼文明，他们的后代则建立了著名的斯巴达城邦。

当希腊文明再度复兴后，从希腊驾船远航开拓地中海贸易的商人经常会遇到一些与自己语言类似的城邦，这些城邦分布在地中海东部沿岸，居民就是数百年前逃离希腊的迈锡尼遗民。

迈锡尼文明毁灭之后，希腊进入所谓文明中断的黑暗时期，他们的线形文字失传，但爱琴海文明并没有彻底灭亡，迈锡尼文明残留下来的宗教传说成为后来希腊神话的起源，而促成这一切的又是腓尼基人。

在希腊文明陷入黑暗之时，腓尼基人开辟了往返于希腊半岛、西西里岛、撒丁岛、巴利阿里群岛、伊比利亚半岛、加那利群岛的航线，他们的船只定期往来于北非、累范特、希腊半岛和地中海各个岛屿。

直到公元前8世纪时为止，希腊半岛以及地中海上那些贫困的希腊城邦在腓尼基贸易网中还显得微不足道，那里的人只能拿出陶器来与腓尼基人交易。而西班牙的原住民却能提供亚述不断向推罗索取的白银和鱼露———一种用腐烂的鲭鱼与醋混合制成的调味品，它的刺激性味道被地中海世界的人视为美味佳肴，更不要说埃及的纺织品和西非的象牙、兽皮以及奴隶了。

不过，腓尼基人没有放弃与希腊人的贸易往来，因为他们发现亚述帝国对希腊陶器的需求在不断增长，因此打算控制这个市场。腓尼基商船运给希腊人的除了奢侈品之外，还有埃及的笔、墨水和纸莎草，也传给他们先进的手工工艺和源自迦南宗教的腓尼基神话。尽管腓尼基人是为了做生意，并未打算做希腊人的文化教师，但希腊文学作品、语言、宗教仪式和艺术的许多方面都已经潜移默化地受到了腓尼基文化的重大影响。没有这些埃及和腓尼基的商品，希腊文明不可能走出黑暗时代。他们从腓尼基人那里学到了造船、建筑和金属冶炼等等技术，但其中最重要的一项则是文字。

腓尼基字母的主要优点在于它可以通过死记硬背来掌握，这也使得异族人便于掌握这一文明成果。在公元前11世纪时希腊人已经根据腓尼基文字改进出希腊字母的雏形，目前发现的最早的希腊字母样本源自公元前8世纪中叶，它们被刻写在埃维亚岛勒夫坎第遗址的陶器碎片上。

希腊人不仅将二十二个腓尼基字母改进为二十四个希腊字母，并增加了有明确发音的元音字母。在此之前，腓尼基文字、埃及文字等都以表义为主，发音只能靠上下文推断，元音的出现使得文字拥有了精确的表音功能。

除了文化和商品之外，腓尼基人还将与海上贸易有关的新概念传入希腊——如有息贷款、海上保险、商业投机联合融资、储蓄业务、度量衡等都被希腊人所接受。腓尼基人实际上充当了把近东的先进文化与经济传播到希腊地区的桥梁，于是从公元前800年开始，辉煌的古希腊文明开始起步。

早期腓尼基与希腊文化的融合为这两个族群在地中海世界的合作打下了基

础，三层桨座战舰的发明就是其中的典范。但地中海上那些沿着北非、萨丁尼亚岛、马耳他岛和巴利阿里群岛建立的腓尼基殖民地已经在繁荣的地中海贸易线上连成一根链条。这些殖民地不光促进了贸易，还起到隔断地中海南部的海上防线的作用。它是一条隐形的贸易和军事封锁线，当快速发展起来的希腊人已经成为腓尼基人的商业竞争对手时，他们发现自己被腓尼基人死死挡在了地中海贸易中利润最丰厚的金属矿石市场之外。

于是一对亲密的贸易伙伴逐渐滑向漫长的竞争和战争之中。

推罗的陷落

推罗的辉煌一直持续到公元前8世纪的最后数十年，它成为腓尼基人向地中海西部进行贸易扩张的大赢家。从塞浦路斯到西班牙的殖民地和商业网点不停地向推罗输入贵金属，以供应亚述帝国，才勉强让推罗人得以保持他们脆弱的独立地位。

当推罗向左右望去时，发现自己的兄弟城邦都已被亚述吞并，这种孤独令推罗统治者不寒而栗。

从公元前8世纪30年代开始当政的提格拉斯皮尔斯三世一改先王允许缴纳沉重贡赋的腓尼基人自治政策，他认为将这些会下金蛋的母鸡直接握在手里更合适。

当亚述的大军陆续攻占腓尼基城市时，推罗人鼓起勇气参加了腓尼基反亚述联盟。亚述的统治是异常血腥残暴的，亚述军队所到之处都被焚烧破坏，财物被掠夺，居民被屠杀或掳走为奴，可以说是彻底的三光政策。由于亚述人的暴行，犹太人将亚述首都尼尼微称为"血腥的狮穴"。

于是当推罗人看到自己的几个城市被亚述的虎狼之师轻松攻陷后，立刻选择投降并交纳巨额黄金向提格拉斯皮尔斯三世谢罪：陛下，我们错了，看在金子分上原谅我们吧……

提格拉斯皮尔斯三世想了想如果消灭推罗似乎没把握让地中海贸易网有效运转，于是收下黄金后说了一句：好，都在金子里了，走一个……

推罗失败的反抗换来了亚述行政官员更严格的监管，亚述的征税官坐镇推罗岛城著名的双子港中，对木材之类的产品强制性征收高额关税，以确保腓尼基商人无法和正与亚述为敌的埃及进行贸易。

于是推罗人小心翼翼维持数百年的独立开始逐渐崩溃，每当他们忍受不了这种压迫而反抗起义时，都会导致亚述对他们施加更加窒息性的政策进行惩罚。

公元前701年，推罗的统治者卢利与犹太国王希西家在埃及第二十五朝法老的鼓动下联手发动了反亚述大起义，埃及倾力支持这次起义，从巴勒斯坦到叙利亚，各地都举起了叛旗。

时任亚述国王的辛那赫里布手里拥有一支无比复杂的铁器时代军队，兵种众多，有战车兵、骑兵、重装步兵、轻装步兵、攻城兵、辎重兵、工兵等，仅弓箭手就分了四个档次！

这支强大的亚述军队采用迂回战术，击败了埃及援军后猛攻推罗。当卢利按照传统放弃陆地主城退守岛城时，却发现辛那赫里布居然不像以前的亚述君主一样劫掠后就撤回，于是一场长达五年之久的围城战就此开始。

最终西顿等已经不在推罗控制之下的腓尼基城邦给亚述提供了六十余艘战舰参加围攻，万念俱灰的卢利与他的家人、仆从一道挤进一艘船里逃往塞浦路斯。

推罗陷落后，辛那赫里布率军从三个方向围攻耶路撒冷。但就在犹太王国危在旦夕时，亚述军内发生瘟疫，被迫停战，犹太人以大量的贡品换得了耶路撒冷的平安。

推罗陷落直接导致了其在腓尼基海岸和塞浦路斯的领地发生了一连串叛乱，致使塞浦路斯最终为亚述人吞并。

在此之后，推罗只在名义上是个独立自主的王国，但城邦的一切权力都被亚述派驻的总督掌控。在没有亚述官员在场监督的情况下，推罗国王甚至无权拆开写给自己的信件。

此时吞并推罗对于亚述而言已如探囊取物，但亚述统治者还是抑制住了将推罗与亚瓦底、比布鲁斯这三个硕果仅存的独立王国并入亚述本土的念头，这时其余腓尼基的领土已经被划分成亚述的三个行省。

为实用主义所支配的亚述统治者虽然残暴却很理性，他们不愿冒令推罗在地中海西部的贸易网络瓦解的风险——这一网络因为推罗殖民地的叛乱已经大为动摇了，如果崩溃的话，又有谁能提供亚述需要的大量白银和其他金属呢？如果失去了这笔收入，亚述国王如何才能维持保证广阔领土统治的开销。

如果贸然吞并推罗的话，自希兰一世时代起延续下来的梅尔戛-推罗王的神权和王权合一模式也会被打破，那么所有推罗的海外殖民地反而会脱离亚述的掌控。

在公元前5世纪初大流士一世在位时，波斯帝国不断西进，占据了西亚和北非。

大流士一世在年轻的时候，历经十八场苦战扫清了八个割据势力才重新统一了波斯帝国，所以狂妄地自称"王中之王，诸国之王"。不管别国认可不认可，反正波斯人认可这一点，他们把大流士尊称为"铁血大帝"。

其实大流士一世在政治上还是比较开明的，他让各被征服地区在承认波斯皇帝最高权威的基础上，实行区域民族自治。而且允许各自治地有自己的法律体系。例如被征服的埃及仍旧沿用古埃及法律，巴比伦和犹太地区则分别保留了《汉穆拉比法典》和《圣经》的法律内容，推罗等腓尼基海岸的城邦国家自然也得到了同样的自治待遇。

顺便说一句，大流士一世还是位拜火教教徒，他把拜火教定为国教，却又容许各民族保持自己的宗教信仰，这是极为难得的宽容之举。

不过对于那些仍旧保持着独立的国家而言，民族自治毕竟比不上民族独立。所以在公元前490年，波斯军队进军古希腊时便遭到了迎头痛击。当时大流士一世派军横渡爱琴海，在距雅典城东北四十公里的马拉松平原登陆。马拉松这个名字的意思是"多茴香的"，因古代此地生长着众多茴香树而得名，不过在波斯军队抵达之后此处就是"多大兵的"地方了。

马拉松一战中两万波斯军队被一万一千希腊联军击败，有六千四百名波斯人归于尘土。据说雅典将军米勒狄在战斗结束后，派一个叫菲迪皮得斯的士兵回去报信。飞毛腿菲迪皮得斯先生一路飞奔回到雅典，跑到雅典城后他只说了一句"我们胜利了！"就倒在地上累死了。

为了纪念这一事件，在1896年举行的第一届现代奥林匹克运动会上，设立了马拉松赛跑这个项目，把当年菲迪皮得斯送信时跑的里程规定为赛跑的距离。

希腊与波斯的冲突持续到公元前478年，精疲力竭的战争双方签订了卡里阿斯和约，波斯帝国从此承认小亚细亚之希腊城邦的独立地位，并且将军队撤出爱琴海与黑海地区。

此后希腊世界陷入持续数十年的伯罗奔尼撒战争中，希腊城邦两巨头雅典和斯巴达两败俱伤，最后底比斯占据了上风。

底比斯有一支很独特的精锐部队——底比斯圣队，他们由一百五十对同性恋伴侣组成。这支部队是底比斯军队的精英，他们作为先锋在留克特拉战役中击败了凶悍无比的斯巴达。据说底比斯圣队中的情侣之间配合默契，一旦伴侣死伤，剩下的一个会疯狂地攻击敌军报仇。除此之外，底比斯的重装步兵还采取了新的战术队形，他们用厚达五十列的队形冲散了只有十二列的传统斯巴达队形。斯巴达国王和他的卫队全被杀死，底比斯夺取了新的霸主地位。

趁此良机，不起眼的小国马其顿开始崛起。经过一系列战争，马其顿征服了希腊各城邦。

马其顿本是一个处于希腊文化圈边缘的半开化小国，自从菲利普二世登上王位之后，经过二十多年的励精图治，打造了一个强大的马其顿王国。

菲利普二世训练出战斗力很强的"马其顿方阵"，并建立了强大的海军。他利用希腊城邦之间的矛盾，在公元前338年喀罗尼亚一役中大胜希腊联军，连大名鼎鼎的底比斯圣队也在喀罗尼亚战役中被马其顿军队全部歼灭。

第二年在科林斯召开全希腊会议，成立了以马其顿为主导的科林斯同盟，确立了菲利普二世对希腊诸城邦的控制权。

公元前336年，菲利普二世的儿子，同时也是西方历史上最伟大的君王登上历史舞台，他就是亚历山大大帝。而属于腓尼基文明霸主推罗的时间也随着亚历山大的到来而到了尽头——公元前332年，这个可怕的敌人给推罗这座古老城邦带来了终结时刻。

让我们先回到公元前336年夏，马其顿国王菲利普二世在女儿的婚礼上突然被侍卫保萨尼阿斯刺杀，刚满二十岁的亚历山大继承了王位。关于菲利普凶案主谋的谣言在马其顿掀起不小的风浪，毕竟这起谋杀案的凶手在行刺后立即自杀，使整个案件成了无头悬案。

粗看起来波斯皇帝大流士三世可能是幕后黑手，毕竟菲利普二世不死的话波斯即会遭遇战祸。不过马其顿国内的情况也很微妙：菲利普二世与喜欢与蛇共眠的奥林匹亚王后感情不和，后来干脆宣布离婚，连带着嫌弃长子亚历山大。他新娶的妻子又生了儿子，这种情况也逼得前王后不得不有所举动——奥林匹亚是伊庇鲁斯的公主，保萨尼阿斯也是伊庇鲁斯人。菲利普二世死后，他新娶的妻子及其幼子，连同娘家的一堆亲戚，都被奥林匹亚杀光，这也说明了很多问题。总之，菲利普二世虽然死得不明不白，却成就了一位更伟大的君王。

菲利普二世一死，屈服于马其顿的希腊各城邦和色雷斯、伊利里亚等地的一些部落纷纷乘机发动叛乱或宣布独立。

年轻的亚历山大首先率军进至巴尔干半岛北部，征服了背叛自己的伊利里亚诸部落，把色雷斯人击退至多瑙河滨。此时底比斯也举起了叛旗，他们的间谍四处散播亚历山大在多瑙河阵亡的谣言，在马其顿国内外掀起了轩然大波。

然而亚历山大的反应快得出乎希腊人意料，马其顿的大军以闪电般的速度出现在底比斯城下。有圣队保护的时候底比斯都打不过马其顿，更别说现在了。城市转眼就被攻破，亚历山大先是一通抢掠，然后又放了把火把底比斯烧成一片焦土。除了少数与马其顿交好的人外，全部居民都被变卖为奴。

底比斯的毁灭是一剂使人清醒的良药，希腊各城邦望风归降，连雅典也派代表来祈求宽恕，并敬赠亚历山大荣誉市民称号，全然不顾昔日霸主的颜面。

亚历山大这样做纯粹是杀鸡给猴看，转眼间希腊便成为马其顿稳固的大后方，他可以全心全意开始做自己最感兴趣的事情了——征服整个东方。

亚历山大远征波斯的借口正是菲利普二世谋杀案件，如此一来也洗清了自己

马其顿国王菲利普二世遇刺后，年轻的亚历山大王子继位为王

古希腊壁画，亚历山大大帝扑向逃跑中的大流士三世

母亲的嫌疑。

出征之前，亚历山大把自己所有的财产分赠他人。当时有位将领问他："你把什么留给自己呢？"亚历山大傲然答道："希望！"就这样，亚历山大怀着对财富和权力的无尽渴望，踏上了千里迢迢的征程。

公元前334年春，亚历山大渡过赫勒斯滂海峡（即达达尼尔海峡），开始了长达十年的东征。

远征波斯帝国的马其顿军队仅由步兵三万名、骑兵五千名和战舰一百六十艘组成。波斯帝国却拥有数十万大军、战舰四百艘。而且波斯帝国面积比马其顿王国约大五十倍，更何况远东古老而富足的埃及、巴比伦、腓尼基等诸多国家均已被波斯征服，并入波斯版图。

尽管力量悬殊，但亚历山大的军队训练有素，他本人拥有天才般的军事指挥能力和身先士卒的勇气。加上波斯帝国此时已经四分五裂，而且大流士三世是个意志薄弱、毫无谋略的昏君。

所以锐不可当的亚历山大渡过赫勒斯滂海峡后初战告捷，他率领着希腊历史上第一支成建制骑兵部队"伙伴骑兵"开辟了向亚洲扩张的道路。不少城邦不战而降，甚至把亚历山大视为将他们从波斯人统治下解放出来的救星。

公元前333年夏，亚历山大又在伊萨斯城附近以其著名的"马其顿方阵"击败了不甘心失败的大流士三世。

亚历山大连战连捷之后没有一鼓作气追杀大流士三世，而是把锋芒指向叙利亚和腓尼基。因为这是波斯海军的大本营，特别是腓尼基人的舰队是堪比希腊舰队的强大力量。亚历山大的目标很明确：为确保向东方进军时无后顾之忧，必须彻底摧毁波斯的海军力量，掌握制海权。

公元前333年冬天，亚历山大挥军沿地中海东岸迅速向南挺进，进入传统的腓尼基海岸地区。

波斯大军惨败的消息像晴天霹雳般传遍了整个西亚，那些臣服于波斯的城邦无不感到震惊。腓尼基人基于古老的生存之道，希望以献出贡赋纳头便拜的投降大法应付过去。

所以在亚历山大进军途中，所到的腓尼基城邦如比布鲁斯、西顿等都望风而降，主动迎接亚历山大入城。

大势之下，推罗自然也不能独存。它也派出使者在半路迎接亚历山大，沿用的依旧是当初对付亚述人的那一套：都在金子里了……

亚历山大接见了推罗使者，并且说自己打算到推罗向一位英雄神——希腊神话中的大力神赫拉克勒斯（这是希腊人对推罗守护神梅尔戛的称谓）献祭。

亚历山大的意思很明确：他要派兵进驻推罗，以确保推罗舰队为马其顿所用。但推罗人却在这时候耍起了滑头，他们害怕亚历山大东征失败的话自己会遭到波斯人报复，所以打算骑墙观望。于是他们再度派遣使者告诉亚历山大：我们接受陛下的统治，但决不能允许波斯或马其顿军队进入推罗城！

亚历山大对这样的回答自然很恼火，推罗的命运也因此注定会和底比斯一样了……

最初推罗人面对马其顿军队时还是胸有成竹的，毕竟他们曾多次凭借岛城和海军耗得对手无奈退兵。

而且亚历山大只带来了陆军，他们要面对的却是一点六公里长、五米深的海水天堑，除此之外还有高达五十米的坚固城墙，所以推罗人判断对方毫无胜算。

但亚历山大并不是推罗人曾面对过的那些西亚君王：他先彻底拆毁了推罗的陆地主城，再将建筑残骸作为填料从海岸筑堤坝直抵推罗岛城！这样一来，推罗人的海军优势便无从发挥，海战变为陆战。

亚历山大身先士卒，率领马其顿战士热火朝天地进行着这项浩大的工程，当工程推进到深水区时，便遭到推罗舰队的多次攻击，善战的马其顿人想了一个办法，他们制作了两座带轮子的木制巨塔，把它们推到堤坝尽头，在塔外裹上生牛皮以防箭矢，并在其顶端安装了投石器来打击靠近的推罗战舰。

推罗人则把一只运输骑兵用的大船的木板舷墙加高，装满干树枝、木屑、刨花、松脂、沥青、硫黄等易燃物，趁着西风起时将这艘火船拖拽到堤坝附近。在接近那两座木塔时，推罗人点燃了火船，在箭雨掩护下将木塔付之一炬。接着，推罗城中的市民带着和敌人决一死战的勇气蜂拥而出，他们乘着小船冲到堤坝上，捣毁了护堤的木桩木栅。

亚历山大暂时吃瘪后感到必须依靠海军才能摧毁推罗，那么哪来的现成海军呢？希望就在推罗的那些腓尼基姐妹城邦身上。

亚历山大亲自到西顿等城邦征集战舰，推罗的那些腓尼基同胞们当然不敢违抗命令，于是亚历山大手上很快就掌握了一支一百五十艘战舰的腓尼基舰队。同时，塞浦路斯等地的腓尼基城邦中的投机分子也凑出一百四十艘战舰来投靠亚历山大。

亚历山大带着这支庞大的舰队从海上逼近推罗，他在每艘战舰上都配置了骁勇善战的马其顿近卫步兵，他本人就站在最靠前的一艘战舰上。

推罗舰队本来打算出海迎战，但当他们看到自己的同胞组成的这支庞大舰队时不由得大吃一惊——到这时推罗人才绝望地发现，除了自己之外，所有腓尼基海岸与塞浦路斯岛上的城邦都站在敌人那一边了！绝望的推罗人放弃了正面交锋的打算，龟缩在两个港口内避战不出。

亚历山大见推罗舰队拒绝海战，便下令直接攻击推罗的两个港口。但"埃及人"和"西顿"这两个港口肚子大口子小的防御优势此时充分发挥了出来，于是推罗人将战舰密密麻麻地停在港口狭窄入口处，挡住了航道。

亚历山大见强攻不成，便下令让舰队分头封锁两个港口，同时严令马其顿陆军加快筑堤进度。其间双方多次发生针对堤坝的惨烈攻防战，但这座索命的堤坝依旧快速向岛城延伸过去。

绝境中的推罗人在七月的一个中午发起了一次偷袭：三艘五排桨和七艘三排桨的快船满载着精兵，悄悄地逼近靠岸吃午饭的塞浦路斯舰队。这次袭击非常成功，塞浦路斯舰队的水手大多在岸上，无人操纵的战舰遭到重创。

亚历山大这时也在岸上吃饭，他丢下食物立刻带着一部分腓尼基战舰前往支援。城头上的推罗守军看到亚历山大出征，连忙大声呼喊，让自己人赶紧往回撤。

但出击的推罗战士已陷入混战之中，他们无法击退塞浦路斯人的反击以顺利撤离，结果遭到亚历山大率领的战舰的前后夹击，几乎全军覆灭。

这场漂亮的反击战让马其顿联军士气大振，他们乘胜猛攻推罗城。马其顿陆军推动投石器和攻城槌沿着堤坝攻击城墙，塞浦路斯和腓尼基舰队则分别猛攻"埃及人"和"西顿"两个港口。

在马其顿军队的猛烈攻击下，推罗东南方的城墙被打塌，成为敌军的一个突破口。亚历山大亲率的近卫军立刻登城猛攻。第一批登城的亚历山大卫队队长阿德米塔斯等二十勇士全部阵亡后，亚历山大本人一手持长矛一手持盾冲了上去，一连杀死好几个围攻自己的推罗战士，跟在后面的马其顿步兵见状热血沸腾，奋不顾身地冲过去保护国王，并打退了阻击的推罗人。

与此同时，推罗人的那些腓尼基同胞已经占领了南北两个港口。见大势已去，推罗人便纷纷退回王宫做最后抵抗，亚历山大率领近卫军一阵猛攻后攻破了王宫，推罗终于陷落了……

这场围攻历时七个月，马其顿宣布整场战役期间己方阵亡四百人，不过显然并没有将仆从军和海战损失计算在内。

为了报复围城时推罗人杀害战俘的行为，马其顿人进行了屠城。共计八千推罗人被屠杀，三万市民被卖为奴隶。只有极少数人因为躲在梅尔戛神庙中而得到亚历山大的赦免，他们是推罗国王和部分名流要人及一些从迦太基来的香客。

梅尔戛这位每年都要在圣火中上演一次生死轮回的天神，最终被掩埋在推罗城的灰烬之下。亚历山大在岛城举行了气势雄浑的马其顿阅兵式，军队排成火炬

从迦太基遗址眺望现代的突尼斯城

长龙以纪念这次辉煌的胜利。他们还在推罗人举行焚烧梅尔戛雕像隆重仪式的场地上，举办了一场纪念大力神赫拉克勒斯的希腊式体育竞赛。

腓尼基最耀眼的城邦之一推罗的历史就此终结，它的毁灭也标志着整个腓尼基传统势力退出了历史舞台。亚历山大大力推行希腊化进程，他下令在被征服的东方土地上普及希腊文化。在他去世以后，希腊文化依然在亚洲不断传播。历史学家将自亚历山大去世起到近东被罗马征服为止这三百余年的时间称为希腊化时代——腓尼基文化就是在这段岁月中消失于历史长河之中了。

不过腓尼基人的传奇并没有结束，早在数百年前推罗开始衰弱的同时，它的海外殖民地就获得了越来越多的自主权。那些分散在海外的腓尼基城邦处于没有强大外敌的自由发展状态，他们和对外拓展的希腊人同时展开了对地中海中部和西部地区的商业开发和殖民活动，双方既相互合作又相互竞争。那些殖民地的腓尼基人不断与土著通婚融合，逐渐失去了一些古老的文化色彩，却又铸造出新时代的腓尼基世界观。

就在推罗陷落之际，腓尼基人最伟大的遗产正在突尼斯的沿海地区飞速崛起，这块殖民地很快就取得了远远胜过推罗的伟大荣耀——它就是迦太基。

第四节
迦太基崛起

公主的逃亡

迦太基位于非洲北部，是推罗建立的北非殖民地城邦。它位于今天的突尼斯附近，拥有当时地中海地区最强大的海上力量。

一般认为迦太基城的建成时间早于罗马城，它由推罗移民在公元前814年建立，至于具体是怎么建起来的已不可知。

在公元前8世纪到公元前6世纪之间，当罗马人在意大利半岛扩张时，迦太基人正把他们的统治扩展到北非的大部分地区，他们还控制了从西部利比亚到直布罗陀海峡沿岸和西班牙南部的大部以及科西嘉岛、撒丁岛。

虽然日后罗马与迦太基相互为敌，但它们在早期历史中的零星接触中从没感觉到对方的威胁。当时的迦太基是一个令人敬畏的强国，几乎控制了地中海地区所有的商业贸易，很多民族屈从隶属于它，向它提供士兵和给养，而它从西班牙金矿和银矿开采中聚敛了大量的财富。

地中海世界的城邦都有属于自己的起源神话，迦太基自然也不例外。对于迦太基的创始人，希腊人记录她为艾丽莎，罗马人则称呼她为狄多。

按照迦太基的传说，在公元前831年时推罗国王玛坦决定将来由儿子皮格马利翁和女儿艾丽莎平分国土。玛坦可能是出于"手心手背都是肉"的慈父之心，但推罗元老院却反对这个违背传统的决定，他们认为这会导致国家分裂局势动荡。于是在元老院的支持下，玛坦去世后皮格马利翁加冕为唯一的君主。

希腊神话中的皮格马利翁是塞浦路斯国王，这位国王审美眼光独特，看不上塞浦路斯的本地土妞，以至于决定永不结婚。皮格马利翁善于雕刻，他用非洲来的象牙雕出自己心目中最美的少女像。在夜以继日的工作中，皮格马利翁把全部的精力、热情和爱恋都赋予了这座雕像，他像对待自己的妻子那样爱抚她、装扮她，还为她起名加拉泰亚，并向神乞求让她成为自己的妻子。爱神阿芙洛狄忒被皮格马利翁的疯狂执着所打动，于是赐予加拉泰亚生命，让他们结为夫妻。这段神话在西方历史上留下了"皮格马利翁效应"一词，用以形容一个人只要对艺术对象有着执着的追求精神，便会发生艺术感应的奇迹。

但推罗城中的皮格马利翁擅长的不是雕刻而是屠杀，他从未忘记父亲那可怕

1958年的迦太基港口遗址

全盛时期的迦太基城鸟瞰图

的遗嘱，决心不给姐姐留下任何平起平坐的幻想。新王登基的欢呼声还未落地，士兵们就冲进推罗陆地主城中的贵族区，将皮格马利翁的政敌挨个拖到街上杀死，其中就有身为国王姐夫的梅尔戛大祭司阿士尔巴斯。

艾丽莎强压悲痛和仇恨，装出对弟弟毫无怨言的模样，皮格马利翁一时手软，没送姐姐去与姐夫"团圆"。

没过多久，艾丽莎派人通知皮格马利翁说住在自己家里会唤起她太多的痛苦回忆，所以恳请带着全部财产搬进推罗岛城中的王宫居住。

皮格马利翁听到这消息简直喜出望外，这下不仅是姐姐成了送上门的囚犯，还能得到阿士尔巴斯那富可敌国的财富——这位梅尔戛大祭司可是腓尼基世界的首富！

皮格马利翁是个非常谨慎的人，为了防止艾丽莎使诈，他派出一批自己的心腹侍从严密监视姐姐这次搬家的全过程。

到了约定的日子，艾丽莎和送行的贵族朋友们将一包包黄金财宝运到码头装上皮格马利翁派来的海船，等到船航行了一定距离后，艾丽莎和她的朋友们忽然将一些沉甸甸的亚麻口袋"咚咚咚"地踢进海里去了！

这下随行监视的国王侍从们傻眼了，他们手足无措地看着袋子沉入深海。艾丽莎趁机劝这些侍从随自己一同逃亡——事实摆在眼前，残暴的皮格马利翁一定会被财宝尽失的消息激怒，以最残酷的手段将要了自己的艾丽莎和失职的侍从们统统处死。

既然现在大家不管愿不愿意都成了一根绳子上的蚂蚱，所以从侍从到水手都表示愿意跟随公主逃亡而不是回到岛城被国王活活烧死。

这下押送艾丽莎的船只变成了她逃亡的工具，大家一同向梅尔戛大神祈祷后，一路顺利抵达了塞浦路斯岛。塞浦路斯岛也是推罗的领地，岛上侍奉阿诗丹特女神的大祭司欢迎公主一行到来并表示自己也愿意加入逃亡队伍，条件是此后由自己的后代世袭这个大祭司职位。

艾丽莎同意了这个要求，这位大祭司便带领八十名美艳如花的阿诗丹特神庙神妓一同登船。这样一来船上的男人们每人都分配了一个妻子，不管未来的落脚地在何方都将拥有繁衍人口的希望。

通过塞浦路斯伙伴的加盟，艾丽莎的逃亡队伍已经转变成一支殖民探险队。他们随即动身前往非洲的推罗殖民城邦尤蒂卡，在当地居民的帮助下，最终抵达利比亚王国的海岸。

艾丽莎的到来并没有引起利比亚国王海尔布斯的警惕，陛下是见过大世面的人，区区一条船上的百余名腓尼基人并没让他放在心上。面对艾丽莎想要购置土地安家的请求，海尔布斯满口答应，但宣布只能卖给腓尼基人一张牛皮所能覆盖到的那么大一块土地。没想到艾丽莎等人居然想出将牛皮切成极细的条后再一条条连起来的花招，用这条牛皮绳，他们一下就围绕一座海边小山划出一座城邦的世界了！

海尔布斯弄巧成拙，被迫做了这桩赔本买卖。艾丽莎的城邦就这样诞生了，她宣布这座城邦名叫"迦太基"，在腓尼基语中的意思是"新的城市"。而那座被牛皮绳围起来的小山就是后来迦太基城的核心区，它被称为比尔萨卫城——"比尔萨"的意思是"牛皮"。

按照神话传说惯用的套路，坏人总是要反扑一下的。

迦太基建立后吸引了大量推罗海外城邦的移民，腓尼基人从地中海各处向这个新兴之城涌来。随着定居人口越来越多，城邦越来越富裕，显然这个牛皮之城将长久存在下去了。

海尔布斯的愤恨与日俱增，最后他想出个夺回土地的无赖招数。利比亚使者在迦太基元老院元老面前宣布了国王的口信：我希望与迦太基女王艾丽莎结婚，如果她拒绝的话就意味着迦太基与利比亚之间会发生一场战争！

立足未稳的迦太基如果陷入战火，其后果不言自明。

正当元老们犹豫着是否要向艾丽莎汇报这一令人左右为难的消息时，听说利比亚使者来访的女王要求元老院向自己如实汇报。艾丽莎猜测到海尔布斯一定提出了某种无理要求，便以王者之气吩咐元老们不要对无情的命运采取回避态度——如果你们要做出的牺牲有利于国家的话。

艾丽莎这样一说，元老们趁机将皮球一脚踢给了女王：陛下，要面对无情的

1637年法国画家波登·巴斯蒂安绘制的《狄多（艾丽莎）之死》

命运的正是您啊，现在您需要嫁给海尔布斯，如果您拒绝的话，利比亚军队转眼间就将摧毁我们这座牛皮之城了……

这下艾丽莎傻眼了——原来需要做出牺牲的竟然是她自己！她被自己的豪言壮语逼入墙角，别无选择，只能答应自己人民的请求。

海尔布斯大喜过望，立即率领侍从带着聘礼前来迎亲，但艾丽莎却下令架起一座高高的柴堆，她说自己要用向梅尔戛献祭的仪式来抚慰前夫阿士尔巴斯的灵魂。

就在利比亚和腓尼基人的见证下，熊熊火焰在柴堆下点燃了。艾丽莎忽然爬上柴堆顶端，这位美丽的女王在一片惊呼声中面对自己的人民宣布：我现在将如你们所希望的那样去见我的丈夫了！

说完这句话之后，艾丽莎旋即用短剑刺入自己心脏，熊熊火焰吞没了女王……

这就是迦太基充满了传奇性的建城故事，艾丽莎在自己的逃亡和迦太基建城过程中的诡计多端无疑是希腊与罗马传统道德中诚实这一概念的反例，而她自己被元老院出卖和宁愿自杀也不愿履行婚约更是显示出迦太基统治者和人民之间的相互背叛。

艾丽莎的传说来自公元前3世纪时的希腊学者"陶尔米纳的蒂迈欧"，在公元前1世纪时由罗马历史学家庞培·特罗古斯发现并传扬开来——怎样看都是迦太基敌人们的丑化宣传。

在公元2世纪时曾有一位醉心于研究腓尼基史的学者"比布鲁斯的斐罗"，这位很可能带有腓尼基血统的罗马公民记载了古代推罗国王玛坦一世于公元前820年将王位传给十一岁的儿子皮格马利翁，六年后皮格马利翁的姐姐艾丽莎出逃并建立了迦太基。

而现代考古也确实在迦太基官员亚达·米勒克坟墓中发现了刻有皮格马利翁国王和阿诗丹特女神名字的金质垂饰。这就引起了现代迦太基研究者的无尽联想——是否在推罗确实发生了姐弟争位的政治斗争，而逐渐长大的皮格马利翁用了各种方式将自己的反对者们礼送出境，最终促成了迦太基的建立？

这一激动人心的发现曾经燃爆相关领域，直到有证据显示亚达·米勒克先生

迦太基古城复原图

的坟墓建于公元前6世纪末才浇熄了大家的热情——敢情这里的皮格马利翁和艾丽莎之间很可能差着三百多年呢!

而曾记载了玛坦一世传位给皮格马利翁的公元2世纪时的斐罗先生似乎也不是很靠谱,在他留下的手稿上写着他的发现原来并不是源于古代腓尼基文献,而是他从古代希腊著作中发现了这个故事——转了一大圈,又回到公元前3世纪时的那位陶尔米纳的蒂迈欧身上了……

有学者分析艾丽莎的故事可能源于比尔萨卫城所依托的比尔萨山,这座位于迦太基城中心点的山丘既然名叫牛皮,那么这个古怪的名字一定激发了迦太基人和希腊人的无穷想象力。有鉴于迦太基建城初期二百余年间的记录模糊不清,很可能是后期的迦太基人想象出了艾丽莎与牛皮的建城传说,后来又经过希腊人的添油加醋后传播开来。

虽然艾丽莎与牛皮的故事无据可考,但迦太基与推罗的关系却是有实打实证据的。

公元前4世纪时西西里岛上的希腊历史学家菲利斯托斯记录下的迦太基建城史中将率领第一批移民抵达的领袖称之为泰尔人阿佐罗斯和卡尔塞顿。虽然目前并没有找到这两位建城领袖的墓葬,但在迦太基遗迹中发现的大量碑文均提及迦太基中的贵族是"推罗之子"或直接自称为"推罗人"——很显然即使迦太基后来混杂了大量异族血统,但拥有母城血统的贵族依旧以表明自己的推罗后裔身份来彰显社会地位。

推罗的传统文化对日后的迦太基文明影响深远,虽然日后的迦太基居民来自整个腓尼基世界以及利比亚等北非地区移民,但在这种大混血的移民世界中依旧保持着对梅尔戛、阿诗丹特等传统腓尼基神灵的膜拜。

一直到推罗陷落之前,迦太基每年都有派遣贵族香客代表团回访母国的传统。

保护香客的迦太基小舰队经历一段漫长的东行之旅抵达推罗,将迦太基年收入的十分之一作为什一税缴给梅尔戛神庙,这是迦太基人反哺自己衰落了的故乡的方式。

迦太基崛起

西方有句俗话说，罗马不是一日建成的，但这句话在迦太基这里却不成立。这座城虽然不像神话故事中说的那样是在一夜之间出现的，但无论是迦太基人还是希腊人都记载了这座城市的发展速度极快，令人惊叹。

考古发现这座在腓尼基语中发音为"加特-黑达斯特"的崭新城市以一日千里的速度在短时间内崛起，它矗立在从黎凡特到西班牙的东西航线和从它到第勒尼安殖民地的南北航线的交会点上。

得天独厚的战略位置使得迦太基成为联系其他腓尼基殖民地的商业枢纽，海上商路将它与腓尼基海岸、西西里、萨丁尼亚、意大利本土、希腊大陆和爱琴海地区紧密连接起来。在公元前8世纪时它已成为地中海世界的贸易中心，吸引着不同种族的移民前来定居，换句话来说，迦太基是一个小心翼翼保持着推罗传统制度的多民族国度。

在迦太基创建后的头两个世纪里，它的领土狭小，以至于不得不从几乎整个环地中海世界进口粮食。在迦太基早期遗址中发掘出了存放在双耳细颈椭圆形陶罐中的粮食，这些粮食分别自西班牙、意大利、西西里、希腊、爱琴海和黎凡特地区进口。

除了粮食不能自给以外，迦太基也缺乏手工业所需的原材料，这个同样是由腹地面积有限导致的。自公元前7世纪时开始，随着迦太基成为主要的粮食和原材料消费地，地中海中部的其他腓尼基殖民地逐渐演变成迦太基所需原材料的供应地，并逐渐转化为被迦太基控制的"子公司"型城邦。

历史学家在传统上认为迦太基初创时期因为本土狭小而大肆扩张海外殖民地，但这种状况很快出现了改变：迦太基在北非开拓了大块领土，人口急剧膨胀的迦太基人通过建立大量要塞和定居点的方式，将自己的领土扩展到肥沃的迈杰尔达山谷和卡本半岛以外的地方。

这有可能是迦太基对利比亚土著统治者发动战争后夺取的地盘，但更有可能是精明的迦太基人通过与当地首领结盟的方式而获得的领地。在迦太基法律中有一个专门称谓叫作"西顿人的权利"，或简称为"西顿人"。这一称谓并非用来称呼传统腓尼基城邦的西顿市民，而是对在迦太基领土内拥有一定公民权利的外国人与获释奴隶的称呼——这很能说明迦太基的领土和人口急剧膨胀的原因。

根据希腊人的记载，繁荣时期的迦太基城是一座精心设防的商业都市，除了没有岛城之外，它的布局显然受到母国推罗的很大影响：依海而建，城墙周长三十五公里，高度超过十二米，厚度超过九米。依山而建的比尔萨卫城核心区域周长三公里。与推罗一样，迦太基城拥有两个港口，其中外港供商船使用，内港则是能容纳数百艘战舰的军港。除了港口之外，临海处还建有一座巨型瞭望塔，指挥海上交通和海战。

城中的沿海平原上密密麻麻地分布着网格状住宅群，这些住宅大部分是用晒干的泥砖与木材改成的多层建筑。街道上有水井、花园和广场。整座城市规划得整齐有序，体现出国际大都市的气魄。

在鼎盛时期，迦太基的居民由四十万自由民和三十万奴隶组成。作为推罗的后裔，无论是在人口、面积还是国力上，迦太基都远远超越了自己的母亲。

迦太基没有国王，最高行政长官是两位"苏菲特"，每年从富有的贵族公民中选举产生。迦太基的政治实权掌握在元老院手里，元老院在初期由一百人组成，后期发展到三百人。城中还有一个由一百零四名法官组成的高等法院，处理各种复杂的民事和刑事诉讼官司。普通迦太基公民可以参与国家大事的讨论，但没有决策权。

希腊人认为在执政官苏菲特制度固定之前，迦太基处于国王统治之下，但这是对早期迦太基的商业家族寡头政治体制的误读。在介绍腓尼基早期扩张历史时我们曾提及的"商业亲王"或"海上亲王"的商业家族领袖们在迦太基被称为"布鲁姆"，迦太基在初建时期正是由这个秘密贵族团体所统治，他们控制着司法、政府、宗教和军事机关。

在布鲁姆权力架构顶端，有一个家族凌驾于其他家族之上，他们凭借自己的财富和权力独揽了军队的控制权。目前已知从公元前6世纪到公元前4世纪控制迦太基的超级家族是马戈尼德家族，他们被希腊学者们视为迦太基的王族。

马戈尼德家族虽然拥有帝王般的权力，却不能世袭执政官的职位，布鲁姆成员的权力都需要由元老院来分配。从这种权力结构来看，似乎艾丽莎的传说是迦太基贵族精英为自己的贵族共和制度辩护而制造的宣传工具，她无嗣而终的结局不仅让其他出身较低的迦太基精英上台得以合法化，也杜绝了其后任何独裁势力世袭罔替的可能性。

虽然迦太基城后来遭到了彻底毁灭，不过幸运的是，我们能够通过其他腓尼基城镇的遗迹来推演它当初的繁荣盛况。

来自罗马的毁灭者登陆北非之后，消灭了几乎所有的迦太基城镇。幸运的是，在卡本半岛上有个迦太基殖民地——盖赫库阿勒小镇，它与其他迦太基城镇比起来规模太小，以至于罗马人将其摧毁之后都懒得重建。最终，沙丘缓慢地将其掩盖，为今天的研究者保留了一扇走进迦太基人生活的珍贵时间之门。

盖赫库阿勒这个名字是现代考古学家起的，我们可能永远也无法得知建立它的迦太基人是如何称呼它的。这个小镇靠近海岸却无海港，水资源丰富却含盐量极高，周边的土地也太过贫瘠——由此可见罗马人为何懒得重建此地了。

沙丘下的时间凝固在公元前3世纪初盖赫库阿勒即将被夷平之前，该镇当时可能拥有一千两百人左右的居民，居民主要从事制盐、捕鱼、手工艺制造等工作。在遗址中还出土了大量废弃的骨螺，这表明迦太基人也没忘记源自腓尼基祖先的古老传统手艺——制作紫色染料。

这座小镇面积不大，依据环境被规划成不规则的方格形布局。在宽阔的镇内道路两侧是各种民居建筑，那些带有列柱回廊的庭院和华丽的粉刷过灰泥的墙壁显然受到希腊风格的巨大影响。

小镇中核心的公共区域是供奉梅尔夏和他的儿子锡德以及坦尼特女神的神庙。神庙入口处矗立着一根根雄伟的半露方柱，通过巨大庭院的门廊可以抵达前半部分的祭坛和后半部分的宴会区，一道矮墙将神圣和世俗分隔开来。

通过盖赫库阿勒的建筑残骸我们得知，迦太基人以长方体石块砌筑起墙壁的两侧，墙体空隙填充碎砖石令其变得坚固。迦太基人的住宅围绕中心庭院建造，大部分住宅都拥有数个房间和一个顶层露台，其中主人卧室内部的墙上会修砌内置的食橱和柜橱，厨房则带有内嵌的面包炉。

毫无疑问，盖赫库阿勒算是迦太基的三线城市，但这个"穷乡僻壤"的居民依旧能享用到种类丰富的食物。每当地中海灿烂的阳光照亮大地时，小镇上空便升起袅袅炊烟，伴随着人声喧嚣手脚麻利的女人们将前一天夜里揉好的面团放进烤炉，然后，精细可口的小麦面包、较为粗粝的大麦面包，还有其他谷物煮成的粥被端上餐桌。

除了主食以外，迦太基人的餐桌上也少不了多种多样的蔬菜和小扁豆等豆类食品以及鱼和其他海产。除此之外还有绵羊肉、山羊肉、猪肉和鸡肉做成的荤菜——其烹调手段以在橄榄油中煎炸或烤制为主。

饭菜摆上桌之后，当然还得准备一些解渴的饮料。迦太基人很喜爱葡萄酒，当然家境一般的也可以选择啤酒。迦太基的葡萄酒产量极为可观，其中一种用晒干的葡萄制成的甜酒尤为驰名。迦太基人将葡萄酒和橄榄油都装进双耳细颈椭圆陶罐里，这种标志性的容器曾经遍及整个西地中海地区。

除了酒类以外，餐桌上还摆着石榴（它被罗马人称为"迦太基苹果"）、无花果、葡萄、橄榄、桃子、李子、西瓜之类的水果，以及杏仁和开心果之类的坚果。

当主人一家吃饭的时候，家犬就在桌子周围起劲地摇着尾巴，但它们恐怕并不能理解自己也被纳入食谱之中的事实，迦太基人会毫不犹豫地吃下香喷喷的狗肉。

最让考古学者惊讶的是迦太基人非常爱洗澡，因为洗澡是腓尼基宗教传统中重要的净化仪式。在盖赫库阿勒的民居中，靠近门廊的地方（这里距离街道近，便于供水排水）普遍都修建了室内浴室。盖赫库阿勒的浴室设计精巧，陶质浴盆被放置在浴室中央，周围是阶梯形的座位和扶手，所有设施表面均有防水涂层。

考究一些的浴室还拥有独立更衣室和盥洗室，可谓早期干湿分离式设计的典范。

那么在盖赫库阿勒还"活着"的岁月中，生活在这里的究竟是什么样的居民呢？仅从神庙中的铭文或出土的腓尼基文字记录来看，这是一个纯血统的迦太基小镇。人们住在迦太基式的房子里，崇拜传统的腓尼基神灵，按照迦太基人的方式生活。当罗马人抵达之时，小镇中的居民毫无疑问遭遇到了灭顶之灾。幸而罗马军队没有捣毁小镇周围的坟墓，于是历史学家再一次让昔日的先民通过坟墓说话，讲述出迦太基小镇居民的故事：

扎比克是小镇上的一位铸造工匠，他的手艺精湛，是金属精炼方面的大师。他活着的时候，在镇上的作坊里工作，说着迦太基语言，吃着迦太基的饭菜，遇到困难时向梅尔戛、坦尼特以及巴尔祈祷，除了他的名字不是迦太基式的以外，他的一切生活都与一个普通迦太基人一模一样。

这一切一直持续到他去世为止，在入土为安的那一刻，他以胎儿般的蜷缩姿势被埋葬——这是出于对他所出身的种族文化的尊重，因为他是一个地地道道的利比亚人。除此之外，在扎比克的坟墓中还发现了利比亚人殡葬仪式中所使用的红赭石的痕迹，这一切都显露出浓浓的利比亚本土文化色彩。

除了各民族在此处融合之外，出土的文物也表明该地虽然没有海港，却依旧身在地中海国际贸易网络之中。因为从这个不起眼的小镇坟墓中找到了自雅典进口的黑彩陶质酒壶和酒杯，酒壶上绘有英雄奥德修斯从独眼巨人波吕斐摩斯的山洞中出逃的故事，显然很受主人的喜爱才会作为随葬品被带到地下。

现在让我们将目光从盖赫库阿勒转回到迦太基城外。

拜独特的地理位置所赐，迦太基人享受着长久的和平时光。除了屈指可数的几次奴隶和雇佣军起义之外，战争在迦太基人的生活中是专属于"海外新闻"的词语。

自迦太基城向北非内陆前进的道路两侧布满纵横交错的水渠，这些水渠的源头是沿途的泉水和运河，清澈的淡水浇灌着乡村中缤纷的花园和富饶的果园。

从公元前6世纪下半叶起，迦太基的食物就大多来自自己直接统治的北非领土。那片土地上田地纵横交错，农田之间密布着藤本植物、橄榄树和大量果树，成群的牛羊在乡间道路两侧平原上吃草，沼泽地附近的牧场中则奔驰着大群的马匹。

道路两侧一般都栽种酸橙树，从树丛缺口处往里走，便能见到一座座造型精美毫不设防的乡村房屋。迦太基人的房屋昭示着主人的财富地位和尽情享受美好生活的人生态度，房间里摆满了各种娱乐器具和华美家具，家家户户都储藏着丰富的生活物资。

看到这里，懂行的读者可能会奇怪——酸橙树的果实并不好吃，却为何会成为迦太基人普遍栽种的树木呢？

在这里我们要回溯一下曾在第一节中提及的罗马元老院眼中的珍宝——迦太基人马戈撰写的农业名著。

正是马戈掀起的农业技术革命极大地改善了迦太基的粮食生产状况，而酸橙树则被广泛用作果树嫁接的砧木，所以它才会被大量栽种。

马戈并非只研发出了果树嫁接技术，这位伟大的农业学家在林木、水果栽培以及畜牧业方面都做出了极大贡献。早在迦太基兴盛时期，他的关于使用肥料和必须定期剪枝的理论知识就已经被希腊和罗马人反复引用，奉为经典。

考古人员在迦太基城商业港口附近挖掘出的一条公元前4世纪中期淤塞的古水渠中找到了大量的葡萄、橄榄、桃子、李子、西瓜以及杏仁、榛子和无花果等植物的种子，这里面颇有一些必须使用嫁接等复杂园艺技术才能成长的水果，这是马戈等迦太基学者在人类科学史上所做贡献的铁证。

令迦太基农业领先发展的除了种植技术之外，大量的专用农业工具也功不可没。在希腊人留下的记载中，能看出他们对迦太基手推车、迦太基脱粒机等结构简单效率高超的器械无比羡慕，感叹为何希腊人设计不出可与之媲美的产品。

到公元前6世纪时，迦太基已建立起控制了北非西部沿海、西班牙南部、撒丁岛、科西嘉岛和西西里岛西部的商业帝国，成为地中海西部的霸主。

而在农业技术的支持下，迦太基还跻身农业强国之列。充足的粮食供应支撑着迦太基人在非洲地区的进一步扩张，今天突尼斯苏塞及苏法克斯地区肥沃的萨赫勒与利比亚西北部的大瑟提斯被它并入版图。

这个神奇国家的崛起看似十分顺利，但此后它即将在地中海上遭遇自己命中注定的敌手……

西西里争锋

迦太基的崛起与推罗的衰落密不可分：从公元前6世纪初开始，由推罗控制的传统的西班牙、腓尼基、近东诸国之间的白银贸易遭到严重打击，供过于求导致银价暴跌，南部海岸的众多小型贸易据点面临灭顶之灾，无法获取利润的腓尼基商人只得抛弃这些据点登船而去。

尤其是在公元前573年，被封锁围困十三年之后推罗终于向巴比伦国王尼布甲尼撒投降，从而丧失了实质意义上的独立国家地位，也失去了对海外殖民地的控制能力。

但推罗历经苦难之时恰好是迦太基的黄金机遇期，它身在北非，地理位置绝佳，不必受东方强国威胁，迅速取代推罗成为地中海上的商业霸主。

在腓尼基海岸城邦迫于亚述、波斯等宗主国的政治压力而放弃与埃及的商业关系时，迦太基趁机占领了被母邦放弃的传统海外市场。

在不受任何限制的国际贸易中获取滚滚利润的同时，迦太基不断鼓励那些贫困的人和持不同政见者离开北非去开辟新的殖民地，这是它解决内部矛盾卓有成效的手段。

随着迦太基对外殖民的脚步加快，它的行事风格也越来越像一个帝国。尤其此时正值推罗等传统腓尼基强国的衰落期，地中海世界中的腓尼基城邦都指望着迦太基能够代替推罗成为自己的保护者。随着时间推移，这些城邦渐渐成为隶属于迦太基帝国的领地。迦太基通过授予这些腓尼基城邦上层人物以迦太基公民资格的方法进行笼络和控制。

虽然这些领地享有一定的自治权，但来自迦太基城的指令开始越来越多地干涉这些城邦的具体事务。

迦太基人也积极将自己的宗教传播到各个殖民地，通过将源自腓尼基神话的某位神灵解释为土著民族对应神灵的方法，推动了效率很高的文化同化工程。例如在对萨丁尼亚岛上的努拉吉人同时进行的商业和文化渗透中，迦太基的商品摧毁了土著手工业，迦太基神灵与土著神灵融合，经过一百年的时间，古努拉吉文明就逐渐消失了。

迦太基对萨丁尼亚的渗透有特殊的战略目的，据亚里士多德记载，迦太基人逼迫萨丁尼亚居民砍掉所有的果树，以免果园挤占这个海岛上的耕地。这是因为虽然迦太基在北非的领地农业发达，但它的粮食还是要依靠萨丁尼亚。公元前5世纪至公元前4世纪之间，萨丁尼亚独特的"麻袋"形和"鱼雷"形双耳细颈椭圆陶罐满盛着葡萄酒、橄榄油、谷物、腌肉、咸鱼和食盐越过地中海被运抵迦太基城，可以说这座岛屿是关系到迦太基未来的主要粮食产区。

推罗的衰落不仅便宜了迦太基，同样也给老冤家希腊人以可乘之机。希腊殖民者在地中海世界快速推进，终于开始与迦太基争霸。

推动希腊与迦太基之争的催化剂是波斯帝国在小亚细亚的扩张行为。在波斯兵锋威胁下的希腊城邦纷纷西迁躲避，结果源自小亚细亚的希腊城邦佛西亚率先于公元前560年登上科西嘉岛，控制了阿拉利亚殖民地。

据说普赖伊尼城邦的大学者毕阿斯曾做出如下建议：我看萨丁尼亚岛挺不赖，咱们希腊人应该集体移民到那里去过好日子！毕阿斯是古希腊七贤之一，他曾经用计策拯救过自己的城邦，又是著名的辩论家，他的建议自然激起了希腊人的响应，于是希腊人又开始插手这个海岛。

希腊人在萨丁尼亚和科西嘉这两个岛屿上势力的扩大，无疑直接威胁到了传统的腓尼基贸易路线。尤其是希腊人登上萨丁尼亚岛的行为更是直接刺激到迦太基统治者的神经：让你们希腊人渗透进来的话，我们未来的帝国粮仓计划还要不要执行了？

于是在公元前535年，佛西亚舰队与打上门来的迦太基舰队在科西嘉大战一场。后世的希腊学者宣称佛西亚舰队赢得了这场海战的胜利，但从希腊人匆匆放

希腊人与迦太基人在西西里的争锋造成漫长而又苦难的战争

弃阿拉利亚殖民地，并且从此以后再也不涉足科西嘉和萨丁尼亚两岛这一点来看，显然他们被揍得不轻……

不久之后，佛西亚的殖民地马萨利亚在另一场与迦太基的海战中扳平比分，算是为希腊人挽回了脸面。战后双方订立了一个和平条约，以西班牙东南端的纳奥角划分双方势力范围。此后双方相安无事了一段时间，直到数十年后，迦太基与希腊之间才重燃战火——这次的冲突地点是西西里岛。

西西里岛位于亚平宁半岛的西南，面积为两万五千平方公里，是地中海中面积最大的岛。这座岛上不仅有欧洲最大、最活跃的埃特纳火山，更是农业发达人口密集的富饶之地。火山灰滋养了麦田、菜园和葡萄园，并且让甜橙、橄榄和柠檬等果树茁壮生长。西西里西海岸盛产沙丁鱼和金枪鱼，还有硫黄矿和盐场。更重要的是，这里是靠近意大利本土最近的大型岛屿，从某种意义上来说，控制了这里就控制了地中海的制海权。

希腊人移民西西里岛始于公元前8世纪，不过当科林斯移民登上岛屿时，遇到了公元前12世纪便在此殖民的腓尼基人。结果腓尼基人不是汹涌而来的希腊人的对手，逐渐被挤到西西里岛西北部苟延残喘。

科林斯人建立的叙拉古则成为西西里希腊城邦的鼻祖，控制着整座岛屿上条件最好的港口。叙拉古港口被深入大海的奥提尼亚半岛分为两部分，西南部称大港，东北部称小港，这个港口是地中海上重要的贸易集散地。到公元前5世纪以后，以叙拉古为首的西西里希腊城邦势力成为希腊世界三大霸权（雅典、斯巴达、西西里）之一。

就在希腊人控制西西里的同时，迦太基人也将目光转向这个具有战略意义的岛屿。在执政的马戈尼德家族领袖哈米尔卡主导下，迦太基舰队强行收编了岛上的腓尼基城邦，并以此为阵地，准备争夺西西里的霸权。哈米尔卡对西西里感兴趣有着私人原因：他母亲是叙拉古的希腊人，因此这位迦太基的统治者其实是半个希腊人。

哈米尔卡看似胸有成竹，但很快踢到了铁板。

就在哈米尔卡觊觎西西里时，此处最强大的希腊城邦叙拉古正处于僭主格隆统治之下。所谓僭主是一脚踢开贵族共和制度，靠政变上位的狠人。僭主并不是国王，却拥有国王的权力。他们通常谦虚地自称为"终身执政官""全权将军"之类，但"军阀"这个职业称呼似乎更适合他们——至少非常适合格隆大人。

格隆是个骑兵将领出身的军阀，他上台后大肆招收雇佣兵，对西西里岛上的希腊城邦发动了一连串的兼并战争，使自己成为岛上希腊势力的共主。格隆的势力从一个例证便可见一斑：当波斯人侵希腊本土时，无论是雅典人还是斯巴达人都在第一时间向格隆寄来求援信。格隆则拍着胸脯答应派遣一支舰队援救自己的同胞，但这支舰队就像回旋镖一样，从没真正抵达过战场——显然格隆大人对做"炮灰"这件事并不感兴趣。

就在格隆如日中天之际，西西里岛上依然有些没有眼力见儿的希腊同胞居然不肯臣服，岛屿北部的城邦希梅拉就是这样的一个刺头。在公元前483年，叙拉古的大军终于兵临城下，希梅拉的统治者提里卢斯只好立刻跑路。

提里卢斯与迦太基的领袖哈米尔卡是多年的好友，他请求朋友为自己出头。这个情况对哈米尔卡来说真是瞌睡时递来的枕头，他可以借机名正言顺地介入希腊内战中了。很快，一支由两百条战舰组成的迦太基远征军自北非向西西里驶来，有意思的是这支舰队并不是由迦太基国家派出的，而是由哈米尔卡自掏腰包组建的——当然获胜后的所有荣誉和收益也都将归于他。

哈米尔卡的大军中不仅有迦太基人，还有大量来自利比亚、西班牙、西西里和科西嘉等地中海中部和西部诸地区的雇佣军——其中有很多希腊人。他们出发之后还得到了提里卢斯的女婿安那西拉斯所率领的援军支援——这支军队来自安那西拉斯所统治的意大利南部城邦利基翁。

公元前480年，迦太基大军抵达西西里。

自幼熟读兵书的哈米尔卡听说格隆正在希梅拉城的消息后，立即决定挥军疾进，直捣黄龙。在他看来只要将格隆拿下，西西里岛上的希腊城邦就会望风归顺。但性急的哈米尔卡先生行事毛躁，他还没拿下格隆呢，自己向盟友派出的信使倒先被叙拉古人给拿下了。这下这场战争就变成了闹剧，迦太基军队在希梅拉城下遭到屠杀，连哈米尔卡本人也丢了性命，最后只剩下寥寥数名幸存者逃回迦太基城报信……

根据希腊作家狄奥多罗斯的记载，希梅拉之败令迦太基人魂飞魄散，生怕叙拉古大军会乘胜渡海而来。这些商人立刻派出最能言善辩的特使奔赴西西里，首先拜访了格隆的妻子达马雷特，借枕头风令格隆接受了迦太基的议和请求。

格隆接受议和并非为了和平，而是因为这位胜利者正处在希腊世界舆论的风口浪尖之上。就在哈米尔卡狼狈送命之后不久，就发生了前文所述的波斯入侵希腊，格隆拒绝救援的事件。因为叙拉古那回旋镖一般的舰队，整个希腊世界的男女老少都站出来指责他：

在波斯入侵咱希腊的时候，是谁趁火打劫要当整个希腊的统帅才肯出兵的？

是谁拍着胸脯说舰队已经出发，结果在海上绕了一圈就回港的？

是谁派使者带着三条船的黄金在希腊沿海坐山观虎斗，打算等波斯人一获胜就立刻献上黄金的？

都是格隆！

就在即将身败名裂的时候，格隆觉得如果将自己包装成击败非洲蛮族，保卫西西里的希腊民族英雄岂不是能大大涨粉？这时候一份迦太基递交的求和协议就非常有用了。

基于以上原因，后世的希腊传说中关于格隆接见迦太基使团的场景便成为一场经典的英雄王凯旋仪式：格隆大人在王座上正襟危坐，严肃注视着泪眼婆娑的迦太基使者。当这些狡诈卑鄙的北非蛮子乞求格隆对他们的城邦高抬贵手时，格隆大人仁慈地饶恕了他们……

这场胜利不仅为格隆及其盟友带来了丰厚的物质财富，还有大量沦为奴隶的迦太基战俘成为希腊城邦兴建宏大公共工程的免费劳动力。西西里的希腊人得意扬扬地在献给奥林匹斯诸神的神庙圆柱上，专门刻上迦太基奴隶的浮雕作为纪念。

当西西里之外的希腊世界正在欢庆抵御波斯侵略所取得的辉煌胜利时，光荣无疑应属于雅典和斯巴达领导下的希腊同盟。但格隆的御用文人们却趁机发起了宣传攻势，叙拉古重金聘请的吹鼓手们，硬生生编造出一个抵御波斯人盟友迦太基侵略者的"西部前线"概念，而在这一前线取得大捷的自然是西西里的希腊英雄格隆——既然叙拉古与迦太基人的作战是为了掩护希腊世界的西部边界，那么雅典和斯巴达人怎么还好意思指责格隆不拔刀相助呢？

接下来的数十年间，格隆利用他巨额的财富让希梅拉大捷的故事传遍整个希腊世界。纪念这位救世主的纪念碑被竖立在古希腊奥林匹斯圣山之巅，好让诸神见证他们伟大儿子的功绩。大诗人品达在奥林匹克运动会上高声朗诵献给格隆的诗篇，全然不顾雅典和斯巴达运动员铁青的脸色：

他将腓尼基人从轻捷如飞的战舰上丢进大海！
他让希腊人摆脱了沦为异邦奴隶的残酷命运！

这场宣传战获得了非同凡响的成功，甚至二百多年后的希罗多德都相信了格隆那帮御用文人的鬼话。但雅典人始终对此耿耿于怀，以亚里士多德为代表的知识分子们拒绝将迦太基人视为波斯帮凶，甚至还广为赞颂迦太基的政体。在亚里士多德眼中，迦太基、斯巴达和克里特都是拥有优秀政治体系的理想城邦。他发表演说赞颂迦太基人贤明的体制保证了不会产生暴君——这毫无疑问是在暗讽叙拉古的独裁者格隆大人。

事实上，雅典是迦太基的长期商业伙伴。尤其是在希梅拉战役之后，雅典人更是试图与迦太基结盟以对抗叙拉古。这种态度使得迦太基人与希腊及广大爱琴海地区的贸易关系不但没有因为战争而削弱，反而得到了大大加强。

但统治迦太基的马戈尼德家族非常谨慎地拒绝了雅典人的诱人邀请，虽然格隆去世后西西里的希腊各方势力重新陷入内乱之中，但雅典后来远征失败却证明了迦太基统治者的先见之明。

就这样，时间静静过去了七十年之久。终于，迦太基舰队的帆影再度出现在西西里近海。

此时统治迦太基的是汉尼拔，他正是当年希梅拉战役中那位倒霉蛋哈米尔卡之孙。汉尼拔巧妙地利用了西西里岛上的两个希腊城邦塞杰斯塔和歇利伦特

叙拉古历史上盛产暴君

之间的内斗，先说服元老院同意援助与迦太基结盟的希腊城邦塞杰斯塔，又狡猾地派使者请求叙拉古调停塞杰斯塔和歇利伦特的战争。当歇利伦特拒绝了盟友叙拉古的和平建议后，自尊心受伤的叙拉古统治者便决定不再管不知死活的歇利伦特了。

公元前409年，由六十艘战舰组成的迦太基舰队抵达西西里岛。汉尼拔率领迦太基和伊比利亚雇佣军组成的联军，携带一千六百辆战车以及巨型攻城塔、攻城槌、投石器等大型器械渡海而来。

失去叙拉古支援的歇利伦特市民很清楚战败后将面临的悲惨结局——按当时的交战规则，要么遭屠城，要么被卖为奴隶。因此这些倔强的希腊人不分男女老幼一起上阵，拼死坚守了整整九天，在城中集市区的最后一场毫无意义的抵抗失败之后，一万六千名居民几乎全部遇难。

攻克歇利伦特之后，汉尼拔的下一个目标毫无意外地确定为希梅拉城——这才是他率军而来的真正目标。

希梅拉人看到歇利伦特的结局之后决定以暴制暴，城中的青壮年在城墙上家属的激励声中在城外列阵，主动向迦太基军队发起挑战。在那一刻汉尼拔的心不由得紧了一下，毕竟他祖父曾葬送在这里啊！但一经接触，汉尼拔发现，这些希腊人虽然胆子大，战斗力却很一般。

果不其然希梅拉人被迦太基军队赶回了城内，他们的勇气也随即崩溃了。很多人乘坐盟友叙拉古人的船只逃离，没跑成的人勉强抵御了两天就投降了。这下汉尼拔开始尽情对这个被马戈尼德家族诅咒了七十年的城市展开了报复：他先将整座城市的神庙洗劫一空，随即将所有建筑都夷为平地，最后在哈米尔卡战死的地方屠杀了三千名希腊战俘来祭奠自己的祖父。

在这之后，整个西西里岛上的希腊人闻风丧胆，连狂傲的霸主叙拉古都因迦太基人的战斗力暗自心惊。但汉尼拔接下来并没有挥军征服整个岛屿，而是付清军饷后直接打道回府了……

虽然汉尼拔的这次进军显得虎头蛇尾，但他不仅为自己的家族复了仇，还在迦太基经济史上首开铸造货币的先河。汉尼拔为了支付给自己从北非招募来的雇佣军军饷而第一次铸造了货币，这种货币上刻着马和棕榈树图案，并题有"迦太基军政"的铭文。

汉尼拔就地解散雇佣军的做法让西西里变得更加危险，因为这些人为了生计必将在西西里寻找雇主或是成为强盗和海盗。

两年后，汉尼拔再度率军登陆西西里。这次他出征的原因是叙拉古统治者赫莫克拉提斯攻击了西西里的迦太基城市。迦太基试图联合雅典一起行动，但正在与斯巴达争霸的雅典虽然热情接待了迦太基使者，却没办法给予实质性援助。

汉尼拔在出发前组建了由迦太基公民士兵、北非盟友军队和雇佣兵组成的一支庞大军队，他在一位名叫哈米尔卡的年轻将领陪伴下动身。

这次对手做出了积极的反应，迦太基人经过艰苦的海战才得以突破叙拉古舰队的拦截登陆。出人意料的是正当部队开始围攻最富裕的希腊城市阿克拉伽斯之时，汉尼拔居然因为感染瘟疫而一命呜呼了……

七十年前的悲剧看似就要重新上演，但这时统领军队的哈米尔卡可不是当年的那位哈米尔卡，他顶住叙拉古军队的猛攻，用计策吓得阿克拉伽斯市民弃城而逃，然后不费吹灰之力就占领了这座坚固富裕的城市。

迦太基和叙拉古此后展开了一系列拉锯战，但战斗带来的伤亡数远远不及瘟疫——公元前405年，超过一半兵力病死的迦太基人向叙拉古人提出议和。叙拉古人此时也同样被瘟疫折磨得奄奄一息，于是和平就这样被催生出来。

年轻的哈米尔卡在得到了叙拉古认可迦太基对西西里中部和西部的控制权的承诺后赶紧离开了这个倒霉地方。

叙拉古在与迦太基这一回合的角力中暂时吃瘪，引起了这个希腊霸主城邦内部一连串的政治动荡。在混乱中，一个出身底层但极具煽动能力的年轻演说家登上了独裁者的宝座，他就是戴奥尼索斯。

戴奥尼索斯的野心与格隆不相上下，但做事的底线比格隆低了太多，很多为贵族阶层所不屑的手段，在他这里都成为为了胜利而理所应当使出的招数。

公元前397年，戴奥尼索斯在得到迦太基本土正遭受瘟疫折磨的情报后，立刻召开了叙拉古公民大会。这位年轻的独裁者竭力煽动起希腊人对腓尼基-迦太

叙拉古城遗址

基人的种族仇恨，打出希腊民族解放的旗号。他义正词严地命令迦太基必须立刻交出所控制的希腊城市，并且呼吁希腊各城邦没收迦太基居民的财产并将他们驱逐出境。

在戴奥尼索斯的煽动下，全西西里的希腊城镇和城市都忽然对自己的迦太基商业伙伴变了脸，并上演了骇人听闻的抢劫和种族屠杀暴行——希腊人惯于安在腓尼基人身上的那些可怕传说，如今却被自己付诸实际。

然后，戴奥尼索斯将几乎所有希腊城邦都拉到自己旗下，他组建了西西里希腊联军来进攻岛上的迦太基城邦，其中第一个倒霉的就是莫提亚。

迦太基城完全没有准备，仓促之间根本来不及组建陆军去救援西西里的同胞，只能出动海军袭击叙拉古的港口进行牵制。然后莫提亚城在英勇抵抗后最终陷落，即便如此，城中的居民甚至在城墙被摧毁后还筑起街垒以巷战抵抗。

获胜的希腊军队在城市中肆意屠杀，以至于痛心的戴奥尼索斯不得不派出传令官在城中四处呼喊，要迦太基人逃到神庙中避难——这位希腊民族解放英雄并非为迦太基人的命运而痛心，而是为自己的钱袋子而痛心，因为市民被屠杀得越多，他所能贩卖的奴隶就越少。

那些成功逃至神庙中的莫提亚市民成了奴隶，其他人则全部被杀死。最惨的是那些受雇为莫提亚城而战的希腊雇佣兵，这些俘虏被狂怒的希腊同胞们钉死在十字架上，作为对他们"通敌"的惩罚。

莫提亚城被夷为平地之后，戴奥尼索斯继续蹂躏其他迦太基城邦。

公元前396年，哈米尔卡率领迦太基远征军登陆西西里展开复仇之战。这位英勇的将军攻占并完全摧毁了梅萨纳城，并且将希腊联军打得节节败退，一路推进到叙拉古城下——眼看希腊民族解放英雄戴奥尼索斯大人就要彻底完蛋了。

但是这一次瘟神再度缠上了迦太基人，在日后戴奥尼索斯自己书写的回忆录中留下了关于这场瘟疫的生动记录：

渎神的迦太基人纷纷染病，他们最初的症状是喉咙灼烧般肿胀疼痛，接着背部肌肉酸疼无比，四肢沉重得不能移动。很快痢疾症状在迦太基军营中蔓延，病人全身皮肤长满了恶心的脓包。甚至还有些人变得疯狂，完全失去了理性，他们挥舞着武器在军营中来回奔走，袭击遇到的每一个人……总而言之，这种疾病一旦发作就无可医治，死神在第五天或第六天时降临，临终前的病人要忍受巨大痛苦，以至于所有人都认为在战场上倒下的人运气真好……

哈米尔卡发现自己陷入绝境之中，不得不秘密与戴奥尼索斯协商停战。戴奥尼索斯让迦太基军队付出一笔重金后从自己的控制区溜走。但这份秘密协定是在叙拉古和迦太基士兵都不知情的情况下达成的，结果迦太基人撤退时遭到对此一无所知的叙拉古舰队袭击，只有哈米尔卡率领的少数几艘船回到了迦太基，其余被抛弃的士兵基本都沦为叙拉古人的奴隶。

就在哈米尔卡的船只挣扎着驶入港口时，整个城市的市民都聚集在岸边等候。因为他这次远征失败，城中家家戴孝户户号哭。当岸上的迦太基人发现只有眼前这几条残破战舰上的幸存者得以生还时，家属的恸哭声和尖叫声顿时响彻整条海岸线。

哈米尔卡身穿奴隶服装在神庙周围到处转悠，大声控诉自己的罪责并祈求上天责罚，但迦太基人并不肯原谅这个失败者，也不肯原谅他所出身的马戈尼德家族。

马戈尼德家族对迦太基的统治权就此瓦解，因为他们的名字总是与海外远征的失利联系在一起。

哈米尔卡后来在悔恨交加中绝食自杀，与此同时汉诺家族崛起，取而代之。

汉诺家族的首领是头衔为"伟大的"的汉诺将军，这位迦太基贵族的表现并不比哈米尔卡更高明。在他的指挥下，迦太基陷入与叙拉古的长期拉锯战中，直到公元前373年两国因无力继续作战才再度签订了一份停战和约。

但是，我们知道地中海世界的一切和约都是用来撕毁的……

戴奥尼索斯去世之后，叙拉古被自己的母国科林斯重新控制。

科林斯派出代理人提莫里昂在叙拉古重建了民主制政府，并与众多西西里的希腊城邦再度结成庞大的反迦太基同盟，重燃战火。

公元前340年夏季，迦太基派遣了一支由公民组成的大军前往西西里作战。这是迦太基最精锐的神圣兵团，这些富裕的士兵们装备着白色木制盾牌、铜和铁制的重甲，以训练有素而著称，而且上阵之前他们要以公民身份起誓决不放弃阵地逃跑。

为了迎击这支迦太基大军，提莫里昂率领军队深入敌境，在克里麦沙河边设伏。当迦太基军队开始渡河时，希腊骑兵从浓浓的晨雾中展开突袭。这时一场突如其来的冰雹帮助了希腊人：因为他们背对着冰雹落下的方向，而迦太基人则被迫面对冰雹和敌军的双重攻击。于是迦太基人的防线很快就崩溃了，一万名神圣兵团的战士履行了自己的誓言，战斗到最后，另一万名雇佣兵则选择投降，成为奴隶。

克里麦沙河之战是迦太基人在西西里战场上遭受到的最严重打击。不过迦太基人很快重整旗鼓，他们利用希腊各城邦独裁者对提莫里昂推行的民主制度的不满，拉拢了一些人起来造叙拉古的反。迦太基出钱出人帮助这帮希腊人中的分裂分子，不过他们不敢再派出大量的公民士兵，转而使用以雇佣军为主体的炮灰军队了。

公元前338年，叙拉古和迦太基签署了又一份和约。叙拉古承认西西里西部是迦太基人的势力范围，而迦太基人也不再支持那些造反的希腊城邦中的独裁者。

叙拉古的赌局

到了公元前323年，就在整个地中海世界都在马其顿的军威下瑟瑟发抖时，那些暂时还未被征服的国度纷纷向亚历山大大帝所停留的巴比伦城派出使节。这里面有来自意大利的布鲁蒂亚人、卢卡尼亚人和伊特鲁里亚人，来自北方地区的凯尔特人和西徐亚人，来自远东地区的伊比利亚人以及来自非洲腹地的努比亚人，以及来自北非的迦太基人。

大家希望能与亚历山大建立起良好的外交关系，摸清他的未来意图，其中尤以迦太基使者哈米尔卡·罗达努斯的心情最为复杂：关于亚历山大是否会放过迦太基这一点，已经从推罗的毁灭看得很清楚了。虽然亚历山大放过了当时正在推罗城中的迦太基香客，但毫无疑问的是，一旦亚洲被完全征服，那么迦太基也必然将一起覆灭。因而对未来充满担忧的迦太基元老院要求罗达努斯探明的是亚历山大究竟会在何时进攻迦太基，而并非是否会进攻迦太基……

罗达努斯为了得到亚历山大的信任，干脆假扮成一个迦太基流亡者，宣称自己因为仰慕亚历山大而自愿前来加入马其顿军队。罗达努斯的计策成功了，他得以接近亚历山大并了解了他的意图。虽然罗达努斯立刻向迦太基送去密信报告这一消息，但当他设法脱身返回祖国后，迎接他的却是死刑！因为倒霉的戏精罗达努斯演技过于逼真，不仅瞒过了亚历山大大帝，也骗过了他的同胞。迦太基人确信他真的背叛了祖国，投奔马其顿国王了。

迦太基人的恐惧一直持续到亚历山大在巴比伦城英年早逝为止，此后马其顿帝国被亚历山大的将领们瓜分，其中分得叙拉古的正是声名狼藉的阿加托克利斯。阿加托克利斯是凭借煽动加暗杀的手段登上叙拉古王座的，为了巩固自己来路不正的王权，他立刻效仿格隆和戴奥尼索斯，对迦太基挑起了一场新的战争，以转移内部矛盾。

此时的迦太基内部正处于体制问题造成的危机当中，由于长期依赖雇佣军作战，西西里岛上的迦太基城邦领袖与从本土来的将军之间产生了深深的信任危机。理由很简单：雇佣军士兵不是迦太基公民，他们只向管理军队的将军效忠，因而产生了迦太基军阀。

在公元前4世纪时期，西西里的迦太基将军们权力极大，他们有权根据战局选择是战还是和，还能代表迦太基与外国城邦缔结盟约。尽管这些协议需要迦太基元老院的事后追认，但数百公里之外的元老院对前线将领们做出的政治决定往往只能默认。

迦太基的将军们也是人，他们在与叙拉古的长期作战过程中熟悉了对方的军阀独裁统治方式，于是的确有人忍不住想在本国也如法炮制一番。例如希腊人就认为汉诺家族的首领汉诺将军在面临政治危机时选择了发动政变建立独裁政权，事败后汉诺家族的所有男性成员都被处死，他本人则被钉死在十字架上——这也是迦太基人对造反将军的一贯处罚方式。

迦太基的将领们对政府和人民也抱有不信任感，不止一位将军曾满怀愤懑地抱怨说，当胜利的欢呼还未落地时，自己已经被同胞们视为仇敌了！

公元前1世纪时的希腊历史学家狄奥多罗斯如此评论道：迦太基人在战争中将自己的领袖晋升为军事统帅，他们认为身为领袖者理所当然地应该站出来为国效力。但当战争结束后，出于妒忌或恐惧迦太基人又开始控诉折磨自己的救世主。他们将莫须有的罪名安在统帅头上，对这些可能变成独裁者的国家功臣施加严刑峻法的制裁。因此，迦太基的将领往往会因为害怕遭到法庭审判而弃职逃亡，或是试图篡权成为独裁者以自保。

至于阿加托克利斯，则早已洞悉迦太基将军的这种微妙心态，他之所以能上台，就是因为果断地利用了迦太基将军与国内政治家之间的紧张关系。

在阿加托克利斯试图染指叙拉古统治者宝座之初，见惯了大世面的叙拉古人对他不屑一顾——虽然亚历山大大帝去世引发了继业者战争，但那是属于马其顿最高层的大将军们的事情。他们不认为阿加托克利斯这种军中的小虾米也敢觊觎叙拉古的王位。

叙拉古精英阶层对阿加托克利斯的鄙视气得他发疯，于是阿加托克利斯干脆一不做，二不休，忽悠了一帮西塞尔人组成军队去进攻叙拉古。结果这伙暴徒在进军路上遇到了一支庞大的迦太基军队。虽然迎面而来的迦太基司令官哈米尔卡只要动动小手指就能将阿加托克利斯化为齑粉，但他居然在与这个希腊野心家的谈判中被蛊惑了。于是两人达成秘密协议：哈米尔卡派兵五千协助阿加托克利斯杀进叙拉古城夺取统治者宝座，然后阿加托克利斯再利用叙拉古的力量帮助哈米尔卡也获得迦太基的政权！

这就是阿加托克利斯上台的过程，而他控制叙拉古后的第一件事就是拉着希腊联军攻击迦太基属下的城邦。胸怀抱负的哈米尔卡对此当然是选择原谅——他还等着阿加托克利斯帮自己成为迦太基的独裁者呢！

除了这个秘密协定之外，哈米尔卡也希望西西里保持动荡，这样迦太基元老院才不得不继续任命他做军队统帅留在这里。这种养寇自重的把戏其实并不能瞒过精明的迦太基元老们，但他们经过投票后决定，先不召回卖国贼哈米尔卡进行审判，而是要在有把握与哈米尔卡对抗之前保持沉默。

从此时开始，西西里的迦太基军队开始成为一支半独立的力量，而它名义上的祖国迦太基对其几乎毫无约束力。

幸而哈米尔卡及时死掉了，这才让元老院担心的内战危险没有出现。议员们重新选举出一位西西里驻军指挥官：他也叫哈米尔卡，基斯戈之子哈米尔卡。

新的哈米尔卡于公元前311年来到西西里岛，他以出色的指挥才华赢得了一场压倒性的胜利，让阿加托克利斯率领败军龟缩在叙拉古城中不敢动弹。

基斯戈之子哈米尔卡随后又施展外交手段瓦解了叙拉古的反迦太基同盟，与诸多希腊城邦重新建立起友好关系，将阿加托克利斯孤立起来。踌躇满志的哈米尔卡打算攻占叙拉古，从而彻底终结这场漫长的战争。

身临绝境的阿加托克利斯自然是不肯束手就擒的，虽然他的陆军几乎全被消灭，但叙拉古的舰队实力仍存。于是他制定了一个极为大胆的行动方案——渡海进攻迦太基本土，把战火引向从未遭受过战火蹂躏的迦太基世外桃源！

阿加托克利斯的确是个道德卑劣的赌徒，但他同时也是叙拉古统治者中对迦太基了解最深的一个。他通过审讯俘虏确认了依赖雇佣军作战的迦太基人根本没有在本土作战的经验，而利比亚人等北非原住民在发现一支敌视迦太基的军队登陆之后，是否会群起而响应呢？毕竟他们被外来的迦太基人压制了数百年之久了……

阿加托克利斯说干就干，登陆北非需要一定数量的士兵，他便迅速征召叙拉古公民入伍，还把全部的雇佣兵乃至奴隶也拉进队伍里。为了凑集军费，他屠杀了反对自己远征的贵族对头并查抄他们的家产。他还抢劫了叙拉古城里的神庙，强迫城中男子交出储蓄，勒令妇女上缴珠宝——当然除了没收政敌资产之外，其他行为都打着暂时借贷的旗号。

公元前310年，由六十艘船和一万三千五百人组成的叙拉古远征军悄悄溜过

叙拉古的独裁者
阿加托克利斯率
军进攻北非

中世纪书籍中记载的罗马军队在北非登陆

迦太基舰队封锁线起航了。经过六天的航行，这支叙拉古小舰队在距迦太基仅一百一十公里处的卡本半岛登陆。阿加托克利斯知道自己绝无回头的机会，于是他登陆后立刻烧毁船只，以破釜沉舟的气势向自己的士兵们发表了鼓舞士气的演说。

希腊人沿着北非的绿茵道路向毫无防备的迦太基城进军，并轻而易举地拿下了沿途城镇，直抵城下。

敌人居然出现在城下？！

从未遭遇过战火的迦太基人彻底慌了神，他们认定既然阿加托克利斯在北非出现，那就意味着西西里的迦太基军队必定被全歼了。于是城里的全体男性公民都被征召入伍，由波米尔卡和汉诺这一对政敌共同指挥，硬着头皮出城作战却遭遇惨败，汉诺战死沙场后波米尔卡立即率军撤回迦太基城闭门不出。

这时从西西里传来了一条消息：得知祖国被入侵后的迦太基军队军心也不稳遭遇惨败，基斯戈之子哈米尔卡被俘后被处死，其残部分裂成几个互相敌对的小股武装。

阿加托克利斯得意扬扬地在迦太基城下展示着从西西里送来的哈米尔卡首级，就在离征服迦太基仅有一步之遥时，他带来的钱却用完了。

因为叙拉古的军队中不仅有西西里来的本国公民、雇佣军和奴隶，还有北非的利比亚人和努米底亚人，这些人都指望着打下迦太基城大捞一笔，结果听说决战之前居然不发工资了！

于是希腊人立刻秉承自己古老的优良传统，发起闹饷叛乱，而非洲人也跟着折腾起来。大家历数阿加托克利斯的自负和专横行径，声称如果他不能如期支付军饷就把他送给迦太基人。

迦太基人则很快反应过来，他们向叛军领袖们支付了一大笔军饷，还许诺说如果叛军领袖能说服西西里的希腊军队站到自己这边的话，将提供足以令他们满意的奖金。在这危急时刻，阿加托克利斯居然利用自己在基层士兵心目中的威望，以自杀相威胁平息了兵变。毕竟如果他死去，叙拉古人根本不知道自己能不能活着走出非洲。

阿加托克利斯巩固了自己的地位后，又拉拢了利比亚绿山地区的希腊城邦昔兰尼之主欧斐尔拉斯。昔兰尼曾是迦太基的伙伴，但阿加托克利斯承诺会给他迦太基在北非的全部领土，面对这一诱惑，昔兰尼立刻背叛了这份传统友谊。

欧斐尔拉斯曾追随亚历山大大帝南征北战，但他的智商明显比不上阿加托克利斯这个无赖。后者很快就谋害了自己的新盟友，吞并了他的军队。

就在叙拉古人整顿队伍的同时，被围困的迦太基城中还上演了一出政变闹剧。有一位名叫波米尔卡的公民被任命为军事统帅后，成为独裁者的野心即刻被激活了。

波米尔卡先让自己的政敌们组成一支军队，以讨伐与叙拉古人联合作乱的努米底亚部落之名义，把他们远远调开。接下来他将忠于自己的一小支军队召集起来，兵分五路吹着号角向城中各处进发。

迦太基人开始以为是希腊人打进来了，结果很快发现原来是内部出现了叛徒。被激怒的年轻人自发组织起来抵抗，遭遇抵抗之后波米尔卡的军队便开始不分青红皂白地屠杀城中公民。

市民们则在元老院组织下集结起来与叛军作战，经过一番对峙后，由年长公民组成的劝降团说服叛军投降。鉴于城外就是叙拉古人，所以元老院承诺不追究叛乱者的罪责，但他们对罪魁祸首波米尔卡食言了，没有饶恕他。

粉碎了政变阴谋之后，迦太基人抽空朝城外瞄了一眼——咦，情况似乎有点不对？

原来西西里岛上的希腊城邦趁着叙拉古军队离开的时机纷纷扯旗自立为王了，胜利在望的阿加托克利斯被迫率领一部分军队返回西西里镇压内乱，他才能平庸的儿子阿奇埃加瑟斯被留下来统率围城大军。

凶神恶煞一样的敌人竟然凭空消失了，迦太基人精神立即为之一振，起来准备反击。他们明智地将军队分为三个战区，分别负责海岸、内陆及腹地的作战任务。

叙拉古统帅阿奇埃加瑟斯在看到迦太基人的新举措之后决定见招拆招，或者说是上演了一出拙劣的模仿秀：他也将军队以相同的方式拆分成三部分，并且主动出击寻找迦太基人决战。这位希腊少爷根本没考虑到迦太基人这么做是因为他们是在自己的土地上作战，而叙拉古人人生地不熟，还要分兵追击敌人，其下场可想而知——两个被派去内陆地区搜寻敌人的叙拉古军团遇伏并被干干净净地消灭了。

这下形势逆转，叙拉古军中的利比亚人纷纷倒戈，跑到迦太基人那边去拥抱旧主。

阿奇埃加瑟斯见形势不妙，连忙一路撤退到图内斯重新集结残部，这位大少爷还急匆匆地给老爹写信痛骂反复无常的利比亚盟友，并请求紧急支援。尽管阿加托克利斯快马加鞭赶回来救场，但局势已无可挽回。迦太基人抓住战机步步紧逼，阿加托克利斯亲自上阵也无法使自己士气崩溃的军队重新振作起来。

遭受一连串败仗之后，阿加托克利斯终于承认，自己的北非冒险已到终点。他决定带着儿子离开这个鬼地方，由于全军撤退将立刻引起迦太基人的全面进攻，所以他决定抛弃自己的军队。

经过至少一次失败的逃跑尝试后，阿加托克利斯成功地抵达海岸登船扬长而去，扔下了目瞪口呆的军队和垂头丧气的儿子——无能的军二代阿奇埃加瑟斯在夜间跟随父亲突围时走散，结果天亮时被抓住带回了叙拉古军营。

抓捕阿奇埃加瑟斯的并不是迦太基人，而是被他们父子抛弃的希腊同胞。当大伙早上睁眼一看，发现阿加托克利斯居然丢下大家逃跑之后，愤怒的叙拉古士兵们便把阿奇埃加瑟斯和他的兄弟都抓起来折磨致死，然后果断地派出代表向迦太基军队表示愿意归顺。

迦太基人也表现出惊人的宽宏大量，他们开出极为宽松的条件：所有叙拉古军人都会得到现金，作为被旧主拖欠军饷的补偿，如果愿意他们将被编入迦太基军队作为雇佣军效力；不愿意为迦太基作战的人也会被运到西西里的迦太基城市索拉斯居住。但是叙拉古军中仍有些不肯放弃仇恨因而拒绝与迦太基人合作的军人，这些不识时务的家伙则被押送到迦太基各地进行重建城镇的劳动改造，反正这些废墟也都是由他们亲手造成的……

至于那些拒绝投降试图战斗到底的叙拉古人，最后落得个被钉死在十字架上以儆效尤的悲惨结局。

至此，迦太基本土终于恢复了和平与秩序，孤身逃离的阿加托克利斯在惴惴不安中迎来了迦太基派出的使团。迦太基人提出了一项令人吃惊的动议：他们打算以大量的黄金和粮食换取叙拉古侵占的先前由迦太基控制的所有西西里土地的统治权。也就是说迦太基愿意出钱恢复战前状态，喜出望外的叙拉古当然是选择握手言和了。

不过迦太基人并不是纯良之辈，他们选择与阿加托克利斯妥协首先是因为这场战争已经搞得地主家也没余粮了。为了应付惊人的军费开支，迦太基人发行的金币含金量一路跌到谷底，最后甚至出现了铜币，这显示出这个商业帝国发生了难以控制的通货膨胀。

此外迦太基人也很清楚地认识到身边的努米底亚人、利比亚人和希腊人邻居对自己的真实看法——仅凭阿加托克利斯的一番忽悠，这些与自己交往几百年的邻居们就欢天喜地地加入了敌人的队伍！如果此时倾巢而出去攻打叙拉古报复，这些芳邻会趁机动什么手脚还不一定呢……

更深层次原因还在于迦太基元老院对自己的军队也不放心，且不说对那些参与了波米尔卡政变的叛军还未清算，光是如何处置这支因为阿加托克利斯入侵而组建起来的庞大军队就令元老院头疼不已，就算是刚刚经历了亡国威胁，迦太基统治者依旧不相信这些军事指挥官对祖国的忠诚度。

在这样的情况下，迦太基人才会做出放叙拉古一马的决定。但这并不意味着他们就此放弃了复仇，他们将对阿加托克利斯恨之入骨的叙拉古降兵安置在西西里，时刻准备着发动复仇战争。

另一方面，阿加托克利斯的北非冒险虽然失败，但也不甘心放弃自己的野心。公元前306年，阿加托克利斯自行称王。他将注意力转向北方的意大利半岛，试图在那里为自己名下的叙拉古帝国开疆拓土。

阿加托克利斯频繁施展外交手段，试图将包括埃及的托勒密王朝在内的广义上的希腊势力联合起来，建立一个超级同盟。但首先他并不是亚历山大大帝，其次他对盟友下绊子的手段天下皆知，因此希腊同胞对这位叙拉古之王的建议感兴趣者寥寥。

最后阿加托克利斯死于一场神秘的疾病，希腊人说他是在失去了语言能力且全身瘫痪的情况下被直接抬上火葬柴堆活活烧死的。对于这位煽动能力超群的野心家来说，这真是一种充满黑色幽默的悲惨结局。

阿加托克利斯死后，叙拉古随即一蹶不振。

就在叙拉古试图征服的意大利土地上，一个新兴的强权正在快速崛起。这个强权对待战争的态度与腓尼基-迦太基和希腊人完全不同。他们能够忍受夹杂在凯歌中间的几段惨败哀乐，他们善于从失利带来的打击中吸取教训，他们以派出新的军队而不是签订和平协议和提议休战作为解决问题的方案。通过这种自己忍受痛苦并向敌人持续施压的手段，这个强权在公元前4世纪中期就已经展现出一统意大利的潜力，并成为迦太基人竭力拉拢的盟友——他们就是罗马人。

第五节
迦太基必须毁灭

爱搬家的罗马人

　　古罗马的起源很复杂，公元前2000年拉丁人从多瑙河流域进入现在的意大利地区，约于公元前800年移至后来罗马城所在地，在帕拉提乌姆等山丘上定居。

　　与此同时，萨宾人和伊特拉斯坎人也来到这里。经过一段时间的融合之后，拉丁人联合萨宾人和伊特拉斯坎人等部落组成罗马人公社。

　　公元前753年，英雄罗穆卢斯杀死自己的兄弟瑞摩斯后称王并建立了罗马城。

　　由杀人犯开创的国家自然不会太平，到了公元前509年，罗马人撵走了暴君塔克文，理由是这家伙是臭流氓，净干强奸贵族妇女的勾当。后世也有记载说这是朝末代君主身上泼脏水的行为，其实塔克文未必就是强奸犯。总之古罗马王政时代就此结束，由此建立起贵族掌权的罗马共和国。

　　早期罗马共和国中最有权力的是元老院。元老为部落长老和退任的执政官，享有决定内外政策以及审查和批准法案的权力，连公民大会百人团选出的执政官也须经元老院批准。执政官执掌最高行政权力，由推举出来的两名贵族担当。他们与王政时代的国王一样拥有绝对的统治权力，穿着国王穿的紫色大袍，坐在象牙宝座上。不过，他们的权力受到非常严格的限制：他们只执政一年，以后供职于元老院；他们是两人执政，任何一名执政官都可以凭借简单的否决有效地阻止对方的行动或决定。

这种执政官制度正是罗马人能在争霸战争中笑到最后的原因，罗马的敌人会发现自己无法通过与罗马领袖协商以达成持久的或有意义的和平协议，因为罗马国内没有某个人或党派能够长期垄断政治权力。在正常情况下想跻身罗马政坛顶端要经历极为残酷的竞争，因而罗马执政官基本上都不敢在自己的短暂任期内冒着遭政敌谴责和国人咒骂的风险与敌人妥协。

早期的罗马军队主力是平民，在罗马的初创时期，战乱不断，时常有外敌入侵。穷棒子们平时为了生活辛勤奔波，遇到打仗还得出去玩命，并且不管做出多大贡献都不能当高级官员，不能当元老院议员，还不能和贵族通婚——连罗密欧和朱丽叶式的白日梦都不能做！

如此一来，大伙自然离心离德。贵族们瞅着穷棒子们有消极怠工的趋势，心里也着急。

古罗马传说是母狼养育了英雄罗穆卢斯和瑞摩斯两兄弟

中世纪版画：英雄罗穆卢斯称王并建立罗马城

公元前494年恰逢外敌入侵，为了哄着穷棒子们出力打仗，贵族们承诺有战功的减免债务，结果仗打完了贵族们也不认了。平民这下怒了，他们手持武器离开罗马，跑到阿文丁圣山安营扎寨。爱谁谁吧，老子不伺候了！这下贵族们傻眼了，平民们一撤离，罗马就成为一座死城，贵族们连吃饭都成问题，更别提抵御敌军了。于是连忙表示兑现承诺，好一阵连哄带劝才把穷棒子们请回来。罗马设置了民选的保民官、营造官和平民会议来保障平民的权利，其中保民官对政府法令有否决权，成为对贵族权力的重要制约力量。

穷棒子们心里乐开了花——这阶级斗争还真是一抓就灵啊！

到了公元前471年，穷棒子们故技重施再度撤离，逼迫贵族们同意保民官担任平民会议主席。公元前450年罗马颁行第一部成文法《十二铜表法》，就在于平息贵族和平民间的斗争。结果由于执政官非法延长立法委员会的任期，公元前449年穷棒子们发起了第三次撤离运动。

贵族们简直要吐血了——你们还有完没完了？无奈之下，只好再逐步做出让步：公元前445年，平民获得了与贵族联姻的权利；公元前367年，平民获得当选为执政官的权利，随后获得进入元老院的权利。公元前300年，平民获准参加所有等级的祭祀活动，这使得他们在宗教事务上与贵族享有同等的地位。公元前287年，平民大会的立法和决定被认定对所有罗马公民（无论是平民还是贵族）都有约束力，这是平民最后在权利和影响上取得的最大胜利。

这些改革是在没有战争或流血的情况下进行的，尽管他们并没有从根本上解决这两个阶级间的斗争，却避免了内战的发生。

共和体制带来了罗马国力的大爆发，到了公元前3世纪的时候，共和国的疆域已经向整个意大利半岛扩展开来。

经历过多次穷棒子撤离运动考验的罗马很善于拉拢民心，他们对被征服领土实施了开明与独裁相结合的政策。罗马通常并不破坏被征服的城邦，而是给予它们一定的自治权力。罗马附近的城邦居民全部被授予罗马公民权，还有一些城邦被授予自治权，而另外的则结成同盟。不过，所有的城邦都要向罗马缴税并服兵役。有罗马士兵驻扎的地方，其军费由当地支付，士兵成为该地永久性的军事居民。

罗马的统治方式大受欢迎，很多城邦迅速归于罗马。通过这种独特的方式，罗马在每一个被征服地区都拥有了一个永久性的军事基地。为巩固这些基地，雄心勃勃的罗马人开始筑路。他们修筑的道路质量高，笔直如线，甚至径直穿过山区，确保了士兵和供给可以快速地运抵反叛之地。

通过实施授予被征服地区自治权力以及公民权（或者允诺他们在将来有公民权）的政策，建立确保对于反叛地区快速严厉的反应通道，罗马人在意大利半岛上创建了一个持久和平的帝国。

不过对于更偏远的国家，罗马的政策就是残暴和灭绝人性的。例如在征服高卢和日耳曼的战争中，大屠杀和焚烧抢掠成为惯例，当地居民全被当作奴隶，连罗马士兵的军饷也用这些奴隶抵充。

平心而论，罗马对于异族的恐惧政策源自异族曾给罗马带来的毁灭威胁：公元前390年，高卢人越过亚平宁山脉南下横扫意大利。在闪电般击败罗马的机动兵力后，这股毁灭的泥石流涌进了连城门都来不及关闭的罗马城。

残余的罗马人逃上易守难攻的卡庇托林山上死守，这里是罗马的圣地和精神支柱，若是此地沦陷的话，整个罗马都会崩溃灭亡。

幸而卡庇托林山顶一面临水三面为峭壁，极适于防守。但这块弹丸之地无法容纳整个罗马城的居民，所以非精干强壮者及其妻儿外一概不得上山。其他老弱病残，即便是元老院的元老们也只能留在城中听天由命了。

守卫者前脚刚爬上山，高卢人便如泥石流般滚滚涌入毫无抵抗的罗马城。被抛弃的元老们端坐在广场上，可是毫无文明素质的高卢人根本不吃这套，他们把这些白发苍苍的罗马贵人们当场活活打死了……

于是这帮凯尔特征服者成了闯入瓷器店的公牛，四处横冲直撞，肆意烧杀抢掠。元老院、市场、房屋都被破坏焚烧，被杀死的罗马人尸体铺满了街道。这是罗马建国以来第一次受到异族的蹂躏，而且侵略者整整逗留了半年多，所以被罗马人视为奇耻大辱。

了解古罗马史的读者可能听说过"圣鹅"半夜怪叫惊醒守卫者，守卫者发现了偷爬上来的高卢人，从而拯救卡庇托林山的故事。这个故事无论真假，都无法掩盖卡庇托林山上的守卫者坐山观屠城的无奈。最后这帮高卢的乡下蛮子们因为过不惯城市生活，又因为城市卫生完全被摧毁而暴发了大瘟疫，这才接受了罗马人的赎金后撤兵。

这个不共戴天之仇罗马人记了三百多年，直到阿莱西亚之战后高卢大酋长韦辛格托里克斯被迫向罗马共和国的高卢总督恺撒投降，整个高卢地区被罗马征服后，才算是让高傲的罗马人出了这口气。

但迦太基人对于共和国时期的罗马人而言，是一种非常独特的异族势力。与希腊人和腓尼基人的关系非常类似，他们之间也曾存在过一个漫长的蜜月期。

公元前351年，一个迦太基外交使团将一个十一公斤重的硕大金质王冠赠送给罗马人，以恭贺他们战胜了萨莫奈人。这说明当罗马日益成为一个举足轻重的区域强国时，迦太基人迫切希望维持并加强彼此之间的外交关系。

罗马人对迦太基人的友好姿态极为看重，元老院决定将这顶王冠安置在最重要的卡庇托林山朱庇特神庙之中。

到了公元前348年，迦太基与罗马签订了一份新条约，约定两国商人在对方的城市里享有同等的权利。事实上在罗马境内一直存在着数量巨大的迦太基商人群体，来自迦太基的咸鱼、盐、羊毛、大蒜、杏仁和石榴都是罗马市场上的常见商品。但除迦太基城之外的北非市场对罗马商人却是封闭的，这种不对等体现出两国在经济实力上的巨大差异。

更重要的是罗马和迦太基承认彼此在意大利半岛上的领土主权，因为此时双方拥有一个共同的敌人——叙拉古。

皮洛士的胜利

公元前3世纪初，罗马人开始征服南意大利地区。

这里是传统的希腊势力范围，眼看着罗马人打上门来，这一区域的希腊城邦老大塔伦图姆着急上火地开始寻找盟友。最终被他拉来助拳的，是位于今天阿尔巴尼亚地区的一个希腊小国伊庇鲁斯的国王皮洛士。

皮洛士时年三十八岁，这个年纪的人在当时已颇有些烈士暮年的意味了。这位希腊英雄的一生都在动荡不安中度过，多次经历政变和复辟，在反复无常的列国争霸和结盟背叛中锻炼出惊人的军事才华，但之前始终被限制于自己的小小王国里壮志难酬。

塔伦图姆的邀请让皮洛士看到了染指意大利的机遇，于是在公元前280年，皮洛士率军两万五千余人横渡亚得里亚海。

当皮洛士在南意大利登陆后，塔伦图姆将自己招揽到的全部兵力都交给皮洛士指挥，于是这支联军人数达到近十万人之多——但核心战斗力依旧是皮洛士带来的那些老兵。

为了迎击皮洛士的军队，罗马派出了四个军团，在人数上明显处于劣势。

不过罗马人当时正处于上升期，如风卷残云般席卷南意大利，当地的希腊城邦在罗马人眼中不堪一击，所以他们并没有集中全力来迎击敌军。

但皮洛士毕竟是大海那头声名远扬的战将，罗马人在谨慎地接触后缓缓退到了赫纳克里亚附近的预设战场。

直到希腊人抵达，罗马人开始进攻。

果不其然，貌似强大的塔伦图姆军队一看到罗马人列阵而来便一哄而散。幸而皮洛士对盟友的能力早有预料，在战友瞬间崩溃之际稳住了阵脚。当双方进入残酷的肉搏战时，他亮出了自己的秘密武器：二十头战象。

这是罗马军队第一次在战场上面对大象，不光是罗马士兵傻眼了，连他们的马也一样吓得四处乱窜。

皮洛士挥军掩杀，大败罗马军。这一战让罗马人直接损失了一半兵力，是他们对外扩张以来遭遇的最大失败。

皮洛士赢得赫纳克里亚会战胜利后一路穷追猛打，直抵罗马城下安营扎寨。

就在罗马城内人心惶惶之际，皮洛士的使者送去了议和的建议。原来皮洛士的连战连捷是以损失自己嫡系部队为代价换来的，他深知自己的盟军上阵时基本等于"坐场",真正能打的就是自己带来的伊庇鲁斯老兵。

皮洛士绝不肯拿出全部血本去硬攻防御坚固的罗马城。他明智地看到,虽然罗马连遭败绩,但被它征服吞并的拉丁城邦都继续保持着忠诚,自己屯兵坚城之下并不是上策,所以不如争取和平之后载誉而归。

罗马元老院听到皮洛士那宽宏大量的条件时简直不敢相信自己的耳朵:不用赔款不用割地,只要承认南意大利希腊城邦的独立地位就行,皮洛士还愿意单方面释放两千余名战俘以示诚意。

罗马人就是否接受皮洛士的提议展开了激烈的争论,关键时刻一位盲人元老阿彼阿斯·克劳狄乌斯站出来怒斥愿意与敌人妥协的胆小鬼,号召罗马人拿出与敌人血战到底的勇气,宣称只要有一个敌人还在罗马的土地上,就永远不要提议和两字!

在阿彼阿斯充满激情的演说煽动之下,元老院里没人再敢提议和两字了。但不少人心里却在犯嘀咕。

由于阿彼阿斯搅局,皮洛士的计划告吹了。

双方经过冬季休整以后,在阿斯库伦附近展开了第二次会战。

在这次会战中罗马依旧落败,但皮洛士军队中的伊庇鲁斯老兵精华也几乎损失殆尽。

当战役结束时,塔伦图姆的贵族向皮洛士祝贺胜利,他却悲凉地说:"如果再有一次这样的胜利,就没有人可以和我一起回国了!"

从此后"皮洛士的胜利"便逐渐成为西方人口中得不偿失的代名词。

此战之后,皮洛士逐渐在意大利陷入尴尬境地:罗马人正在拼命扩军准备再战,他的希腊盟友却因为屡屡被他羞辱而与他闹僵。就在这位统帅左右为难之时,一封来自叙拉古的信带来了转机——叙拉古的领袖赛农邀请皮洛士到西西里一起对抗迦太基人!

皮洛士匆匆看完信件后高兴地一拍大腿:就是它啦!

赛农的提议之所以会对皮洛士如此有吸引力,一个重要原因就在于皮洛士是阿加托克利斯的女婿。皮洛士认为昔日叙拉古之王后裔的身份能够让他理直气壮地上位,而此刻的叙拉古正值虚弱分裂之际,所以他立即决定前往西西里。

皮洛士塑像

皮洛士让罗马人第一次领教到战象的威力

公元前278年，皮洛士挥军开进西西里岛。

要说迦太基人对皮洛士毫无警惕是不客观的，他们早已关注到皮洛士与叙拉古有可能联合的倾向。并且早在公元前280年，便派遣由马戈率领的舰队驰援罗马。但马戈在罗马港口奥斯蒂亚被拒之门外，罗马人出于不让迦太基深入控制意大利的考虑彬彬有礼地回绝了这一援助。

皮洛士带到西西里的只有他那些伊庇鲁斯的残兵剩将，但仅仅因为他的迫近，一支迦太基舰队就放弃了对叙拉古港的封锁。

成功进入叙拉古城的皮洛士展示出极为出色的宣传能力，他宣称自己将使西西里永远摆脱迦太基人的野蛮统治。这个诺言立刻激起了西西里各个希腊城市的热情，大家纷纷以反迦太基同盟的名义供应兵员、金钱和补给品，皮洛士麾下再度聚集起一支由三万名步兵和两千五百名骑兵组成的军队——不过他很快就会发现迦太基军队的战斗力根本不能与罗马军团相比。

在皮洛士抵达西西里之后，迦太基与罗马签署协议，承诺双方均不得单独与皮洛士议和，以避免皮洛士利诱其中一方与其结盟对抗另一方。双方还约定了彼此在遭受皮洛士攻击后的支援义务：向对方派遣援军时将自行负担己方军队的后勤和军饷，但海上作战将由迦太基自己负责，毕竟罗马人的海军力量不值一提。

迦太基与罗马的协约刚签订完，西西里岛上的迦太基城市便被皮洛士摧枯拉朽般地摧毁，最终只剩下利利贝乌姆城一根独苗还在苦苦支撑。

招架不住的迦太基不顾自己与罗马墨迹未干的协议，前去乞求和谈，他们拿出以往对付叙拉古统治者的惯用手段：用钱解决问题。

迦太基人许诺将提供大笔军饷和战舰供皮洛士使用，条件是他离开西西里，不再回来。显然迦太基人并没有考虑到自己的盟友罗马人会不会因此被激怒——有钱有兵的皮洛士要是离开西西里的话会去哪儿十分明显。没想到皮洛士要价太高，他不光要钱，还限令迦太基人全部撤离西西里岛，并将利比亚以北的地中海作为迦太基和希腊世界的界线，但这种条件令迦太基元老院顿时想起阿加托克利斯入侵北非的前车之鉴，这下和平无望了……

利利贝乌姆城的抵抗仍在继续，皮洛士再度遭遇了类似罗马城下的那种尴尬局面。与此同时皮洛士那狂妄自大的老毛病也犯了,自从他进入西西里后立即被希腊人尊为叙拉古的"国王和领袖"。但皮洛士的胃口越来越大,这种荣誉性的头衔并不能让他满意:他打算让自己的一个儿子做西西里之王,另一个儿子做意大利之王。

西西里岛的希腊城邦一看皮洛士把自己一家人都安排得妥妥帖帖了,不由得拍着胸脯叹息:合着大伙给自己请来的不是解放者,而是一位祖宗啊!

在皮洛士直接插手叙拉古等城邦的内政,并公然杀害了邀请他来西西里的叙拉古首领塞浓之后,西西里几乎所有的希腊人都站出来骂他是个忘恩负义、背信弃义的小人。义愤填膺之下,很多希腊城邦转而联络迦太基人表示愿做内应。于是迦太基军队趁势对失去后援的皮洛士大举反击,皮洛士虽然再度击败了迦太基人,却感到已无法在西西里立足。

正巧这时被罗马猛攻的塔伦图姆再度向皮洛士求援,这个绝望中的南意大利希腊城邦已经顾不得先前与他的矛盾了。皮洛士赶紧趁机宣布自己要去解放意大利的希腊人,把西西里同胞们的解放事业暂时先放一边。

公元前275年春,皮洛士将叙拉古政权转交给自己的手下希罗二世后,率领一百余艘战舰组成的舰队离开西西里。结果舰队刚一出海就遭到迦太基海军的袭击,在海洋上迦太基人还是战斗力十足的,皮洛士损失战舰七十余艘,大部分士兵都葬身大海。

到了夏季,当他再度出现在南意大利草原上时,皮洛士已经既没有老兵也没有战象了。失去这两样杀手锏之后,皮洛士最终在贝内文托会战中被罗马人一举击败。从此皮洛士一蹶不振,在秋季率领残兵败将返回伊庇鲁斯。

三年后,皮洛士在攻打一个希腊城邦时被一个老妇人从屋顶掷下的瓦片砸晕,当了俘虏后惨遭斩首。就在一代枭雄如此不堪地退出历史舞台的同时,罗马征服了南意大利地区。

随着公元前270年塔伦图姆城的陷落,整个希腊地区都落在了罗马人手中。罗马在吞并希腊城邦的同时,也大肆吸收希腊文化成果。其中最为明显的例证莫过于自公元前4世纪晚期开始流行的特洛伊继承者一说:罗马自古流传着罗慕路斯和雷穆斯兄弟建立罗马城的神话,随着希腊文化对罗马影响力的增强,这对双

南意大利地区的希腊城邦向皮洛士求援

东罗马时期的迦太基士兵处决犯人

胞胎弃婴逐渐被视为特洛伊的后裔。

后来的罗马诗人维吉尔在作品中赞颂了特洛伊城破之际，安基塞斯王子与爱神阿佛洛狄忒之子埃涅阿斯逃出危城前往意大利，以及他的后代创建罗马城的丰功伟绩。

这种传说不仅表现出罗马人自恋和自我美化的情结，还隐藏着拉拢被征服的希腊势力的政治意义。到了公元前3世纪初期，马其顿王国的外交使者已经公然用"同宗同源"来与罗马元老院拉关系了——虽然在荷马史诗描述的时代里，特洛伊还是希腊文明世界之外的野蛮势力……

随着罗马在文化上与希腊逐渐靠近，统治罗马的精英阶层中也开始酝酿出一种越来越强烈的感觉：迦太基人是站在罗马-希腊文明对立面的敌人。事实上罗马与迦太基的友情从来就是在彼此警惕的背景下建立的。即使在皮洛士兵临城下时，罗马人依旧将迦太基援军拒之门外，这表明了这对盟友之间的不信任程度。

现在皮洛士这个双方共同的威胁已经化为枯骨，罗马-迦太基同盟也就开始分崩离析了。

公元前273年，埃及托勒密二世向罗马派出使者寻求建立外交关系，罗马人热情地予以回应——他们渴望在地中海地区寻找能代替迦太基人的新朋友。

与此同时，罗马元老院中谴责迦太基背盟的言论也此起彼伏，例如在塔伦图姆城陷落之际，迦太基派出船队侦察一事就被罗马人指责为其试图支援塔伦图姆人。

何况，西西里的希腊城邦素来秉承着挑动区域大国彼此争斗的悠久传统。当罗马站在眺望西西里岛的南意大利海岸线上时，它主动或被动参与到西西里争霸中只是个时间问题了。

汉尼拔的远征

强盛已久的迦太基和快速崛起的罗马一直都在互相防备，均认为保护自己的唯一手段就是消灭竞争者。他们都习惯了不受约束的游戏规则,这就使得双方领导层虽无意大动干戈,却对制止冲突也缺乏兴趣。

经过一百五十年的持续经营之后,迦太基已将西西里视为自己理所应得的领土。而罗马人那侵略的本能不仅让他们对征服西西里充满渴望,同时他们也时刻担忧迦太基人会觊觎意大利本土——虽然迦太基人在罗马兴起后早已放弃了这个念头。

于是,公元前264年,第一次布匿战争爆发,地中海世界自此被永久地改变。

罗马人是惯于主动进攻的,他们先以保护西西里的希腊盟友为由,毁约攻击了迦太基在西西里岛的据点。迦太基的海军当时已称霸地中海,罗马海军处于襁褓之中,但这次海战的结果却是罗马完胜。陆战的情况也有些出人意料,一贯战斗力差的迦太基陆军在名将哈米尔卡·巴卡的带领下,与罗马军团打了个平手。

这场战争持续了二十三年,直到迦太基撑不下去,全面撤出了西西里岛,并对罗马赔款才得以终止。这就是第一次布匿战争。

战争结束后哈米尔卡矢志报仇,却不幸在镇压西班牙凯尔特土著叛乱时死去,他的儿子继承父亲遗志,决心去寻罗马人的晦气。这个年轻人就是古罗马时代最伟大的军事家汉尼拔。

二十六岁的迦太基将军汉尼拔登上历史舞台的地点并不是北非而是西班牙,这也是他所出身的巴卡家族所统治的土地。

汉尼拔出生于北非,但九岁时便来到西班牙,在父亲麾下的军营中长大。后世的罗马历史学家李维曾如此描述汉尼拔身上的军人气质:

指挥的才华与服从的觉悟往往相互矛盾,但这两样特质在汉尼拔身上得到了完美的统一……

一旦危险降临,他会立刻展现出一流的战术能力。

这个人从肉体到精神都是不知疲倦的,无论是在酷热或是严寒的环境中,都能安之若素。

他并不纵情于吃喝,饮食仅以维持必需的体力为限。他醒着和睡觉的时间都是不固定的，并无白天黑夜之分。

当忙碌之中的他得以抽出时间睡上一觉的时候，他既不会去找一张柔软的床铺，也不会去找一个安静的环境，因为经常有人看见他裹着一条军用披风睡在地上，周围是一群担任警卫的普通士兵或执勤的哨兵。

从衣着上来看，你是绝对无法将他与同一年龄段的其他年轻人区分开来的，但他的装备和坐骑是那么引人注目。无论是骑马还是徒步，他在一群战士中间都显得与众不同。

他总是第一个投入进攻当中，又总是最后一个离开战场。

尽管有政敌在迦太基元老院中愤怒地抨击巴卡家族已经将西班牙变成私人财富，而且汉尼拔继承西班牙驻军总指挥职务时甚至没有申请公民大会批准，但此时的迦太基不仅失去了海军力量，更因为第一次布匿战争和雇佣兵叛乱陷入了破产危机，所以对控制西班牙白银输出的巴卡家族敢怒而不敢言。

汉尼拔上台后的头两年时间都花在征服西班牙上了，他在消灭凯尔特土著的作战中展现出了继承自父亲的军事才华。

公元前220年春，汉尼拔在塔霍河与强敌对峙时使出假装示弱撤退的策略，他在己方营地与河岸之间留出足够的空隙诱使敌人渡河，然后自己边撤退边进攻。损失惨重的凯尔特人登上河对岸后才惊讶地发现，有四十头大象正等着把他们活活踩死……

汉尼拔随即渡河消灭了士气崩溃的残敌，这场辉煌的胜利不仅让他的士兵们对指挥官忠心耿耿，信赖无比，更让北非的政敌们不再敢质疑这位年轻将军的军事才华。

当汉尼拔彻底稳定了西班牙控制区之后，他已经是一个拥有二十三万平方公里土地的统治者，麾下有身经百战的六万步兵、八千骑兵和二百头战象组成的大军。强悍凶猛的凯尔特部落已经臣服于他，并源源不断地向他提供雇佣兵，西班牙的银矿则满足了他庞大的军费开支。

汉尼拔为击败罗马做出了详尽规划，在进攻之前他先派遣了一支军队前往北非保护迦太基城——此举一方面表现出他对祖国的忠诚，另一方面也是在警告巴卡家族的政敌不要在战争期间耍什么花样……

接下来在公元前218年冬季，汉尼拔翻越了罗马人心中的天堑阿尔卑斯山进入罗马的后院，第二次布匿战争爆发。

对此罗马人大为震惊，他们早已看出汉尼拔要发动战争，却没料到他选择了如此艰苦的进军路线！

的确，这条路充满了苦难，在行军途中汉尼拔的军队被冻死了一半人马。但他迅速纠集起当地的高卢人，在意大利北部各处寻衅滋事。高卢人一贯被罗马人欺负得挺狠，所以趁机跟在迦太基人后面闹腾得挺欢，迦太基的军队人数也因此得到补充，达到四万人左右。

汉尼拔是一位情报战高手，他不仅招募了大量对罗马统治不满的各族间谍，本人也经常戴上假发和假胡须混入罗马军营刺探情报。这对一个军队主帅而言，实在是惊人的冒失之举，更何况他在这期间还因为眼病而右眼失明。不过对一个想象力丰富，可以跨越阿尔卑斯山的人来说，又有什么是不可能的呢？

由于有充分的情报，再加上汉尼拔的天才指挥能力，迦太基和蛮族联军取得了一系列战役的胜利。尤其是在坎尼战役中，汉尼拔摆出新月形状的阵形，用五万人包围歼灭了十万敌军。

此战过后，罗马费尽心机集中起来的军队被消灭了七万人之多，阵亡名单上包括罗马执政官鲍鲁斯、两位前任执政官、两位财务官、共和国四十八名军团司令官中的二十九人，以及八十位元老院议员，换句话说，这一战报销掉了罗马共和国政府接近三分之一的成员。

此战是古罗马历史上最惨痛的失败，也是世界战争史上单日伤亡最严重的战役之一。

整个罗马在汉尼拔的剑下瑟瑟发抖，差不多又要上演全民撤离的戏码了，只是由于迦太基军队缺乏攻城器械才暂时幸免于难。就连马其顿国王菲利普五世也与汉尼拔结盟，并趁机对罗马发动了第一次马其顿战争。虽然汉尼拔取得了辉煌的胜利，但由于意大利境内的大部分城邦拒绝背叛罗马，所以他始终无法动摇罗

迦太基军队艰苦行军

汉尼拔胸像

汉尼拔率军翻越阿尔卑斯山入侵意大利被视为军事史上最伟大的远征之一

马的统治基础，加上他的盟友基本上都是些靠不住的骑墙派，当罗马下定决心与他拼消耗的时候，他的失败也就无可避免了。

公元前212年，罗马大将科尔内利乌斯·西庇阿开始采取围魏救赵的策略，直攻迦太基。他是罗马人中的情报大师，在北非的土地上书写了超越汉尼拔的传奇。

当时西庇阿率领着两个罗马军团，共有三万五千人，不过他将面对的迦太基人却有九万之多。迦太基军队分成两队驻扎，像铁钳般形成左右夹击之势与罗马人对峙。在这种情况下，罗马间谍们开始活跃起来。按照罗马人的记载，在吃晚饭的时候鼓手和号手在西庇阿的营帐外发出信号，提醒将军向各个哨所派出警卫人员。罗马间谍们趁着黑夜的掩护出去侦察，在天亮前回到军营向西庇阿汇报情况。西庇阿会非常仔细地询问和比较每一个间谍所走的路线和进入敌营的入口。

西庇阿是个狡猾的指挥官，他一面保持对峙局面，一面不断地派遣使者去和迦太基将领哈斯杜路与赛法科斯交涉。而他的使者全都是些精明的间谍，罗马军队中有经验的中级军官如百夫长之类也化装成仆役或奴隶混在使团中。他们诡计多端，而迦太基人则显得非常大意。有一次罗马间谍们故意松开一匹马的缰绳，然后用极为拙劣的演技追赶马匹，借此机会跑遍了迦太基人的军营。迦太基军人们只顾大笑着嘲讽罗马人，根本没注意到整座军营的底细都被敌人看了个清清楚楚。

《李维罗马史》中的记载如下：当使者们同迦太基的统帅谈判时，这些由百夫长冒充的奴仆们便在营区四处活动，他们把每个进出口、工事布局、每支敌军部队的相对位置和人数、军营的警卫哨兵警戒位置和换哨时间以及哈斯杜路与赛法科斯两座军营之间的距离及路线都熟记在脑中。同时他们也在考虑应该在白天还是晚上发起攻击。

由于和谈很频繁地进行着，所以罗马的军官们每次都派不同的间谍去侦察，好让尽可能多的人熟悉敌营状况。这样的情形一直在持续，结果有一次差点露馅：当西庇阿的使者莱利斯正在与赛法科斯会谈时，赛法科斯的一个手下认出了化装成奴隶的百夫长路西斯，因为他俩以前曾在罗马境内见过。但莱利斯是个很会随机应变的人，他立即哈哈大笑着让赛法科斯的手下去鞭打路西斯，理由就是一个奴隶竟敢令人以为自己是个罗马公民。路西斯恭顺地挨了一顿鞭打，于是在场的迦太基人都认为此人肯定是个奴隶，因为一个罗马的百夫长不可能忍受得了这种屈辱。

经过细致的侦察后，西庇阿动手了。他针对迦太基军营完全由木头和芦苇建造这一点采用了火攻。正当迦太基人奇怪那些勤快的和谈使者为何不见了踪影时，火势已无法控制。惊慌失措的迦太基人刚冲出火海便遇到了罗马军团的短剑，一夜之间大约有四万人命丧黄泉，迦太基的军队被彻底摧毁。

此前一年在意大利战场上，汉尼拔也遭受到了严重的挫折。公元前211年，汉尼拔进攻罗马的港口城市诺拉。负责守卫诺拉城的是马凯路斯，这个谨慎的罗马将领不理会汉尼拔的百般挑战，他清楚迦太基军队没有足够的攻城器械，只要做好防御就足以保证安全。

心急如焚的汉尼拔决定还是用自己拿手的间谍战法，他派遣间谍渗透进诺拉城，在城中居民内部进行策反煽动。由于汉尼拔的威名和他一向厚待俘虏的态度，他很快便招募到一批仰慕他的居民组成内应部队。双方商定：一旦马凯路斯率部出城作战，就立刻关上城门。门外面的罗马军队交给汉尼拔军队消灭，内应部队制服城内的留守部队，夺取城内的军械物资后再杀出城来，与汉尼拔军队里应外合夺下诺拉城。一切进展得很顺利，诺拉城似乎唾手可得。

但汉尼拔过分自信了，他没料到自己的内应部队中隐藏着一个双重间谍——路西乌斯·本提乌斯。本提乌斯本是一名罗马军人，在坎尼战役中被汉尼拔俘虏。当时他身负重伤，濒临死亡。汉尼拔不但没有杀他，反而派人悉心照料他并为他疗伤，在他伤愈后汉尼拔还给了他自由，让他继续回到罗马生活。当汉尼拔的大军来到诺拉城下时，本提乌斯恰好在城内生活。他深知报答汉尼拔的时机到了，于是主动出城与汉尼拔联系。汉尼拔也委之以在城内负责组织接应的重任。

为了组织起更多的内应，本提乌斯每天游走于诺拉城的各个角落，一面争取对罗马统治不满的人加入内应部队，一面四处宣扬汉尼拔的功绩。一般来讲，在敌占区从事地下工作不应该跟沿街叫卖似的那么张扬。但本提乌斯是实在人，由于工作热情高涨而过于大张旗鼓，在与汉尼拔商定好里应外合的计划后不久他便被捕了。本来按照罗马人的传统，内奸应该立即被钉死在十字架上，但马凯路斯是个例外的慢性子。他耐心地同本提乌斯谈人生谈理想，基本要义就是为我干活大有好处！

有的时候，人的行为是有惯性的。比如本提乌斯就把背叛当成了家常便饭。在他的指认下，内应部队被马凯路斯一网打尽，七十多人被处死，他们的家人都变成了奴隶，家产也被全部没收充公。此后，本提乌斯继续以高涨的热情同汉尼拔谋划"里应外合"之事，当然除他之外的"里应"已经都变成了十字架上的腐尸。

此后的一切都按照金牌导演马凯路斯的剧本进行：一天，马凯路斯主动率部出城作战。汉尼拔喜出望外，马上派军迎战，同时亲自率领精兵突袭城门。但迦太基人没等到城里的接应，却遭到马凯路斯精锐部队的突袭。当汉尼拔攻城的时候，城内整队的士兵突然打开城门杀出来，以迅雷不及掩耳之势发动猛攻。马凯路斯还在城外安排了一支骑兵包围汉尼拔的两翼，迦太基军队四面受敌，阵脚大乱。幸亏汉尼拔经验老到，才在骑兵的掩护下收拢部队冲出了包围圈。

这次攻城失利使汉尼拔百战百胜的神话画上了句号，诺拉城的攻城战斗持续了两年多。汉尼拔损失了一万多人，最终还是望城兴叹。对汉尼拔打击更大的是，这次攻城的溃败使他名誉受损。军中的部分将士甚至开始公开质疑他的指挥能力，部分曾跟随他攀越比利牛斯山和阿尔卑斯山来到罗马战斗多年的老兵也弃他而去。这严重地挫伤了汉尼拔的自尊心，大大削弱了他的锐气，诺拉之败也标志着他的军事生涯巅峰状态的结束。本提乌斯这个名字由此在西方世界成为双面间谍的代名词。

在这种情况下，汉尼拔被迫撤离意大利回援祖国。在与西庇阿对阵时，汉尼拔也用和谈作为缓兵之计。古罗马历史学家弗洛鲁斯记载了汉尼拔和西庇阿会面时的场景：两位一向闻名的将军，一个在意大利战场屡次得胜，一个在西班牙战绩辉煌……两位统帅本人就达成和平条件会晤谈判。他们俩长时间相对无言，一动不动，彼此流露出对对方的仰慕之情。由于没有达成和平协议，军号又吹响了。两人都证实，指挥作战者不可能这样善于运筹帷幄，将士在作战中不可能如此斗志昂扬。西庇阿公开这样讲，他指的是汉尼拔的军队；而汉尼拔讲的则是西

罗马人利用"乌鸦"登上迦太基战舰展开肉搏战,绘制于1883年

诺拉之败也标志着汉尼拔的军事生涯巅峰状态的结束

庇阿的军队。

西庇阿和汉尼拔见面时彼此惺惺相惜，可惜由于双方提出的条件差距巨大，和谈无果而终。此后汉尼拔如往常一样派出大量间谍侦察罗马人的动向，而西庇阿的士兵们是受过严格训练的，所以反而俘获了一些迦太基间谍。西庇阿亲自审讯间谍，出乎意料的是，他们没有被虐待或杀死，反而受到了罗马统帅和颜悦色的招待，因为西庇阿认为这些间谍可以为自己所用。他亲自带着这些间谍把军营里外转了个遍，还介绍了罗马军团的详细部署。最后这些迦太基人被好吃好喝地招待了一顿，客客气气地送了回去。西庇阿只有一个要求，那就是要间谍们如实向汉尼拔汇报自己看到的一切。

汉尼拔在听完汇报后十分满意，尤其是在得知罗马人几乎没有什么骑兵力量之后更是如此。他的军队由于刚经过长途跋涉而疲惫不堪，减员严重，但是对于消灭没有骑兵支援的罗马军团还是有自信的。

他不知道的是，自己的盟友努米底亚人已经背叛了自己，他们的六千名骑兵正在赶来的路上。随即展开的扎马会战便由此出现了戏剧性的场面：当三万罗马军团和几乎超过他们人数一倍的迦太基军团绞杀在一起时，六千名努米底亚骑兵突然出现并从迦太基人背后发起冲击。迦太基人全军覆灭，汉尼拔单骑脱逃，而罗马人只损失了一千五百人。

第二次布匿战争的结局由此战奠定，汉尼拔输给了比自己更狡猾的情报战大师。根据新的条约，迦太基的陆军被解除了武装，海军的六百艘战舰全部被集中起来，当着西庇阿的面焚烧殆尽。迦太基除非洲外的所有领土都被割让给罗马，还要支付巨额的战争赔款。

经此一战之后，迦太基已经无力再与罗马争斗了。

由于马其顿国王菲利普五世曾与汉尼拔结盟，罗马随后发动了进攻希腊的战争。马其顿方阵在罗马军团的打击下溃不成军，公元前197年，罗马将军提图斯·奎恩科提乌斯·弗拉米尼努斯在希腊东部的色萨利击败了菲利普，并宣布希腊所有城市为自由城市。公元前189年，叙利亚国王安条克的军队在小亚细亚的马格尼西亚战役中被歼灭。

至此，所有的希腊化国家几乎都被罗马征服。

罗马人也没有放过迦太基和汉尼拔。扎马战役结束后汉尼拔退出了军界，他当选为行政官，并试图借助商业重振国力。但是仅仅七年后，罗马人便开始担心迦太基的复苏威胁，他们要求迦太基政府交出汉尼拔，汉尼拔则自愿被流放，离开迦太基。他周游各国，曾先后两次在不同的国家率领军队对抗罗马，可是每一个国家最后都因受到罗马的压力而要出卖他。经过几年的流亡生活之后，这个品格高贵、坚强不屈的迦太基人服毒自尽。根据李维的记载，就在同一年，曾经在非洲战场上获得"非洲征服者"称号的西庇阿也在政治斗争失败后去世。

迦太基必须毁灭

迦太基不再是一个地中海强权了，它失去了帝国的资本，也卸下了帝国的重负。迦太基人放弃了复仇的念头，一心按照腓尼基祖先的传统以商业立国。他们的贸易天赋是如此卓越，以至于仅用十年时间便从战败的阴影中挣脱出来。

在罗马，人们将"小迦太基人"等歧视性的称呼加诸战败者，希腊作家创作出丑化迦太基人的喜剧在罗马境内四处上演。虽然普通罗马公民对迦太基的存在并不在意，但元老院中始终存在着敌视迦太基的力量，他们害怕享受了半个世纪和平的迦太基再度崛起。

尽管迦太基人做出百般的低姿态来祈求罗马赐予和平，但罗马的盟友努米底亚人借势不断在北非侵略迦太基的领地，而迦太基与努米底亚的战争终于给了罗马出兵的借口。

公元前150年，关于罗马人开始动员军队的噩耗传到北非，立即在迦太基城中引发了普遍的恐慌。

迦太基人匆忙逮捕了主张与努米底亚开战的罪魁祸首哈斯德鲁巴将军，并判处了他死刑，然而当使团前往罗马元老院中祈求为迦太基辩护时，他们看到的是一张张冷脸和充满敌意的质问：你们为何不在与罗马的朋友开战前就这么做呢？迦太基人低声下气求问该如何弥补过失，却只得到一句含糊不清的答复：你们应该让罗马人民感到满意。

公元前149年，八万步兵和四千骑兵组成的罗马远征军抵达北非。迦太基人按照罗马人的吩咐交出了三百名贵族孩童作为遵守协议的人质，并且上缴了全部武器和作战器械。率领远征军的罗马执政官塞索里努斯确认迦太基人被完全解除武装之后，才向由三十位公民领袖组成的代表团宣布了罗马元老院的和平条件：迦太基人必须迁徙到为他们指定的北非内陆约十六平方公里的保留区内居住，而他们的城市将被彻底夷为平地。

这是罗马人背信弃义的死刑判决，当迦太基的神庙和墓地被摧毁，祭祀仪式被全面禁止，并且失去赖以立国的港口之后，这个商业城邦国家也就不复存在了。在古代世界中没有一个国家在国家宗教基础被彻底摧毁后还能继续存在下去，这正是罗马人的目的——迦太基人将远离海岸转为农耕民族，当梅尔戛、巴尔·阿蒙等腓尼基神灵被彻底遗忘之后，他们将被利比亚人彻底同化。

塞索里努斯向迦太基人宣布：

祛除一切邪念的药方就是遗忘，除非你们掉过头，不再关注你们的城市和昔日荣耀，否则你们是做不到遗忘的。

我们允许你们自行选择想去的地方，一旦你们在那里定居了下来，你们就可以按照你们自己的规则来生活。我们之前就告诉过你们：只要你们服从我们的统治，迦太基就可以享有自治权。我们认为你们这些人——而不是你们所生活的这片土地——才是迦太基。

绝境中的迦太基人被激怒了，骚乱席卷全城，暴民们杀死了所有主张接受罗马人要求的元老贵族以及城中倒霉的意大利雇佣军。

本来被判处死刑的哈斯德鲁巴将军被立即释放，官复原职，全体迦太基人一致同意立刻开始备战——愿意投降的人都已经被同胞杀死了。

整座城市的奴隶都被释放并被编入军队，为了解决没有武器的问题，城中包括神庙在内的全部公共建筑都成为临时兵工厂，七十万居民不分男女老少昼夜不停全部投入抢造兵器工作当中，每天有一百面盾牌、三百支剑、一千支弓箭和五百支投枪被生产出来。迦太基的妇女们还纷纷剪下长发，制作出投石机用的绳索。

塞索里努斯本以为被解除武装的迦太基人不敢也没有能力反抗，当他意识到这座城市竟然真的打算以死相搏时，不得不下令开始攻城。但这场战争的艰苦程度远超罗马人的想象，残酷的攻防战一直持续到第三年。

公元前147年，新任罗马指挥官西庇阿·埃米利阿努斯率领援军抵达非洲，接掌消灭迦太基的指挥权。年轻的西庇阿尚未达到担任执政官的法定年龄，也没有正式的委任状，他被破格任命为执政官，收拾北非的烂摊子。

而此时迦太基的统帅哈斯德鲁巴被西庇阿从野外赶入城市，然后无奈地看着罗马人修筑的防波堤封锁了海港，从而彻底切断了迦太基城与外界联系的海陆交通线——这座城市的陷落只是时间问题了。

西庇阿完成封锁线之后，轻松地扫荡了北非土地上仍旧忠于迦太基的城镇，将大量难民赶入城中，以加快消耗敌人的粮食。

而哈斯德鲁巴则在绝境中坐上了僭主宝座，他将自己的反对者全部处死，以粮食配给来控制城中饥饿的居民。为了确保迦太基人不会在绝望中出城投降，哈斯德鲁巴当着城外罗马士兵的面将罗马战俘折磨致死——迦太基人连最后一丝得到罗马人宽恕的机会都已不存在了。

哈斯德鲁巴的独裁统治只持续了很短的时间，公元前146年春，西庇阿发起了总攻。西庇阿绕开哈斯德鲁巴重点防御的贸易港，选择攻占迦太基军港并以此为跳板攻入城中。

罗马士兵沿着由一排排六层房屋组成的街道推进，绝望的迦太基市民站在屋顶上用石头同罗马人拼命，然而只能起到拖延时间的作用，经验丰富的罗马士兵逐屋展开攻击和屠杀，并焚烧仍有人抵抗的房屋。

躲在房屋中的迦太基妇孺被火焰逼出来逃到街道上，他们立刻被罗马人的骑

古罗马军队攻陷迦太基城

德国画家宾茨·格奥尔格创作于1539年的《被俘虏的迦太基人》

兵践踏而死。打扫战场的罗马士兵用铁钩子将街道上所有的迦太基人都拖到乱葬坑中掩埋，不管其中有多少哭求饶命的幸存者。

这场攻击持续了六个漫长的日与夜，西庇阿让他的士兵轮番上阵，以保证战士们体力充沛地完成屠杀全城的使命。到了第七天，一个由迦太基元老组成的代表团手持象征和平的橄榄枝来到西庇阿面前乞求一条生路。年轻的西庇阿接受了他们的投降请求：五万名幸存市民在罗马士兵押送下走出迦太基城，开始了悲惨的奴隶生活。

现在仍在顽抗的只剩下哈斯德鲁巴以及他的亲信和罗马叛变逃兵等九百名守军，他们知道不可能得到西庇阿的饶恕，于是爬上神庙屋顶做最后一搏。

就在最后的时刻来临前，哈斯德鲁巴精神崩溃了。

他抛弃了自己的战友和家人，独自偷偷爬下来像条狗一样匍匐在西庇阿面前祈求投降。神庙屋顶上的人咒骂着哈斯德鲁巴，他们决定慷慨赴死，让罗马人看看自己的志气。神庙被守军点燃了，哈斯德鲁巴的妻子抱着正在瑟瑟发抖的孩子们向丈夫高声呐喊："伟大的迦太基领袖哈斯德鲁巴——你这个叛徒可怜虫，你这个没骨头的狗东西！你要做罗马人凯旋仪式上的装饰吗？你好好看着，我和我的孩子是怎么死的！"

这个勇敢的女人亲手杀死了自己的孩子，并将尸体逐一抛入火中，随后她自己也跳进了火海。

在罗马人无声的注视当中，最后的迦太基守军都被熊熊烈焰吞没，历经七百年风雨的迦太基至此不复存在。

远去的背影

迦太基陷落了，幸存的市民被送往奴隶市场，罗马士兵们按惯例洗劫了这座城市，并且按照元老院的吩咐将之彻底摧毁。

苟且偷生的哈斯德鲁巴和少数几个大贵族被送到罗马游街示众，接着他们被赦免并软禁在意大利的城市中过着较为舒适的生活。

北非土地上那些忠于迦太基的城市都被罗马军队彻底摧毁，而投靠罗马的城市则得到瓜分旧迦太基领土的奖励。

随着罗马进入帝国时代，屋大维以重建迦太基城来标榜自己创建新生政权的自信的力量与和解的诚意。当罗马重建昔日最强大敌人的城市时，也暗示着在整个地中海世界，屋大维带来的是长远的和平。

公元前8年，罗马帝国驻利比亚的一位高级官员为纪念一座公共建筑的竣工，慷慨出资捐助竖立了歌颂这一工程的石碑。碑文上刻着的铭文热情赞颂了罗马皇帝的功德，使用的文字除了拉丁文之外还有腓尼基字母。这位捐助者的名字是汉尼拔·塔帕皮乌斯·鲁弗斯，他是迦太基人的后裔。

正如这位汉尼拔的名字所显示的那样，迦太基人依旧在取名时遵守了源自腓尼基的古老传统，但第二和第三个拉丁名字则显示出罗马文化与迦太基文化的融合程度——罗马帝国统治着的北非迦太基裔精英人士并不认为自己的罗马公民身份与迦太基人出身有何互不相容之处。

在帝国的迦太基行省中，迦太基的语言依旧作为通用语被使用。从黎巴嫩海岸走出来的腓尼基神灵如梅尔夏、阿诗丹特、巴尔·阿蒙和坦尼特等，也依旧在北非的土地上享受着膜拜。

迦太基人理直气壮地宣示着自己罗马公民的身份，同时还保留着源自腓尼基的传统文化。与此同时在旧日的腓尼基海岸一带，与他们同源的腓尼基人虽然同样以罗马为祖国，但其精神家园已经是希腊了。希腊人极为成功地将由腓尼基和希腊之间的文化交流与相互融合所带来的进步完全归功于自己，甚至连腓尼基的后裔都对此深信不疑。

罗马人无疑热切地希望所有北非出身的公民都能将自己与罗马主流文化同化，例如公元1世纪的罗马诗人斯塔提乌斯曾经在信中提醒自己的朋友——迦太基裔罗马公民塞普蒂米乌斯·塞维鲁："你的演说没有用迦太基语，你也没有穿上迦太基服饰；你的思维方式并不是外国的——你是意大利人，意大利人！"

第一位迦太基裔的罗马皇帝塞普蒂米乌斯

公元1世纪的罗马诗人斯塔提乌斯

罗马帝国皇帝卡拉卡拉塑像

开创了罗马帝国的塞维鲁王朝的塞普蒂米乌斯全家福画像

就在斯塔提乌斯写下上述文字的数十年后，塞普蒂米乌斯·塞维鲁的一位与祖父同名的孙子成为首位迦太基裔罗马皇帝，开创了罗马帝国的塞维鲁王朝。这位迦太基裔皇帝重新收殓了第二次布匿战争中的迦太基英雄汉尼拔的遗骨，为之建立起一座雄伟的白色大理石陵墓。而他的儿子卡拉卡拉登上皇位后颁布了安托尼努斯敕令，让罗马帝国内所有的自由人都享有完整的公民权，其中自然包括迦太基裔和腓尼基裔居民。

到了东罗马时代，已经衰落的迦太基传统信仰依旧在北非流传。但基督教在北非的兴起快速清除了古老多神教的痕迹，起源于古老迦南之地的腓尼基文化遗存终于在新兴宗教的扫荡下灭绝了。

随着公元313年"君士坦丁敕令"的颁布，基督教在东罗马帝国境内获得了合法地位，罗马的国策使得基督教会成为国家机器的一部分。在基督教咸鱼翻身的同时，罗马帝国对基督教以外的异教进行了残酷打击，狄奥多西一世关闭了所有异教的神庙，并停止了古代奥运会。

与此同时基督教经过长期蛰伏而产生的极端倾向也开始爆发，他们将自己遭受过的压迫转嫁到其他古老信仰头上，古老的迦太基神庙不得不开始兴建防御工事以抵御来自狂热基督徒的攻击。

在4世纪时君士坦丁式样的基督花押字普遍出现在迦太基的坟墓和建筑物上，这说明当地人的宗教信仰已经转变。当迦太基教会宣布以拉丁语为正式的祈祷用语之后，迦太基语基本退出了官方语言行列。

随着几个世纪后阿拉伯征服者的抵达，新的统治者选择了建立突尼斯城而不是沿用迦太基城作为自己的统治中心。

至此古代迦太基在北非的所有影响力都宣告终结，腓尼基-迦太基一系的背影永远消失在历史长河之中。

第二章
腓尼基神话体系

如同腓尼基人的祖先出现于富饶的叙利亚-巴勒斯坦新月地带一样，腓尼基神话也诞生于这个古文明的摇篮之中。

在这片被称为"迦南"的神奇土地上，操着迦南语的诸民族普遍信仰迦南多神教体系神话，腓尼基人的祖先自然也在其中。后世研究者通过研究《圣经》寻找迦南神话的痕迹时，留存至今的少数腓尼基文铭文起到了相当重要的作用。

迦南人并不注重抽象，而是将对自然的理解和自己的想象力倾注于具体事物之中。当腓尼基文明沿着地中海传播时，脱胎于迦南神话的腓尼基神话也表现出与之类似的特性：神灵们会直接参与到关乎人类命运的那些如火如荼和至关重要的事件中，例如丰饶与生命之神巴尔与他的兄弟贫匮和死亡之神莫特之间无休止的殊死搏斗。

这种搏斗之所以被腓尼基神话反复强调，是因为它反映了迦南农业以七年为周期的土地休耕习俗，世界正是如此在富饶与贫匮中反复循环。

腓尼基人信仰的神灵很多，在希腊和罗马文化兴盛的时代，腓尼基人甚至也开始崇拜宙斯和朱庇特之类的神灵，他们的神话故事中也有这些异族神灵的身影。但无论如何，腓尼基人所信仰的诸神仍然以自己民族的神灵为主体。

每逢某位神灵的纪念日到来，腓尼基人便会选择城邦附近的山坡来举行仪式进行献祭。这是他们的古老传统。如果找不到山坡，在水边也可以举行祭祀仪式。腓尼基人崇拜水，因为造物主艾尔的帐篷外环绕流淌着两条宇宙的生命源泉。

在举行祭祀仪式时，人们要向祭司奉献丰厚的祭礼。

这些祭礼中的动植物被献给神灵，并标志着节日庆典的开始。而金银财物等则落入祭司的腰包——每座城邦中的大祭司往往是仅次于国王的实权人物，祭司阶层富可敌国。

在献祭的同时，腓尼基人的祭神庆典中还少不了仪式队伍，这些队伍中的专业人士负责献上音乐和圣歌圣舞。

腓尼基人期待的是有规律的自然变迁，他们畏惧任何不合时宜的意外——甚至包括突如其来的丰年，因为这对于他们赖以生存的商业活动同样会造成冲击。

腓尼基人期待冬季有雨，夏季有露，希望蝗灾和干旱远离自己的城邦。为此他们愿意向众神献上自己的虔诚祷告和慷慨牺牲……

第一节
艾尔与众神

一般来说，每座腓尼基城邦对于保护神的选择是自由的，城邦之间信仰神灵存在差异的现象非常普遍。

只有一个例外，那就是所有的城邦都信仰艾尔，因为他是腓尼基人共同的上帝。

艾尔是创造之神、众神以及人类之父，在迦南语中是"上帝"、"国王"和"神性"的意思，他也是所有迦南民族早期信仰中的最高神。

但艾尔又是个橡皮图章式的最高神，掌管世界的权力都被他的儿子们夺走了……

在腓尼基人的想象中，艾尔的形象是丰富多样的，其中有一个形象非常特别：这位上帝长着四只眼睛，身前两只睁开，身后两只闭合；在肩上生着四只翅膀，一对振翅欲飞，一对下垂收拢。

根据腓尼基铭文的说明，这表示了艾尔"既睡着又醒着，既醒着又睡着，既飞着又休息着，既休息着又飞着"。这种复杂多变的形象，成为上古神话中艾尔扑朔迷离形象的缩影。

衰老的造物主

腓尼基人对艾尔的来历有很多种解释，其中壮丽恢宏的有艾尔自宇宙之蛋中自我创造，他的出现令蛋裂开，进而产生了宇宙万物。此外还有凡人神格化的解说，如迦太基殖民地时期的比布鲁斯传说声称艾尔本是古代的比布鲁斯王，他死后成为万神之主，他生前的宫殿也成为他成神后的神庙。神庙中有一座巨大的圆锥形圣石，艾尔就居住于此。——考虑到比布鲁斯与埃及文化之间的密切关系，这种传说似乎可视为腓尼基神话埃及化的一个侧影。

约在公元前1400余年前埃及国王阿蒙霍特普一世在位期间，埃及人就已经将腓尼基人口中的艾尔视为孟菲斯神学体系中的普塔神了。

在腓尼基神话中，艾尔诞生后创造了七位主要神灵，以代表世上的七个丰饶年，在腓尼基人的颂歌中，他们被称为"善良仁慈之神"。当然，艾尔还有其他的孩子，在不同的记载中，艾尔有七十或更多的孩子。但不管其后裔的数量是多少，所有的传说都认可艾尔是一切神灵的源头。

与其他文明的创世神话相比，腓尼基的创世神话显得格外另类——造物主在

艾尔镀金坐像

以色列赫赫特博物馆中的阿舍拉女神雕像

开创自己的世界时就已经垂垂老矣。衰老的艾尔站在原初海边的烈焰上创造出两个女子，她们是生育、母亲与海洋之神阿舍拉和拉哈梅两位女神。然后，艾尔手中象征着艾尔男性之力的权标无力地垂下。

艾尔的无力象征着世界正处于饥馑之中，一开始就面临着结束的危机。艾尔将两个女神置于身旁后射下天空中飞过的一只飞鸟，然后麻利地将飞鸟拔毛去内脏放在火上烧烤——看到这里你可能会觉得奇怪，这老爷子怎么关键时刻光顾着美食呢？

答案就在两位女神身上，艾尔一边烧烤一边询问她俩鸟何时会熟。女神的回答会决定她们的身份。

两个女神的回应有两种可能，一种可能是："噢，父亲，父亲！你的棒下垂，权标从你的手中脱落。"在这种情况下她俩就会成为艾尔永恒的女儿，艾尔不会再创造出任何东西。

另一种可能是："噢，丈夫，丈夫！你的棒下垂，权标从你的手中脱落。"在这种情况下她俩就会成为艾尔永恒的妻子。

当然我们知道，这道选择题的答案肯定是后一种，于是艾尔的性能力被唤醒，他让两位女神躺下并俯首亲吻她们香甜的嘴唇。两人因亲吻而受孕，因拥抱而受精，从而开始承受生育之痛，并产下了第一对天神：晨曦之神沙哈尔和黄昏之神沙里姆。接着艾尔再度和两个女神生下了刚才提及的那七位"善良仁慈之神"，以及"海洋的砍刀"和"海洋之子"等诸多神灵。

艾尔与自己的两个妻子在"埃利希之野"的沙漠中建立了一个庇护所式的家园，他住在帐篷里，两条宇宙的源泉围绕着这个世外乐园流淌。在这里他不再需要亲手烹饪了，他的两位妻子"将山羊羔放在山羊奶里煮，将小山羊放在油里炸"。

但那七位"善良仁慈之神"饭量实在太大了，俗话说半大小子吃穷老子，更何况是七位"口可触地，口可触天，可吞进天上之鸟、海底之鱼"的神灵呢！于是艾尔连忙吩咐自己的七个儿子说："我的儿子们啊，你们将置身于巨石和树木之中，历时整整七个年头甚至八度春秋！直到你们这些善神的足迹遍及原野，乃至这一荒漠之地的每个角落！"

就这样，七位善神开始周游世界，在良辰吉日进入各方土地，为大地带来丰收的祝福。

继承者们

艾尔的孩子逐渐增多，他也逐渐变得年老昏聩，甚至在酒宴中显出角和尾巴（迦南神话中艾尔常以公牛形象出现）并晕倒在地。这时他的三个力量最强大的儿子开始争夺继承者之位，这三位神灵分别是风雨之神巴尔、海神雅姆和冥王莫特。

河水和海洋之神雅姆力量强大，在某些腓尼基传说中他被视为艾尔的长子——这也就能解释为何艾尔总是会对雅姆的种种跋扈要求予以包庇了。雅姆诞生于海洋中的神圣火山，随着火山喷发而产生，因此他拥有极为强大的扰乱自然之力，掌握着海洋的狂暴力量。在整个美索不达米亚地区，都流传着关于海神雅姆的传说。他被描绘成大海蛇的模样。一些古代文献中宣称小亚细亚传说中的七头海蛇利维坦就是雅姆的化身之一。

雅姆还是迦南习俗中最重要的水断审判大法官。水断是迦南民族最重要的司法裁判方式，那些疑难案件的嫌疑人会被丢进深深的河水中，由雅姆根据神意来决定他们的命运——无罪者浮起，有罪者沉底……

艾尔很宠爱长子雅姆，他允许雅姆在大海的深渊中兴建自己的宫殿，这可是万神之主才有的权力。这下雅姆野心更大了，却也引起了巴尔的愤怒抗议。

巴尔的不满自然逃不过雅姆的眼睛，大法官决定拿他开刀，给众神立威以确立自己的地位。

一次就在艾尔召集众神欢宴时，忽然闯进来两位横眉立目的"法警"——他们是海神派来的使者。

泥板上的阿诗丹特女神像

卢浮宫中的巴尔神像

这两位使者一反常态地不向万神之父艾尔跪拜行礼，而是昂首挺胸地瞪着在场的神灵。

就在众神均暗自担心时，使者宣布了大法官的最后通牒：交出巴尔，他将作为雅姆的奴仆直到永远，他所有的黄金也将被接收！

众神一听不由得松了口气，巴尔却气得够呛。他看着父亲，可艾尔却说："啊，既然雅姆这孩子都提出要求了，那么巴尔就做他的奴仆好了。供他役使，向他献祭供奉，直到永远！"

巴尔顿时急眼了，心想：哪有这么偏心的糊涂老爹！于是怒从心头起，恶向胆边生，掏出一把刀，打算当场杀死两位使者。

这时候巴尔的妹妹阿娜特和姐姐阿诗丹特紧紧拉住他的两条手臂，劝他暂时忍耐以等待时机。最终巴尔被使者押送到雅姆的宫殿中，像奴隶一样供驱使。

就在巴尔受苦的时候，阿娜特找到工匠神科塔尔-哈希斯，请他为巴尔锻造出"追赶者"和"打击者"这两只神锤。拿到神兵利器后巴尔首先用"追赶者"从背后暗算海神雅姆，没想到大法官虽然遭到重创，却仍然能够发起凌厉的反击。这时科塔尔-哈希斯连忙对着"打击者"施展法力——否则大法官秋后算账他也跑不了。

两人合力，这才给了海神头颅以致命一击，阿娜特极力鼓动巴尔将大法官大卸八块以免其日后东山再起。

就这样，巴尔成为众神之王，他首先要做的就是安抚自己定时炸弹一般的妹妹阿娜特。

阿娜特是非常有魅力的一位女神，她有很多情人，巴尔也是其中之一，但她从来不是谁的妻子，总是独来独往。对她的信仰遍及美索不达米亚和埃及，她被人们称为少女神、战神、猎神，更是腓尼基人的爱情和性爱女神，她的传说还影响到希腊神话中女神雅典娜的形象。

阿娜特是腓尼基神话中最英勇的女战士，她以弓箭和利剑杀死了七头海蛇利维坦，杀死了妖龙，还曾一怒之下捣毁过艾尔老爹的宫殿……

就在巴尔称王的时候，阿娜特却对地上的人类发动了战争。

她在狩猎时忽然遇到人类的军队，于是便"杀尽两城市之子，杀尽海滨之人，使日出之地的居民荡然无存"。阿娜特在英雄的鲜血中沐浴，欣赏着自己砍下的头颅和手臂四处飞舞。

巴尔以向妹妹揭示自然奥秘为条件，让阿娜特停止了杀戮。这个自然奥秘就是迦南民族中非常盛行的"自然之声"之说。后来，《圣经》中曾这样描绘神发出的自然之声："穹苍传扬他的手段。这日到那日发出言语；这夜到那夜传出知识。无言无语，也无声音可听。他的声音通遍天下，他的言语传到地极。神在其间为太阳安设帐幕；太阳如同新郎出洞房，又如勇士欢然奔跑。他从天这边出来，绕到天那边，没有一物被隐藏不得他的热气。"

在迦南诸民族中非常盛行以精神与天地对话，依靠感应自然来揭示诸神以及宇宙构成的至高奥秘。因为在他们的概念中大自然拥有灵性，它的各个组成部分能以人类可听懂的语言进行沟通。

换而言之，这是统治世界的王者才拥有的智慧和能力。这样的奥秘自然引起了阿娜特无比浓厚的兴趣，她立即同意了巴尔停止战争杀戮的建议，风尘仆仆地赶到哥哥身边聆听知识。

巴尔设下野味盛宴款待身为猎神的妹妹，还帮她聚拢珍贵的淡水用以沐浴，同时也提出了一个请求：劝说老爹艾尔允许自己兴建宫殿。

工匠神科塔尔-哈希斯可以为任何神灵兴建宫殿，前提是艾尔同意。但此刻的艾尔因怪罪巴尔杀害了海神雅姆，不仅不同意他兴建宫殿，还打算让阿诗丹特去讨伐巴尔。

阿娜特听后跑到老爹面前咆哮了一番，艾尔被这个暴烈的女儿吓得躲到宫殿深处，提出要让老伴阿舍拉点头才行。没想到阿娜特早已打点好了阿舍拉，他这头话音刚落，那边阿舍拉就带着自己的七十个儿子在门口高喊：我们大伙都有宫殿了，就巴尔没有！

这下艾尔老爹哑口无言，只好点头表示同意。

这下巴尔终于可以在萨丰山巅修建自己的宫殿了，但他对于宫殿是否留有窗户而心意不定：一来他怕自己的三个女儿——光明女神皮德拉伊、雨露女神塔拉伊和大地女神阿尔萨伊会从窗户里飞出一去不归，二来他担心自己的兄弟冥王莫特从窗外溜进宫殿中兴风作乱。

巴尔最终还是听从科塔尔-哈希斯的主张建起了有窗户的宫殿，这座宫殿以神圣的黄金、白银和天青石建成。

接下来，他所担心的两件事全都发生了：光明和雨露从巴尔的宫殿中飞出洒向人间，而代表死亡的莫特则不请自来。

冥王莫特是巴尔的兄弟，迦南民族的不同分支都相信是这个拥有无穷大嘴巴，能吞噬一切的死神统治着亡者居住的地下世界。在冥界的王城中，莫特将一个无底深渊当作自己的王座。他的食欲堪比旷野中的狮子，或是如大海中的鲸鱼一样，任何靠近他的生灵都会被他的大嘴巴吸进去而灰飞烟灭。

莫特拥有极为强大的力量，甚至远远超过了海神雅姆。有研究认为莫特这个形象是从艾尔身上分离出来的，代表了从诞生到死亡的循环。还有些早期的迦南传说认为是莫特打碎了宇宙之蛋，从而使得日月星辰以及地球本身随着爆裂而散布在宇宙四方。

从以上这些线索来看，莫特本身就拥有造物主的力量。所以也不难理解为何如巴尔这样伟大的神灵，也会畏惧他的力量了。

莫特一直等待着除掉巴尔登上王座的机会，他进入巴尔的宫殿后与巴尔大战一场。巴尔不是莫特的对手，不得不低头求饶："我是你的奴仆，永远是你的奴仆！"

另有一说是莫特发出威胁后，巴尔派出使者和谈，但最终不得不亲自前往冥府与莫特谈判。

但无论过程有多少种，结局都是莫特杀死了巴尔。

当这消息传到艾尔耳中时，这位老迈不堪的众神之王先是从王座上颓然滑到脚凳上，继而又从脚凳上滑下，瘫坐在地上。一连失去两个儿子的老人万分悲痛，极度沮丧，他穿上丧服徘徊在森林和山岗，纵使身为造物主也依然会为失去自己的孩子而痛苦万状……

在天后阿舍拉的劝说下，艾尔指派威严的阿特塔尔为众神之王，但阿特塔尔远没有巴尔那般魁梧雄壮，他没有能力坐在萨丰山巅的王座上统治宇宙。

阿娜特也万分悲痛，她在太阳女神沙帕什帮助下闯入冥府质问莫特：巴尔的尸体在哪里？

莫特宣称自己已将巴尔吞食殆尽，连渣都不剩！

听到冥王对自己的罪行供认不讳，阿娜特也不再客气。她拔剑将莫特砍成碎块，又用火烤干后碾成粉末，扬撒在大地上任鸟兽啄食。

就在冥王的尸体粉末播于地下的同时，遥远神殿中正在哭泣的艾尔忽然感到一阵欣慰，这位老父亲在梦境中看到天上降下雨水一般的香脂，河中流淌着蜜水，一片繁荣富足的景象笼罩了整个宇宙……他恍然大悟：随着莫特死去，巴尔业已复活，饥馑的七年过去，富饶的七年来临，这就是从死亡到新生生生不息的循环！

于是造物主笑逐颜开地登上自己的宝座，他高声宣布："让我静静坐在这里休息，让我的心情平静畅快吧。因为我的儿子巴尔已经复活，这片大地终于又有了它的主宰者！"

第二节
阿诗丹特和阿多尼斯

由于前文所述的原因，流传于后世的腓尼基神话除了源自新月地带发现的古代诗篇之外，更多的则是由古希腊和古埃及文献所记载的。希腊、埃及文化与迦太基文化在漫长的交流过程中彼此影响和融合，很多神灵是三者共同承认并各自演绎，后来又在古罗马时代再度变化的。

这种融合的情况非常复杂，不同的腓尼基殖民地对神灵有各自的理解。

例如埃及女神伊西丝在比布鲁斯被称为守护女神巴特拉，她照看着整个城邦。她象征着农作物和人类的繁育，是比布鲁斯的土地、神灵和人民共同的母亲。但伊西丝在其他迦太基城市并不一定都被视为巴特拉，甚至有的城邦并不认同她。

还有些神灵是真正的"万人迷"，例如在比布鲁斯被称为"大人""老爷"的神灵——阿多尼斯，对他的崇拜之情溢出了城邦，传遍整个地中海世界。

关于这位俊美少年的传说是不同文化交融的典型范例：虽然阿多尼斯的传说源自黎巴嫩-叙利亚，形成于比布鲁斯，但他更广为人知的事迹却是在传入希腊后演化成的爱神阿佛洛狄忒和阿多尼斯传说，到了罗马时代又变成了维纳斯与阿多尼斯的故事——如果不是翻开了腓尼基人的记录，谁又知道这两个人物的原型是腓尼基神话中的阿诗丹特和阿多尼斯呢？

持剑的爱神

刚才提到了阿诗丹特与阿佛洛狄忒之间的微妙关系，那么是否希腊神话中的爱神就是迦太基神话中的阿诗丹特呢？

你还别说，追根溯源的话，希腊神话中风情万种的阿佛洛狄忒，以及后来罗马化了的爱神维纳斯的前身真的是腓尼基人信仰的阿诗丹特！

但是西顿守护者阿诗丹特的身份极为复杂，第一节中我们曾提及她劝阻巴尔不要冲动地杀死海神的使者，而且在巴尔杀死海神后艾尔老爹曾考虑过让阿诗丹特去讨伐巴尔。

如果阿诗丹特只是一位美丽爱神的话，这些凸显睿智和武力的故事似乎不大符合她的人设啊……

这个问题的答案估计会令你感到意外：首先爱与美的女神阿佛洛狄忒就绝非花瓶人物，这位女神刚出现在希腊神话中时可不是捧着鲜花，而是拎着利剑的！

151

埃及底比斯出土的第十八王朝图特摩斯四世时期的埃及化阿诗丹特女神浮雕残片

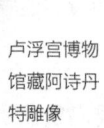

卢浮宫博物馆藏楔形文字泥板,上面书写着巴尔遇害后阿娜特向艾尔通报凶信的神话故事(1933年出土)

卢浮宫博物馆藏阿诗丹特雕像

刻着腓尼基文字的坦尼特女神像

她最初的身份是塞浦路斯岛的守护女神和女战神，在史诗中被称为"塞浦路斯人"。是从亚细亚渡海而来的腓尼基商船将阿诗丹特的传说带到了塞浦路斯，继而才传到了希腊的土地上的。

阿佛洛狄忒的原始海洋属性后来也反映在爱神生于海中泡沫的传说中，而希腊史诗的很多祈祷用语也总是提及"给顺风的阿佛洛狄忒""海洋平静的阿佛洛狄忒""海港上的阿佛洛狄忒"等等，这表明了希腊人对美丽爱神的其他身份心知肚明。

逐渐地，在希腊神话中，阿诗丹特先是转变为海洋和丰收女神阿佛洛狄忒，继而演变成专司情感的女神。而埃及人通过比布鲁斯了解到阿诗丹特女神之后，也将她与阿娜特的形象糅合后引回国内，移植到嗜血的赛特麦克和温柔的伊西丝女神等本土神灵身上。

腓尼基人留下的阿诗丹特雕像常常以裸体形象出现，她执掌着生育、性爱和战争，她的象征是狮子、马和狮身人面像、鸽子以及一颗画在圆圈内的金星。在腓尼基神话中，阿诗丹特的战士色彩也逐渐减弱，被更多地赋予了产生欲望和愉悦的能力，逐渐向爱神的定位转变。

崇拜阿诗丹特女神的主要是腓尼基城市西顿、推罗、迦太基和比布鲁斯。在西顿她更是被视为城市的守护神，她的形象出现在铸币上；推罗城的传说则宣称阿诗丹特女神踩在一颗星星上下凡，并将这星星（陨石）送给推罗人做礼物；在迦太基城她获得了与"城市女主人"坦尼特女神同等的尊敬，她们的象征都是一轮新月；至于在比布鲁斯，她获得的尊敬会在下面的神话故事中详尽阐述，那是一个非常美丽哀伤的千古爱情绝唱……

没药树之子

美丽的比布鲁斯河发源于黎巴嫩峰下的山泉，在腓尼基时代它又被称为阿多尼斯河，而这一切要从没药树的起源开始讲起。

叙利亚国王提亚斯有个美丽出众的女儿密耳拉，提亚斯的王后夸口说自己的女儿比得上所有的女神，尤其是西顿的阿诗丹特。

阿诗丹特是抚慰人类心灵创伤的温柔女神，她在西顿城照料经治愈之神埃斯穆恩治疗过的伤患，与埃斯穆恩和巴尔并列，是城邦的守护神。

阿诗丹特虽然善良仁慈，却同样有嫉妒自恋的女性情感。当她得知叙利亚王后这种渎神的言论后，一怒之下对密耳拉施下诅咒，使她爱上了自己的父亲提亚斯。

可怜的密耳拉陷入不可告人的痛苦情感当中，最后企图以自杀来解脱。她的乳母心疼公主，于是设计帮助她与父亲乱伦。

提亚斯发现中计之后勃然大怒，打算拔剑杀死这个辱没门风令自己蒙羞的女儿。

绝望的密耳拉向诸神呼救，阿诗丹特这时也对自己的轻率报复行为感到懊悔，连忙将密耳拉变作一棵没药树——没药是古代地中海世界流行的春药配方之一。

变成树的密耳拉已经怀有身孕，于是没药树的树皮渐渐隆起。

九个月后，阿诗丹特在助产女神厄勒梯亚帮助下撕开树皮为没药树接生。从树皮中生出的男婴拥有如鲜花一般俊美精致的五官，令世间所有人与物在他面前都黯然失色——他就是寓意着美丽常与罪恶相伴而生的阿多尼斯。

阿诗丹特从看到阿多尼斯的第一眼起就不可自拔地陷入爱河，为此她还与冥界女神泊尔塞福涅为抚养权发生了争执。两位女神各自阐述理由，说明孩子该跟随自己成长，其实都是出于对他的爱慕。

这种情况着实罕见，以至于令众神之主大为光火——尤其是阿诗丹特曾经拒绝过他的求爱。

他最终决定两个女神各抚养阿多尼斯半年，其中天寒地冻时阿多尼斯跟随泊尔塞福涅生活在冥府，春暖花开时阿多尼斯跟随阿诗丹特生活在人间。

但阿多尼斯长大后不喜欢阴冷黑暗的冥界，决定与阿诗丹特长相厮守。

十字军时代的赛达城堡，在它附近就是腓尼基治愈之神埃斯穆恩神庙遗址

这下深深刺痛了泊尔塞福涅的心——女神虽然藏起自己的伤口，却永世不忘报复……

紫色的礼物

长大后的阿多尼斯身材魁梧，俊美异常，他对阿诗丹特的爱意与日俱增，而阿诗丹特对他的爱胜过一切。以往阿诗丹特所喜欢的不过是在林中小憩，如今她为爱人精心打扮自己的容貌，用珠宝和衣裙增加自己的风采。

阿诗丹特陪伴着阿多尼斯在大地上游荡，情愿追随这个凡尘少年走遍海角天涯。

一个春日的黄昏，这对情侣正沿着比布鲁斯河漫步。他们的爱犬向着前方入海口附近的沙滩狂奔，不一会儿又狂吠着跑回来。

阿多尼斯看到狗嘴变得一片紫红，它叼着一个大大的贝壳，那种紫红色的汁液似乎来自贝壳。

阿诗丹特被这种带着紫色的玫瑰红深深地迷住，不由得失声说道："多美的颜色，就算诸神也没有这样的染料！我英俊的阿多尼斯，你要是能送给我一条这种颜色的裙子，我就是天下最幸福的女人了！"

爱人的心愿哪怕再小，对阿多尼斯来说也是刻不容缓的命令。于是他把贝壳带回家，日夜琢磨制作染料的办法。经过多次努力之后，心思缜密的阿多尼斯终于找到了从贝壳里获取紫红色染料的秘密。

于是阿诗丹特收到了一条美艳得无法形容的紫红色长裙，感动不已的女神对爱人许下了永远相爱的诺言。

阿多尼斯也将这个秘密传授给比布鲁斯城的人民，继而流传到所有腓尼基人的殖民地。

从此腓尼基人以染料闻名于世，他们对聪明的阿多尼斯感恩戴德。

女神的报复

阿诗丹特与阿多尼斯的恋情愈甜蜜,冥界女神泊尔塞福涅的心便被戳得愈痛。

终有一天,满腔的怨恨、心酸和嫉妒让泊尔塞福涅发狂,她决定报复这对伤害自己的情侣。

此时,阿多尼斯像往常一样打算出门狩猎。

阿诗丹特忽然产生了强烈的不祥之感,她恳求心爱的少年:"亲爱的阿多尼斯,求求你留下来吧,今天不要出去打猎了好吗?"

但阿多尼斯过于自信了,他作为凡人无法理解神灵的恐惧,最终还是带着弓箭出门了。

就在一片树林中,阿多尼斯遇见了一头肥硕壮实,如同公牛一般的野猪,它的獠牙长得和象牙一般大。这野猪"两眼血红,喷射着怒火;口中雷鸣,呼出的气息烧毁了落叶"。野猪没有给少年任何机会,它闪电般冲上来用獠牙刺穿了阿多尼斯年轻的躯体,鲜血从阿多尼斯的胸口喷出,每一滴血落地后都化成一朵娇艳的玫瑰花……

当阿诗丹特气喘吁吁地赶到现场时,一切都已经太迟了。可怜的女神只有投向死去恋人的怀抱,紧紧抱着他冰冷的躯体号啕大哭。当她穿过玫瑰丛时,尖刺划破她的肌肤,女神的血将白玫瑰染成了红玫瑰。阿诗丹特哭干了眼泪,她的泪水化成一朵朵银莲花。于是阿多尼斯的遇难之地,成为鲜花盛放的花园。

从此以后,每年春季的比布鲁斯河都会泛起血红色的波浪,这是河流在提醒人们又到了美少年的遇难之日。迦太基人将此时的河流称为阿多尼斯河,并确立了"阿多尼斯节"。

每逢这一日期,从黎巴嫩、塞浦路斯到希腊都会有信仰阿多尼斯的信徒展开

西班牙国家考古博物馆藏腓尼基"加莱拉夫人"像，它被猜测为其实就是阿诗丹特女神像

绘制于公元前410年的希腊版的阿诗丹特和阿多尼斯故事陶罐画

绘制于公元前430年的陶罐画残片，描绘了妇女爬梯子到房顶去装扮"阿多尼斯的花园"

纪念活动。虽然在不同的国度女神会在阿诗丹特和阿佛洛狄忒之间转变，但美少年永远都是阿多尼斯。

迦太基的妇女们会在春季穿上黑色的丧服向遇难的少年表示哀悼，她们坐在房门前为阿多尼斯哭泣，并且相信每年的这一时刻阿多尼斯都会遭受一次致命伤，正是他的鲜血染红了大自然中千千万万的花……

希腊妇女则在盛夏时纪念阿多尼斯，公元前7世纪时已经有神话故事讲述阿佛洛狄忒回答希腊少女该如何悼念阿多尼斯时说：撕破你们的衣服，拍打你们的胸乳。

到了公元前5世纪中叶，雅典城中流行在屋顶修建只有女人才能进入的"阿多尼斯的花园"。钟情于美少年的女子们将各种能够快速发芽生长的植物种子如生菜、茴香、大麦和小麦等栽种在小篮子里的浅底陶器中。地中海夏日的艳阳使得种子发芽后又迅速枯萎，如同阿多尼斯短暂而美丽的一生。于是雅典的女子们因悲伤而捶胸顿足撕裂衣服，以此哀悼阿多尼斯的死亡和叹息。

到了罗马时代，阿多尼斯的故事是这样的：这位宇宙四方中最英俊的少年是个魁梧的巨人，虽然他的容貌令世间万物黯然失色，但他对恋爱没有丝毫兴趣，只喜欢驰骋于山林之间打猎。

有一天爱神维纳斯遇见了阿多尼斯，便立即为少年的美所倾倒，她招呼阿多尼斯留步，希望能和他交谈片刻。没想到阿多尼斯不愿接近异性，一口拒绝了维纳斯的好意。

看着少年转身离去，维纳斯无法抑制心中的爱火，不得不用法术定住阿多尼斯之后向他倾诉恋爱的奇妙。没想到无论维纳斯如何表白自己的心意，阿多尼斯始终不为所动，他虽然身体不能行动，脸上却显露出急欲摆脱对方的神色。

维纳斯说尽了世间甜言蜜语，也许诺了无数美好条件，但最终只换来阿多尼斯轻视的眼神。可怜的维纳斯大受刺激，竟然晕倒在地上。

这下阿多尼斯虽然恢复了自由，却感到有点内疚，他知道是自己的态度伤害了女神，所以不仅没有离去，反而耐心地守护着维纳斯。

维纳斯醒来之后，阿多尼斯诚挚地向她道歉。可当她再度试图说服阿多尼斯

意大利画家卢卡·乔丹诺创作于1868年的《阿多尼斯之死》

接受自己的爱意时，依旧被无情拒绝。就在此时，维纳斯预感到阿多尼斯即将遭遇不幸，便劝他停止狩猎，接受自己陪在他身边——纵然你不爱我，也请允许我守护你吧！

阿多尼斯并不相信维纳斯的警告，依然选择独自离去。结果在第二天的清晨，他果然死于野猪的袭击。

维纳斯看见心上人惨死，顿时悲痛欲绝，她痛恨自己身为爱神却得不到爱情，于是便诅咒世间所有的爱情永远被猜疑、恐惧及悲痛所渗透……

后来，维纳斯恳求冥后让阿多尼斯每年春天复活与自己欢聚，到秋风萧瑟之时他会死去回归冥府。

就这样，阿多尼斯成为代表春花灿烂的植物之神，直到如今他的名字在西方依旧是美男子的代称。

阿诗丹特（阿佛洛狄忒或维纳斯）与阿多尼斯的爱情悲剧激发了一代又一代欧洲作家和画家的灵感，就连莎士比亚也曾为这对爱侣写下一首十四行诗《维纳斯与阿多尼斯》：

他的热血浸透了土壤，血泊里，
一枝紫红雪白相间的鲜花平地而起，
她低下头去，
嗅那朵鲜花的幽幽香气，
把这香气与他当日呼出的气息相比。
她说：死亡既然使得她和阿多尼斯阴阳永离，
那么她的心田就将永让花朵栖息……

第三节
特立独行的阿娜特

上一节提到了阿诗丹特与阿娜特对埃及和希腊神话的影响，这两位女神在原始迦南神话中都是威风凛凛杀伐果断的战士，很多学术研究认为她们两个源自同一神话形象，但后期发展路线上截然不同。

与逐步走向风情万种温柔婉约的爱神阿诗丹特比起来，少女神阿娜特更多地保留了自己特立独行的本色。

当腓尼基人走出迦南地带沿着海洋扩张时，阿娜特也随着海船抵达异国他乡，不过这位万神之父的女儿、伟大的巴尔之妹、箭无虚发的猎神、所有少女的保护神依然出现在腓尼基人的神话里，她被尊奉为天国和诸神的女主人，威风凛凛地看护着所有善良之神。

充满膻味的女神殿

在关于阿娜特的古代诗篇中，首先提及的就是篝火旁的盛宴以及充满腥膻味道的宫殿。这并不是说女神不爱洗澡，而是为了彰显阿娜特的猎神身份。

在关于巴尔和阿娜特关系的神话中，巴尔自己享用盛宴和款待阿娜特时有着微妙的不同：巴尔在庆祝自己登上王座时招揽诸神一同欢宴，他享用着献祭的烤肉，并畅饮美酒。所用的肉都用利刃割取自牲畜最肥嫩的部位，而美酒则是"他们取来千坛美酒，（兑水）混成万坛佳饮"。

到了描述巴尔专门为阿娜特所设宴会时，则在提及菜式有烤牛肉和鲜美的羔羊之外，还专门提及"由于她（阿娜特）的欢愉，野味日益增多"。正因为阿娜特是狩猎和丰饶的主宰者，所以才会有如此的特别描写。

在参加宴会之前，风尘仆仆的阿娜特还专门"以地上的沃土，以天宇降下的露水，以星辰降下的雨水"，洗了个痛快澡——这说明人家住的地方味大是因为职业所致，其实阿娜特是很注重个人卫生的。

与所有的原始人群一样，在迦南民族文明初现的蒙昧时期，炉灶中的火焰意味着温暖的受保护的家庭充裕的食物来源，而这一切又必须依赖狩猎这种危险性极大的活动。

早期原始部落中的狩猎任务基本由男子承担，猎手们一面要保护自己的女人和孩子，一面要面对并战胜凶猛的野兽，同时还要承受因为狩猎杀戮引起的负罪感和狩猎遇挫时的心理焦虑。

阿娜特在埃及神话中的形象，她手持盾牌、长矛和战斧守护着拉神

在这种情况下逐渐产生了猎神的形象，以满足猎手们出发前寻求精神慰藉的需求。

说到这里可能有的读者会感觉奇怪——既然狩猎分明是由男子承担的工作，为何会选择一位女神来做守护神呢？

有研究认为这是因为猎手们已经意识到自己从事杀戮是为了维系族群的生存，当时的原始人群将女性视为新生命的源泉，阿娜特代表的青春勃发、有活力和繁育能力的少女维系着部落的延续，这个功能肯定不可能由被视为"消耗品"的男性猎手来实现。

于是阿娜特的形象出现后很快成为令猎手们敬畏的偶像，她要求源源不断的猎物供品，继而产生了女神渴望鲜血的神话。随着原始文明的发展，私有制和战争出现后，阿娜特也就顺理成章地由猎神过渡为战神了。

嗜血的女战士

在所有关于腓尼基神话中神灵的凶残描写中，如果说阿娜特排第二的话，估计连死神莫特都不敢拍着胸脯说自己是冠军……

正如前面所述，阿娜特曾经在狩猎途中偶然遇到人类军队，就对他们展开了大屠杀。对于她而言，似乎人类也不过是一种猎物而已。

那些"杀尽两城市之子，杀尽海滨之人，使日出之地的居民荡然无存"的描述可能让读者以为阿娜特对两个城市展开了袭击，其实这是古代诗篇所使用的一种比喻手法，这段文字真正描述的是她对整个人类的大屠杀。

在腓尼基人的传说中，这种危机堪比埃及神话中赛特麦克女神的大屠杀计划，或者圣经故事里的大洪水，都对人类构成了灭绝性威胁。

不过为何阿娜特会如此丧心病狂地要灭绝人类呢？神话故事是这样解释的：阿娜特在野外狩猎时与人类军队相遇，对方并没有意识到她是女神，因而采取了不敬之举，于是她气呼呼地大开杀戒。

这还不算完，阿娜特完成狩猎返回时，竟然发现自己的宫殿被一群人类的不速之客占据了！面对这种情况，换成谁都会生气，更何况是这位嗜血任性的少女战神？

相比埃及神话中的赛特麦克，似乎阿娜特的行为更显得残暴疯狂："在她下面，人头像鸟一般纷飞；在她上面，人手像蝗虫一样纷飞。"这里提到的上面和下面指的是上下左右，在古代地中海世界的战争中有砍下人头和人手记功的习俗，所以才会有这种诡异又恐怖的描写。

阿娜特在战场上以棍棒和弓箭勇猛搏斗，"英雄的血漫过她的膝盖，敌军那黑红的浓血漫到她的颈部"，而阿娜特则欣喜异常，干脆开始在血中沐浴！

而屠杀也并未停止："她猛烈地战斗，与两城邦之子厮杀。把椅子掷向敌军，把桌子掷向敌军，把脚凳掷向敌军。"这种类似酒吧间斗殴的混战场景并不是为了搞笑，而是在描述阿娜特作战方式的残酷，她像一只有耐心的猫一样将整窝老鼠逐一杀戮殆尽。

后来这段描写被荷马史诗《奥德赛》全盘搬去，让奥德修斯在驱逐占据自己宫廷的求婚者时，按照阿娜特的套路重演了一番……

阿娜特这位凶残的神灵就这样迁怒于所有人类，对凡尘宣战，展开了大屠杀。

毫无疑问她获得了压倒性胜利，并且因为杀戮而欣喜若狂："她一面鏖战，一面端详；她一面屠杀，一面端详。阿娜特的肝脏因狂笑而发胀，因为她已经胜利在望……"

但巴尔却坐不住了——如果任凭妹妹把人类屠杀殆尽，那么他这个地球的主宰也该"凉凉"了，自己总不能去和莫特竞争冥王之位吧？

于是巴尔派出使者向阿娜特提出停战的建议。阿娜特早已预感到哥哥的建议将会对自己不利，于是愤怒地质问使者："古潘和乌伽尔为何来到这里？是什么样的对手反对巴尔，什么样的仇敌反对行于云上的神灵？"

在使者还未来得及回答时，阿娜特便历数自己为哥哥建立的功绩：

难道不是我杀死了艾尔心爱的雅姆？

难道不是我杀死了河神？

难道不是我杀死了妖龙？

难道不是我战胜了狡诈的七头怪蛇利维坦？

我还击败了地神们心爱的冥王莫特！

使者们生怕气呼呼的女神一怒之下把自己也杀了，连忙做出声明：没人反对巴尔，没人反对行于云上的神灵！

他们接着转达了巴尔的话：赶紧埋葬战场上的敌意，在大地上举行和平的献祭——老妹啊，可别再打架了！

阿娜特怒道：凭啥不让我再杀人了？巴尔能给我什么补偿？

使者们赶紧把剩下的话告诉她：

让你的双足向我奔来，

让你的双腿向我赶来。

我这里有你需要的话语，

它们可以向你显示自然的奥秘：

树木的低语和岩石的絮语，

从天宇传向大地的声音，

从无底的深渊传向星辰的回响。

我知道的奥秘，诸神却不知晓；

我知道的话语，世人却不明了。

请你来临，让我向你宣示这一切。

请你莅临我的山中，萨丰之神的山中；

请你莅临圣地，我所承袭的山中；

请你莅临福地，我所执掌的山岗。

接下来的事情，我们已经在《继承者们》这一部分讲过了。正是巴尔劝阻了疯狂的阿娜特，从而拯救了整个世界。

任性的少女神

在前文中我们曾提及阿娜特与巴尔的暧昧关系，在不同时期的迦南和腓尼基神话中，阿娜特的角色曾多次转换，但她从没有被正式视为巴尔的妻子，这一角色一般由巴尔的姐姐阿诗丹特所扮演。

阿娜特的情感生活很丰富，却从不是谁的妻子，以至于她有了一个少女（独身）神的身份，这在迦太基神话中也显得别具一格。不过所有关于她的传说有一个共同属性，那就是阿娜特这位少女神的处事方式非常情绪化，我行我素，任性妄为，却也显露出无比真实的人性。

在一则传说中巴尔曾化作巨大的公牛，与阿诗丹特化作的巨大母牛在野外行乐，并生下了一头神圣的牛犊。

当巴尔被莫特杀害后，阿娜特哭泣着来到艾尔的宫殿。这位桀骜不驯的女神一改平时的嚣张作风，向自己的父亲深鞠一躬，说："非常强大的巴尔已经死了，您的王子和地球之王已经死了……"

阿娜特走遍四方找回了那头神圣的牛犊，并将它带到巴尔的萨丰山宫殿之中（一说这牛犊就代表着巴尔的尸体，另一说认为巴尔会借助牛犊而重生）。接着阿娜特又设法找到了巴尔的尸体，她将死去的哥哥运回萨丰山之巅隆重安葬，并伴以丰厚的献祭。

做完这一切后，她来到艾尔和阿舍拉的住所外提高嗓音宣泄自己的情绪："让阿舍拉和她的儿子们高兴去吧！让女神和她的后裔高兴去吧！因为巴尔已经亡故，大地的统治者、世界的主宰已经亡故了！"

拉美西斯二世和阿娜特女神坐像

大英博物馆中一个有趣的浮雕，中央的女神被称为天堂之女，学者猜测这可能是埃及人眼中的少女神阿娜特

接下来，就发生了那个快意恩仇的阿娜特手刃莫特为哥哥复仇的著名故事。

在关于阿娜特的传说中，还有一个她与犹太王子阿格哈特的恩怨故事。

据说工匠神科塔尔-哈希斯为阿娜特打造了一张神弓，却又临时改主意，送给了凡人少年阿格哈特做生日礼物。身为猎神的阿娜特对神弓有着无法抑制的渴望，于是她找到阿格哈特，软磨硬泡地试图弄到这张神弓。

让阿娜特大为光火的是，无论她提出怎样的条件，阿格哈特都不同意交换弓箭。甚至在阿娜特抛出赐予阿格哈特永生这种诱惑时，对方居然回答说，衰老和死亡是人类的宿命，因此他不接受永生。

就在阿娜特因这一答复愣神的时候，对方又补了一句火上浇油的嘲讽："你身为一个女人，要弓箭有什么用？"

对主宰着狩猎、战争、野蛮等领域的神灵说出要弓箭有何用这句话，无疑是极为严重的羞辱。但阿娜特一反常态，没有当场宰了阿格哈特，也许是因为不屑于与凡人抢夺，她只是气呼呼地找到艾尔抱怨，要求父亲允许自己报复那个浑小子。

在征得艾尔同意后，阿娜特精心策划了一次神偷特工队式的行动：她化作一只苍鹰去冲撞阿格哈特的随从雅坦，当雅坦被撞到主人身上时，苍鹰伸出爪子偷走了那张神弓。

计划执行得很顺利却不完美——雅坦一不小心把阿格哈特给撞死了！艾尔只答应阿娜特惩罚阿格哈特，可没同意她杀人。于是责怪阿娜特恼羞成怒，迁怒于雅坦，结果在她追击雅坦的过程中将神弓掉进了海里——这下鸡飞蛋打，彻底失败了……

阿娜特是个与阿诗丹特一样受多民族崇拜的女神，除了通过塞浦路斯传入希腊而成为雅典娜女神的原型之外，阿娜特的形象还在第十六王朝时期，随着西亚的希克索斯人一同进入埃及，很快就与阿诗丹特一起，作为拉神的女儿出现在埃及神话里。她手持盾牌、长矛和战斧守护着拉神，共同抵御混沌力量的入侵。

后来她现身于荷鲁斯和赛特的争斗故事中，并且成为赛特的盟友和妻子。当赛特因为犯罪而受诅咒中毒时，阿娜特如同在腓尼基神话中所做的那样，找到拉神咆哮威胁了一番，最终迫使拉神下令由伊西丝治好了赛特。

随着时间的推移，阿娜特在埃及拥有了自己的神庙，尤其是孟菲斯神学兴起后，阿娜特作为普塔神的女儿受到广泛崇拜。

直到埃及的新王国时期，阿娜特有了一位身为法老的超级粉丝——伟大的拉美西斯二世。拉美西斯二世将阿蒙神和阿娜特视为自己的两位守护神，他为自己的女儿取名为"阿娜特之女"，他为自己的爱犬取名为"阿娜特之力量"，他为自己的战马取名为"阿娜特之速度"，最后还干脆娶了自己的女儿"阿娜特之女"……

第四节
巴尔的善与恶

　　一座巨大的神像耸立在迦太基城中，用芦荟、雪松、月桂点燃的火堆在神像两腿之间熊熊燃起。神像长翅膀的尖端插在火焰之中，抹在身上的香脂像汗水一样顺着青铜的四肢流淌下来。脚踏着圆石板，裹在黑纱里的童男童女围成一圈，一动不动，神像长得出奇的胳膊直垂到他们头上，仿佛要用双手抓住这顶"王冠"带上天去。

　　披着绛红色斗篷的摩洛神祭司引吭高唱："向你致敬，太阳！阴阳两界的君王，一切的创造者，父与母，父与子，神与女神，女神与神！"

　　祭司们的歌声伴随着震耳欲聋的琴声、铃声、鼓声和号角声，这些喧嚣掩盖了孩子们的哭喊。

　　神庙奴隶们用一根长钩拉开神像身上的七层格子，在最高的一层装入面粉，在第二层放上两只斑鸠，在第三层放上一只猴子，在第四层放上一头公羊，在第五层放上一头母羊，到了第六层，因为没有公牛，只好把一张公牛皮放进去。第七层空着，像是张着黑洞洞的大口的魔王。

　　渐渐地人们进来了，他们将珍珠、金瓶、酒杯、烛台扔进火里。祭品越来越贵重，品种繁多。最后，有个人摇摇晃晃地走进来，他的脸因恐怖而变得极度苍白丑陋——这人把一个孩子推入火中！

于是祭司们一边俯身于大圆石板边,一边唱起庆祝死亡欢乐和永恒复活的赞歌。

摩洛神的祭司将手搁在孩子头上,以便把迦太基人的罪恶加诸这祭品。祭司大吼道:"这不是人,是奉献给摩洛的牛!"

周围的人应声答道:"是牛,是牛!主啊,吃吧!"

神庙的奴隶们拉动青铜锁链,神像的手臂缓缓升起,将大圆石板举到第七层格子。作为祭品的童男童女刚到洞口就像水滴掉到烧红的铁板上一样消失了,一股白烟在一片火红中升起……

日落了,火堆不再冒出火焰,只剩下堆积到神像膝盖位置的金字塔形炭灰。暮色中的神像头顶堆积着烟云,它浑身通红,好像一个满身血污的巨人……

以上是法国作家居斯塔夫·福楼拜于1862年出版的历史小说《萨朗波》中的片段,经过删减后仍然令人毛骨悚然。虽然这血腥的场面并非古代历史,却起到了极其巨大的渲染作用——残暴嗜血几乎成为大众文化对腓尼基神灵的第一印象,以至于至今迦太基城遗址中的布匿大圣殿所在区域仍被通俗地称为"萨朗波"区。

公元前4世纪，著名的《抱孩子的祭司》石碑

然而，腓尼基神话中并没有所谓的摩洛神，德国学者奥托·埃斯菲尔德在他著名的《摩洛神的终结》一书中指明，腓尼基语中"摩洛"一词的意思是捐赠或献祭。福楼拜并不清楚其真正含义，他根据欧洲人传统中的模糊认识杜撰出了这个不存在的摩洛神。

虽然摩洛神是个编出来的假货，但历史上关于腓尼基人建造巨大青铜神像、设置火焰祭坛乃至焚烧儿童的确是有相关文献记录的——"凶手"只有一个，那就是腓尼基的神灵巴尔。

迦太基守护神

巴尔是一个古老的美索不达米亚神灵，出自闪米特人之手，"巴尔"一词的闪米特语含义为"主人""夫君"。

这位神灵的形象诞生于五千年前，在闪米特传说中他是众神之父艾尔的儿子，常常以石柱或公牛的形象示人，并很快拥有了多种"跨界"身份——他是太阳神，还操纵雷电；他是生殖之神，又掌管复活；他是小麦之神，也能驯化牲畜……

听起来巴尔似乎是无所不能的，按照当今流行语简直是一位"外挂全开"的网红型神二代。甚至他与自己的妻子（同时也是他的姐姐）阿诗丹特同房都是在造福大地——闪米特人相信给世界带来生机的雨水正因此而生。

不过巴尔并不总是温情脉脉的，每当地平线上掀起风暴，电闪雷鸣之时，那就是他发怒的象征。为了平息巴尔的怒火，闪米特人会举行各种祭祀仪式祈求神灵原谅。

巴尔是巴勒斯坦地区的主神，后来又被亚述人信仰，更随着闪米特人的分化沿着地中海传播。

到了腓尼基人时代，他们信仰的巴尔与埃及神话中的拉神类似，在不同区域

公元前14世纪至公元前12世纪的腓尼基人制作的巴尔铜像

带有希腊化风格的巴尔-阿蒙神像

非常类似埃及赛特麦克女神的母狮头坦尼特女神像,这是腓尼基文化受到埃及文化影响的例证

1862年出版的《萨朗波》表现月神祭祀游行的插图

出现了很多冠名为巴尔的复合型神灵，有着与埃及神话中阿蒙-拉类似的融合性分身。例如天空之神巴尔-沙曼、太阳神巴尔-拜克，以及被福楼拜命名为"摩洛"的那位迦太基城守护者巴尔-阿蒙。

巴尔-阿蒙并非迦太基城特有的信仰，在几乎包括今天的叙利亚、黎巴嫩、约旦、以色列、巴勒斯坦和埃及西奈半岛在内的所谓"日出之地"黎凡特地区内，这位巴尔-阿蒙都是广大腓尼基同胞崇拜的伟大神灵。

祭司们建议信徒可以在日常生活中亲昵地称呼巴尔-阿蒙为"主"，但在正式的祈祷中要说出他的头衔："令人生畏的烈焰之主、仁慈的芳香祭坛之主、圣殿和神庙之主"，以及"我们的保护者"。

与闪米特先民时代一样，腓尼基人认为巴尔-阿蒙也有一位妻子，她就是被称为"巴尔之面"的坦尼特女神。

坦尼特是一位地位与丈夫不相上下的女神，之所以称她为巴尔之面，并不是说坦尼特是丈夫巴尔的脸面，而是指她站在巴尔对面，也就是和巴尔平起平坐的意思。

在腓尼基人留下的宗教石刻中，有一种特殊的"坦尼特标志"，用非常抽象的线条图形来表现坦尼特女神，其身躯部分简化为一个等边梯形，上半身则是一个高举火炬的女性形象。

巴尔-阿蒙则往往被简化为一轮新月——相对于"阿蒙"这个词中隐含的炎热、燃烧之意，新月倒是个比较令人意外的标志物。

这两个标志常常出现在腓尼基遗迹的石碑上，除了一般的墓地之外还更多地出现在敬奉主神夫妇的陀斐特圣殿——献祭之地。

陀斐特的烟火

20世纪20年代，迦太基遗址中的一座圣殿被命名为陀斐特。此地的石碑上刻着坦尼特标志，巴尔-阿蒙和坦尼特夫妇以这座城市的男女保护者和监护人的形象出现，尤其是坦尼特，被迦太基城的居民敬爱地称为"迦太基夫人"。

本节开头部分《萨朗波》小说片段所描写的，正是在这座圣殿中举行的可怕祭祀。福楼拜的作品甫一问世便引起巨大的反响，尤其是描写残酷的儿童献祭仪式的"摩洛"一章更是激起学术界和批评家的强烈反对。

法国文坛著名的批评家圣伯夫曾如此评价福楼拜："他拿起笔杆子犹如手术刀。"《萨朗波》中那些令读者难以承受的描写也让圣伯夫忍无可忍，他率先指责此小说内容荒诞不经，缺乏有效的史料证据。在圣伯夫眼中，福楼拜失去了自己的手术刀，成为一个"专食污物的人"。

但福楼拜的粉丝则抗议道：作家为了撰写小说曾亲自前往迦太基遗址考察，还阅读了有关书目一千五百多卷，所以这部作品经得起时间的考验。

不久后供职于法国卢浮宫的学者弗洛内也加入批评者行列中，他指出，正是由于福楼拜参考了大量古希腊-罗马时代的文献，所以才会被这些迦太基的敌人撰写的宣传性文章误导——尤其是被古希腊大忽悠狄奥多罗斯的文章给骗

迦太基城遗址

了……

西西里的狄奥多罗斯是公元前1世纪的希腊学者，他所处的时代正是古罗马摧毁迦太基后不久。为了显示这个曾经与古希腊和罗马争夺地中海霸权的敌对民族之邪恶，狄奥多罗斯记载了这样一个故事：

公元前310年，为了争夺西西里的控制权，西西里岛上的希腊城邦霸主——叙拉古僭主阿加托克利斯率军登陆北非，兵临迦太基城下。

由于叙拉古军队中装备了一种能将二十六公斤重的石块抛射到三百米外的大型弩炮，所以迦太基的城墙不再是坚不可摧的屏障。惊慌失措的迦太基人为向诸神赎罪而举行祭祀，特别是向抛弃了他们的主神克洛诺斯祈求宽恕。

这个克洛诺斯是希腊神话中的二代目领袖，他是宙斯等第三代神界领导人的父亲。说到这里大家会觉得奇怪：为何迦太基人要向希腊大神求救呢？

这是因为古希腊人在习惯上认为其他民族信仰的神灵也都是希腊诸神，只是因为文化不同而使用了不同的名字。这个克洛诺斯正是腓尼基神话中的巴尔——因为他们都是吞吃婴儿嗜食童血的恶神。

巴尔-阿蒙与坦尼特女神的符号一同出现在古石碑上

在狄奥多罗斯笔下，迦太基人选择了二百个富贵之家的儿童作为国家祭品，同时还有三百名自愿献身的平民孩子，而整个祭奠仪式更是充满了黑暗……

迦太基城中有一座中空的巴尔-阿蒙青铜神像，神像俯身朝向大地，双臂向前伸出，手心向上好让祭品站立，手下面有一个大火坑。

当祭祀仪式开始后，祭司们将火坑中堆满的香料和木柴点燃，数里之外都能见到火光冲天而起。

而祭品们则被赶到铜像手心上，奴隶们用力拉下机关，巴尔-阿蒙的手就会翻转，站在上面身穿黑衣的童男童女便滚落到火坑里被活活烧死。

整个祭祀活动不仅是烧死儿童这么简单，狄奥多罗斯还如此写道："对克洛诺斯（巴尔-阿蒙）的崇拜令迦太基人陷入狂热，城中的男女老少看着一个个活人被丢进火焰中，兴奋得无以复加。当祭司们盼咐奴隶将牺牲者的骨灰撒向围观者时，这些如痴如醉欣喜若狂的迦太基人便掏出匕首彼此刺杀，死者的尸体同样也被丢入火中献祭给神灵……"

最终这场血腥祭祀以近千人丧命而告终，当时人们认为，也许这种牺牲真的打动了神灵的心，三年后迦太基与叙拉古签订和约，结束了战争。

除狄奥多罗斯之外其他古希腊学者也曾记录过类似的献祭活动，公元前3世纪的哲学家克来塔卡斯这样描述可怕的献祭场景：当孩子们被火焰吞噬时，他们的肢体蜷缩着，他们那张开的嘴巴看起来仿佛在笑。

按照公元1世纪时希腊作家普鲁塔克在《论迷信》一文中的记载，迦太基的富有人家会买来儿童，代替自己的亲骨肉，为了防止被买儿童的父母因为悲痛而露馅，双方会约定，如果他们在献祭时哭泣号叫就要把钱退还给买主。普鲁塔克也特别指出，祭司们会在献祭区域高声奏乐，以掩盖被献祭者的尖叫。

到了近现代，就算是对迦太基文明持负面态度的研究者，也认为古希腊学者留下的描写过于夸张了。

"陀斐特"这个词源自《圣经·旧约》中提及的一处地名，据说是背弃上帝的异端犹太人焚烧自己的儿女献祭给邪神的地点。

公元12世纪时欧洲的《圣经》印刷者在评注《旧约》时，曾经揣测陀斐特

迦太基神庙遗址

是耶路撒冷附近的一处高地，犹太人在此处将自己的亲骨肉投入火中献祭给邪神摩洛。陀斐特是希伯来语中形容献祭时摇铃敲鼓奏乐的词，在举行这种邪门仪式时祭司会搞得"锣鼓喧天，鞭炮齐鸣"，让父亲们听不见孩子的哭声，也就无法良心发现而从祭司手中夺回自己的骨肉了。

关于陀斐特的故事并不是奇闻，整个环地中海地区至少在六千年之前就已经有在面临严重灾难时，献祭长子以平息神灵怒火的做法，《圣经·旧约》都提到，上帝为了测试亚伯拉罕的信念曾假意命令他向自己献祭儿子。

腓尼基神话中，巴尔的父亲艾尔曾献出了自己的儿子尤德以拯救世界，所以早期的部落中也有将首领的儿子献祭给巴尔或者艾尔，以挽救严重危机的做法——但是这种情况一般是特例而非常态。

正如圣经故事中亚伯拉罕在通过上帝的考验后，获准用一头羊作为祭品来代替他的儿子以撒，在大多数情况下，腓尼基人也一样使用动物祭品来代替人类儿童献祭给巴尔。据目前考古发掘结果来看，这些倒霉的"替死鬼"包括野鸭野鹅、绵羊山羊、牛，有些时候还有孩子的玩具和人类的头发。

学者们普遍认为，到公元前7世纪时，腓尼基人基本上已经不再进行这类献祭活动了。

巴尔的账单

类似陀斐特圣殿这样祭祀巴尔-阿蒙和坦尼特的神庙在其他腓尼基城市中同样存在，考古证据清晰地表明，这些神庙对于腓尼基人而言意味着名望和荣耀，因为只有那些实力足够强大的大型殖民点才有能力兴建这种取悦巴尔的建筑。

宗教仪式在腓尼基人的民族认同感中占据着中心位置，不同的殖民地和城邦之间，依靠类似的祭祀巴尔的宗教仪式来维持文化上的联系，也为奴隶主贵族集团在政治和思想上控制公民提供了一个重要手段。

与发源自美索不达米亚的大多数文明一样，神庙也是腓尼基城邦中最具权威和财力的居民自治机构，控制神庙的大祭司都出身于精英阶层，保证了宗教与世俗权力的协调统一——但当神权过分威胁到君权时便会引发激烈冲突，腓尼基城市的君王们不止一次发动宗教改革树立新的神灵信仰，但这些神灵往往还是要冠以巴尔的名号才能说服百姓。

对于腓尼基城市而言，巴尔是国家的庇护者，他用迅雷和风暴将渡海而来的希腊、罗马敌军埋葬于地中海中。对于腓尼基百姓而言，巴尔是诞生和复活的掌控者，腓尼基人对来世的渴望都寄托在巴尔仁慈的护佑上面。

要按照宗教规矩完成所有流程，万万离不开祭司的指导帮助。万幸腓尼基的城市中都建有神庙，有一套完整的宗教链条来传达腓尼基市民从生到死的所有精神诉求。

迦太基城的陀斐特圣殿被一代代考古学者严重破坏，以至于无法重建。不过地中海西部萨丁尼亚海岸苏尔其斯一处类似的圣殿被完好地保存下来可供参照：这座圣殿呈堡垒形状，用当地大块火山岩垒成，有着巨型长方形围墙，除了宗教建筑之外还有大蓄水池和避难所，显然是附近居民在动乱时期避难之处。

腓尼基的神庙雇有大批专职工作人员，如书吏、歌手、乐师、圣火侍役和屠夫，还有特殊职业者，如庙妓，她们在神庙卖淫并将卖身钱奉献给神庙，理发师则专门为那些自愿将自己的头发作为礼物奉献给神灵的信徒服务。除此之外还有神庙奴隶可供驱使，这些人力资源确保了宗教仪式能够正常进行。

腓尼基人是重商主义者，祭司们在为信徒服务时明码标价，将献祭仪式收费标准公之于众。

虽然这种处理方式略显世俗，但公平公道童叟无欺。

考古发掘结果显示，献祭者的消费水平差距很大——有献上牲畜的平民；有献出珠宝的富豪；有的会牵来肥壮的公牛，让神庙里的屠夫和祭司忙活好一阵；有的只能凑出一对野鸭，这会让奴隶们都瞧不起……

但所有的献祭者都是仰仗巴尔大神庇护的信徒，会得到同样的尊重，却享受不到同等的服务。至于说免费这回事，帮帮忙，大家都是生意人，神职人员也要

中世纪版画中所表现的犹太人陀斐特献祭仪式

吃饭的好吧？

腓尼基的祭司们为相关服务拟定了不同的价位，不仅保障为数众多的祭司和神庙工作人员的生计，对献祭者权益也有一定程度的保护措施——胆敢乱收费的祭司将会被课以罚金，但献祭者也要乖乖接受神庙递上的收费标准，不得过分砍价——这可是巴尔的账单！

1921年，著名的《抱孩子的祭司》石碑被文物贩子盗掘出土。正是通过这个石碑，人们确定了陀斐特圣殿的准确位置。

石碑上清晰地显示出当时的祭司穿着透明的优雅长袍，怀抱一个婴儿走向祭坛——加上在圣殿中发掘出了数千个人类骨灰瓮，说明这里的确曾发生过大规模献祭儿童的事情。

但古希腊时代以来关于巴尔或者说是巴尔信仰的善恶争论不但没有就此停止，反而掀起了纠缠至今的巨大风波……

弄不清的谜案

20世纪20年代，突尼斯还是法国的保护领地。

弗朗索瓦·伊卡德和保罗·吉利这两位闲得发慌的法国政府小职员被派遣到突尼斯当差，他们发现一个推销突尼斯古代文物的家伙手上有了不得的好货：这个不法之徒展示过一块精美的迦太基石碑，上面雕刻着一个身穿宽大外衣、头戴祭司头饰的男人，男人的右手举起做祷告状，左手轻轻抱着一个用布包裹着的婴儿，铭文中凿有几个腓尼基字母"MLK"。

这两个法国人怀疑这个文物贩子发现了传说中迦太基人举行童祭仪式之地，于是一对法兰西版的"福尔摩斯和华生"跟踪目标，发现了距离迦太基城矩形海港旧址不远处的石碑出土地点。

他俩立刻找到这片土地的主人，像动画片《渔童》里的传教士那样说道：

迦太基陀斐特圣殿遗址

迦太基陀斐特遗址中发现的陶罐骨灰中埋藏着太多的未解之谜

"老头，鱼盆是我的……"

既然洋大人金口玉言表了态，地主只好乖乖把这片荒地转手卖给他俩。

弗朗索瓦·伊卡德和保罗·吉利立刻组织人手开始挖掘，出土的每份祭品中都有一块刻着致巴尔-阿蒙和坦尼特颂词的石碑，通常还附有一只盛放骨骼和骨灰的赤陶瓮，有时瓮里面还装着珠宝和护身符。

通过对瓮里装的东西进行法医学分析之后，确定这些都是幼童的骨灰——这就是陀斐特圣殿的发现过程。

自从这座圣殿被发现开始，关于巴尔-阿蒙的祭祀争论便如同潘多拉魔盒一般被打开了。

传统派学者们信任希腊和罗马古籍的权威性，他们都是秉持迦太基一生黑态度的。一看发掘出数千个儿童骨灰瓮不由得拍手称快，纷纷表示：你们看看，你们看看，啥叫作铁证如山！我们早就晓得人家《萨朗波》是伟大的小说，狄奥多罗斯的记载都是对的！

可是总有些喜欢唱反调的现代派学者站出来反驳：不要妄下结论！你们能断定这些孩子是活生生被烧的还是死后火化的吗？

唱反调的领军人物是在陀斐特发现初期亲自参与现场发掘的历史学家夏尔·索玛，他投书媒体为巴尔-阿蒙的"清白"疾呼："福楼拜的恐怖故事纠缠着公众的想象力，使得祭坛现场发掘仪式变得戏剧化。人们失去了科学考证的理性，草率地断定这些孩子就是迦太基人残酷祭祀摩洛（巴尔）神的牺牲品。"

夏尔·索玛认为轻率地认定儿童骨灰瓮的由来是非常危险鲁莽的，这样会使得腓尼基宗教失去经由历史学家之手得以正名的机会。

这位历史学家及其支持者们指出了一个不容忽视的现象：腓尼基人的墓地中极少见到新生儿的坟墓，基于当时高达百分之四十左右的婴儿夭折率，这一现象显得非常奇怪。

那么是否在陀斐特被焚烧的其实是这些不幸夭折的孩子，或是流产的胎儿呢？

对现场骨灰的分析结果显示，这些孩子中的绝大多数年龄都在几个月以下，

1862年初版《萨朗波》中的月神神庙插图

这就强烈暗示了他们属于自然死亡。

腓尼基的传统观念认为，这些未成年者是社会的边缘人物。所以将通常位于城市的边缘之地的陀斐特类圣殿作为他们的埋骨之地是否是合乎逻辑的选择呢？

更进一步联想的话，所谓"摩洛"仪式未必就是献祭，更有可能是将这些夭折的孩子通过圣火引荐给巴尔-阿蒙和坦尼特，使他们的灵魂得以永生。

传统派被这种离经叛道的想法激怒了，他们指出，迦太基人的陀斐特圣殿，至少从公元前8世纪中期起就已经投入使用了。公元前600年之前的那些骨灰的确绝大多数是新生儿的，但公元前3世纪以后，瓮中埋葬的多为一岁到三岁之间的儿童骨灰。有些瓮中混合装着两三个孩子的骨灰，这些骨灰大多属于一个四岁左右的孩子加一两个新生儿和婴儿，这种年龄差距更可能意味着一个家庭献出了自己的几个孩子。

传统派还使出一个撒手锏来力压反对派：在迦太基城陀斐特圣殿出土的石碑铭文中经常刻着"BNT"或"BT"字样，这些腓尼基字母的含义是这些孩子是献祭者的亲骨肉。例如一个石碑上的文字为："汉诺之子，米尔基亚索恩之孙波米尔卡在此起誓——献于'巴尔之面'坦尼特女士与巴尔-阿蒙的是他的亲生儿子。愿您赐福于他！"

传统派学者认为迦太基人不是善战的民族，这些商人依靠雇佣军作战，一旦战事不利，便往往惊慌失措地寄望于向巴尔献祭祈求扭转局势。在这种时候平常可能会使用的动物或者死婴都被认为不足以令巴尔-阿蒙或坦尼特满意，那么就必须使用活生生的孩子。而且当某个按照许诺要被献给天神的婴儿夭折的时候，一个更为年长的孩子就必须作为替代品——事实如此清晰，哪里还需要争辩？

但这并不能让力图为腓尼基神话翻案的现代派学者们信服，他们指出，在古代，饥荒、瘟疫、战乱等因素都足以造成一个家庭的毁灭，那些幼儿更是容易同时送命，如此一来，某一时期一家的孩子齐齐整整地出现在一个骨灰瓮里也就不足为奇。

此外，关于那块波米尔卡先生奉献的石碑上写着的亲骨肉这些词吧，倒不是说他在瞎说，但是要反问一句：这只说明奉献孩子的的确是他的亲生父亲，至于这孩子被奉献时是死是活这一点，谁说得清楚呢？

于是关于孩子们被焚烧时是死是活这一点，还真成为搞不清的焦点问题了……

从1947年至1952年，法国里尔法医和社会医学研究院中考古学家、人类学家和法医专家们费了九牛二虎之力对陀斐特的骨灰瓮进行分析。紧接着欧洲各大研究机构轮番上阵，这一事业一直持续到1979年联合国教科文组织发起"拯救迦太基行动"。这次行动动员了美国科考队重新发掘陀斐特遗址，大西洋两岸联手再度触碰这个千古谜题……

最终结果是各国法医们低头认输——对不起，关于孩子们被焚烧前是死是活我们实在是搞不清……

这场考古学界的世界大战一直持续到今天，至今两派学者依旧泾渭分明地坚持立场激烈辩论（骂战）。至于巴尔这位古老的神灵，则在被世人淡忘的情况下又进入了一个新的千年纪元……

第五节
推罗的梅尔戛

我们已经一再重复一个比较拗口的概念：源自迦南神话的腓尼基神话对希腊神话造成过深远影响。

早期希腊旅行者在游历腓尼基城邦时将异族的神灵传闻带回自己的故乡，等到这些异域神灵希腊化以后，后辈的希腊人出于一种文化优越感而坚定地认为这些腓尼基神灵正是希腊神灵在异乡的影子。

古希腊历史学家希罗多德在他的著作《历史》中曾有过如下记载："我曾通过海上旅行抵达腓尼基的推罗城，为的是证实那里是不是真有一座供奉希腊大力神赫拉克勒斯的神庙——据说他在那里很受腓尼基人的尊崇。

我拜访了那座神庙，并发现那里陈设着许多贵重的祭品：其中有两根柱子，一根是在白天金光夺目的纯金柱，一根是在夜里大放异彩的翡翠柱。

我在与迦太基祭司攀谈时曾打听神庙的历史，祭司们回答说修建这座神庙时也正是推罗建城的时候，而这座城的建立则是两千三百年前的事情了……

我在推罗还看到另一座神庙里也供奉着以塔索斯为姓的赫拉克勒斯，因此我又到塔索斯城去，在那里果然找到另一座赫拉克勒斯神庙。这座神庙是出海寻找欧罗巴公主的腓尼基人修建的……"

城邦之王

希腊神话里的赫拉克勒斯是宙斯与底比斯王后阿尔克墨涅偷情的产物,他的出生惹怒了宙斯的妻子赫拉。阿尔克墨涅一看天后怒了,匆忙中生下孩子就自顾自躲藏起来。结果雅典娜和赫拉散步时偏偏遇见了被遗弃的赫拉克勒斯,雅典娜劝赫拉喂养这个可怜的孩子,于是赫拉竟然真的用自己的奶水救活了大力神。这孩子吸吮乳头时还将天后的乳汁溅洒在天空,形成了银河。

那么被希罗多德所记载的推罗城中的赫拉克勒斯的真实身份究竟是什么呢?

其实这位神灵的腓尼基名字叫作梅尔戛,他是推罗的守护神。尽管这位神灵并没有让自己的子民躲过亚历山大的征服,不过这并不妨碍梅尔戛拥有"城邦之王"的头衔——"梅尔戛"一词在腓尼基语中就是城邦之王的意思。

根据希腊人的记载,梅尔戛是宙斯和阿诗丹特女神之子。宙斯的花心世人皆知,阿诗丹特则百般躲避宙斯的骚扰,而宙斯一怒之下干脆将她变成了一只鹌鹑，并同这只鹌鹑生下了梅尔戛！

说到这里你可能会觉得奇怪，一只鹌鹑的儿子有什么能力做推罗的守护神呢？要知道推罗城的实力可是和迦太基不相上下啊！

其原因就是梅尔戛是冥王莫特的对头，是诸神中唯一不畏惧死神的。之所以如此，正是因为鹌鹑。梅尔戛长大后曾经与同伴穿越利比亚沙漠，在旅途中他们不幸撞到了巨妖提丰。这个泰坦族的巨人号称是"一切恶魔的王""恶魔之神""妖魔之父"，他是个比山还高的喷火巨人，长着一百个蛇头，浑身覆盖着羽毛，还生有一对翅膀。

面对如此对手，梅尔戛这样的菜鸟当然害怕，于是想打个招呼糊弄过去，却被提丰一眼看出他宙斯之子的身份。要知道提丰可是宙斯的老冤家，这下虽然不是仇人见面，但见到仇人的儿子也一样分外眼红。

于是可怜的梅尔戛毫无悬念地被提丰杀死，他的同伴们吓得四散奔逃。等他们在沙漠里跑得饥渴难耐时，为了转移悲伤并且顺便填填肚子，有人建议：既然提丰没追杀咱们，那么咱们撸个串吧！

这个建议大家一致同意，于是他们找了个山坡生起一堆火来烤鹌鹑吃。不一会儿鹌鹑烤好了，肉香在旷野中飘荡。大家盯着吱吱冒油的肥鹌鹑直咽口水，忽然一只手从火堆上扯下鹌鹑。伙伴们愤怒地向这个人望去，却发现竟然是梅尔戛神采奕奕地复活了！梅尔戛一边大口吃着鹌鹑肉一边责备朋友们：你们这些人真不够义气，看着我被杀不帮忙也就算了，现在居然连撸串都不叫上我了！

看到这里就知道为何梅尔戛不畏惧死神了吧？因为他具有复活的神奇力量！腓尼基人认为梅尔戛复活的这一天是秋分日，所以便在每年的这一天举行盛大的祭祀仪式。

时代之子

在早期的梅尔戛神话中，这位伟大的复活之神有着闪闪发光的黄色脸颊和浓密的胡须，当他现身于这个世界时，总是穿着绣有满天星辰的天空之袍，用他那双闪着红光的眼睛向人间投去智慧之光。

正是梅尔戛手把手地教会腓尼基人的祖先建造第一艘船，并指示他们驾驶船只驶向一对漂浮于海上的岩石岛屿"安布罗斯之石"。在其中一个岛上生长着一棵燃烧着的橄榄树，橄榄树下盘着一条蛇，树顶上栖息着一只鹰，树枝上挂着一个碗。

尽管这种奇异的场景似乎代表了一触即发的灾难，但蛇和鹰之间保持着和平，熊熊烈焰中的橄榄树与栖息在这里的生物也始终没有丧生。安布罗斯之石在地中海中随波涛起伏不定，但那个碗从未从树枝上滑落。

这时梅尔戛教导自己的子民说："去建造一种新型的航海工具，它是海上的双轮战车，是第一艘可以航行并能载着你穿过深海的船。"

于是腓尼基人的祖先登上了安布罗斯之石，并且按照梅尔戛的吩咐捕获了那只老鹰，将鹰血泼洒在岩石上献给宙斯、波塞冬以及其他众神。喜悦的神灵们令岛屿扎根于海底不再东漂西荡，推罗城和梅尔戛神庙随后就在岩石上方拔地而起。

在推罗的辉煌岁月中，对梅尔戛的崇拜从小亚细亚一直延伸到伊比利亚半岛。每年，在传说中梅尔戛死而复活的节日里，整个腓尼基世界的人们都在欢呼庆祝。

至于在推罗城这个梅尔戛神话的发源地，梅尔戛神庙的大祭司一向拥有仅次于国王的特权。国王则宣称梅尔戛是自己的祖先，把自己塑造成凡间与神界的桥梁，从而将自己的施政手段包装成梅尔戛的神圣意志。推罗的高级祭司也往往与王族联姻，例如传说中的推罗公主艾丽莎的丈夫阿士尔巴斯就是这样的神职人员，他们夫妻二人拥有的财富令见惯大场面的腓尼基商人都为之咋舌。

在推罗城邦的疆域内，每年春季都会举办由国王亲自主持的"艾格赛斯节"。为了强调这个宗教性节日对维系推罗人内部凝聚力的重要性，在节日期间所有外国人都必须离开这座城市。

推罗城中的祭祀仪式有很多特殊规矩，后来被广泛传播到地中海各地，其中

公元前6世纪的腓尼基黄金碧玉戒指，描绘的是推罗的守护神梅尔戛

腓尼基人铸造的梅尔戛铜像

梅尔戛石像

石碑上的推罗之主梅尔戛

包括禁止苍蝇和狗进入祭祀区域、女性不得担任祭司、祭品中不得出现猪肉、商人和其他有钱人须将收入的十分之一捐赠出来作为宗教税等等。

在国王的亲自指挥之下，梅尔戛的神像被搬上一只巨大的木筏，而后木筏被大祭司隆重点燃。燃烧着的木筏漂向大海并逐渐在烈焰浓烟中沉没，聚集在海滩上的推罗人吟唱着圣歌为神像送行。

对于推罗人而言，这个仪式的关键意义在于以火焰来渲染梅尔戛神圣的再生特性：梅尔戛本身并未被烈焰化为灰烬，而是借着滚滚浓烟涅槃重生——熊熊燃烧的雕像既是为了送别也是为了重生。

当希腊人和罗马人接触到腓尼基的梅尔戛时，这位神灵已经变成戴着牛角盔手持战斧的战士形象，并已经有发展成太阳神的趋势。当腓尼基商人将梅尔戛崇拜传播到早期的罗马社会中后，他成为对罗马神话产生过最重要影响的腓尼基神灵——在这时阿诗丹特已经从他的母亲逐渐过渡为他的妻子，梅尔戛和阿诗丹特成为罗马万神殿中的天王朱庇特和天后朱诺的原型之一。

祭司们这样赞颂梅尔戛："他是时代之子，他造就了月亮的三重形象，他是天空中闪闪发光的眼睛"——正是他令太阳发光促进了万物生长。腓尼基人认为，每当梅尔戛在东方海洋中洗浴时，从他头上甩下的水便形成了赐予大地生命的降雨。

在希腊人的记载中，腓尼基水手曾有一种独特的仪式：这些腓尼基人先是精神抖擞地高高跳起来，落地后便双膝跪地，像被神鬼附身一般在甲板上旋转……

这并不说明腓尼基水手喜欢跳另类的广场舞，其实他们是在跳祭拜梅尔戛的圣舞——腓尼基商人在签署合同时，往往需要以梅尔戛的名义起誓会遵守其中的条款。因为这位神灵不仅保护推罗城，还保护推罗的商人和海员。

腓尼基商人四处航行，他们习惯于每到一地站稳脚跟后便修建梅尔戛神庙以求庇护，这也使对这位神灵的信仰广泛传播。不过供奉梅尔戛大神是比较烧钱的，有些记载显示，腓尼基商人每年向神庙祭司上缴巨额款项作为奉献，这在他们的希腊同行看来简直匪夷所思——要知道希腊人眼中的腓尼基人可是吝啬鬼的同义词……

汉尼拔与梅尔戛

在西班牙的腓尼基遗址中,有三处被怀疑为梅尔戛神庙遗迹。这些遗迹中普遍有类似希罗多德曾提到过的特殊的献祭用柱子,不过这些柱子是青铜制品,而不像《历史》中所宣称的那样由黄金与翡翠制造——要真是由那两样材料制成的话,估计也留不到现在了……

通过破译青铜柱子上的腓尼基文字,可以得知上面刻着的不是赞美梅尔戛的颂歌,而是捐资修建神庙的名单以及详细账目,这倒真的非常符合商人的特点……

不过梅尔戛的信徒并非都是如此斤斤计较之辈,其中有个著名的军事家就曾令整个罗马世界为之震撼——他就是汉尼拔。

根据古罗马历史学家利维的记载,汉尼拔是梅尔戛的忠实崇拜者。

迦太基人传说着汉尼拔与梅尔戛的故事:汉尼拔离开迦太基准备远征意大利之前,他专门前往腓尼基最古老的梅尔戛神庙朝圣。汉尼拔在这位神灵的神像前献祭祈祷并沉思良久,希望自己能够得到梅尔戛的启示。

汉尼拔回到迦太基城之后,一个"神圣而美丽"的年轻人在夜晚忽然出现在他眼前。这位幽灵般的访客宣称自己便是梅尔戛,让汉尼拔跟随自己并且不要向后看。

汉尼拔虽然表示自己会谨遵神意,但好奇心还是促使他悄悄回头看了一眼。就在这一瞬间他看见一条可怕的巨蛇穿越森林,黑色的风暴和闪电聚集在蛇身旁,它所经过之地都被破坏得不成样子。

汉尼拔急忙询问神灵自己看到的异象代表了什么,梅尔戛告诉他:"这将是你在意大利造成的破坏,跟随你的命运之星吧,不必再向天堂或黑暗询问祈祷了……"

汉尼拔和他的远征结束之后,随着罗马人的征服行动,对梅尔戛的崇拜也逐渐变味。有学者认为梅尔戛后来成为罗马帝国乃至中世纪时期犯罪者的守护神，他城邦之王的名号居然变成了黑帮老大的头衔……

且不论这种有争议的推断是否成立，可以确定的是随着腓尼基文化的衰亡，这位鹌鹑之子、复活的大神和商人的保护者终究消失在历史长河中了……

第六节
人鱼女神阿塔伽提斯

腓尼基人对海神有着特殊的情感，例如迦南神话中与巴尔争斗的雅姆虽然落败，却依旧在腓尼基人的城邦中享受供奉。腓尼基人相信这个性格暴虐的大神会以巨大海蛇的形态在海底深渊中游动，情绪不好时便掀起致命的风暴。

雅姆是令人畏惧的，但并非所有的海神都如此蛮横不讲理，例如人鱼女神阿塔伽提斯就非常受腓尼基人爱戴。

美人鱼的传说

在很久很久之前，一个神秘的蛋从天而降落入海中，海中两条正在打斗的鱼将这个蛋挤到了陆地上，这时有一只鸽子飞来落在蛋上开始孵化它，不久后一个女神从蛋中出生——这就是迦南神话中关于叙利亚女神阿塔伽提斯的传说，也被视为希腊神话中双鱼星座传说的滥觞。

诞生于叙利亚阿勒颇一带的阿塔伽提斯女神是腓尼基城邦广泛信仰的生育之神，她在不同的地区被认为是巴尔或哈达德的妻子。哈达德是一位胡须浓密，头戴牛角盔，手持棍棒，操纵霹雳的雷电之神，这位神灵被视为阿勒颇的保护神，古代叙利亚国王的头衔之一便是"哈达德之子"。

哈达德乍看起来像个形象一般的中年大叔，但无论是希腊人还是罗马人都认为，这位哈达德就是宙斯或朱庇特的化身，亚述帝国更是将他视为主神。就此而言，阿塔伽提斯女神的地位着实不低。

虽然有个尊贵无比的丈夫，却并不妨碍阿塔伽提斯"红杏出墙"：一个亚述传说讲述了阿塔伽提斯曾经爱上一位凡人，可当她发现自己为情人生下的孩子斯米拉米斯居然是个毫无神力的人类女孩之后，巨大的耻辱感让她冲动地杀死了情人并遗弃了孩子，她自己则化为鱼形跳入海中躲避现实。可怜的弃婴斯米拉米斯长大后成为美丽动人的亚述王后，而她那不负责任的母亲则成为美人鱼的起源……

阿塔伽提斯被认为源自迦南人对鲸鱼的崇拜，她在原始神话中作为海神出现，后来形象成熟时，一般以蒙着面纱的半人半鱼形象出现在古代钱币上和雕塑中。

在叙利亚地区曾有过广泛的禁止食鱼和鸽子的宗教传统，因为这两种动物被视为女神的化身。在腓尼基的阿塔伽提斯神庙里往往会有一个养着"神圣之鱼"

中世纪版画中的阿塔伽提斯

约旦考古博物馆藏公元前100年时雕刻的阿塔伽提斯像

的水池,这些被精心饲养的鱼是普通人不可触碰的神圣动物。

祭司的秘密

除了迦南民族广泛信仰阿塔伽提斯之外,在希腊和罗马也有关于她的传说,例如希腊人记载了乞丐们打扮成阿塔伽提斯的祭司,赶着背负女神像的驴子在乡村中出没乞讨的习俗。而在罗马时代,这位女神更被起义的奴隶们视为自己的守护神。

在叙利亚地区的腓尼基城邦中,侍奉阿塔伽提斯的祭司们大多是些白净英俊的男子,他们化着浓妆,戴着头巾,穿着女性化的藏红花色丝绸长袍;有时也穿白底紫色条纹的亚麻长袍——不过他们常常做的事情和希腊乞丐效仿他们的行为差不多,都是出门化缘……

根据希腊人的记载,这些祭司还有一个令人瞠目结舌的秘密:他们都是净身后的"公公"……

这个奇异的传统同样起源自亚述传说:成为王后的斯米拉米斯在幻觉中得知自己必须为母亲修建一座神庙,亚述王知道后立刻表态,说既然神意如此,那咱们赶紧开工吧!

年轻的祭司库巴巴斯奉命帮助王后兴建神庙,他早知道王后风流的名声,为了不负君恩,干脆"一刀斩断烦恼根",自宫了事。

后来发生的事情验证了库巴巴斯的先见之明,斯米拉米斯果然对英俊倜傥的库巴巴斯一见钟情。但是令用心良苦的祭司大人预料不到的是,尽管他展示了自己残缺的躯体,却依旧没有令痴情的王后离开自己……

在叙利亚的腓尼基人中则流传着另一个悲伤的传说:当一队阿塔伽提斯的祭司抵达一个城镇时,穿着丝绸长袍的祭司们随着笛子的音乐歌唱舞蹈。兴起处,他们欣喜若狂地撕咬自己的皮肉,用刀划破手臂弄得血流如注。

亚述时代描述信徒们抬着哈达德神像游行的雕塑

这些虔诚的祭司吸引了市民前来参拜女神并献祭财物，其中有个姑娘对一个身着女装长发飘飘的少年祭司心动不已。

　　这个姑娘不顾一切地爱上了祭司，可当她终于找到机会单独与祭司见面一诉衷肠时，才得知对方已经不再是一个完整的男人了！

　　姑娘在绝望中自杀，给这段苦恋留下了悲伤的结局。

　　到公元3世纪时，奥斯若恩王国的艾布加五世控制了叙利亚地区。

　　这位虔诚的基督徒国王颁布法令，宣称所有阉割自己的人都要被砍掉一只手臂，从此结束了阿塔伽提斯祭司这项历史悠久的传统……

第三章
腓尼基神话故事

腓尼基人以神话故事来解释自己祖先的成就，腓尼基神话中的神灵故事解释了他们的大多数发明创造和技术发现。我们能从腓尼基神话故事中看到很多地中海世界文化的影子，尤其是希腊和罗马神话，从腓尼基神话中受益良多。

尽管希腊-罗马的学者出于种族偏见往往对腓尼基-迦太基人心存狐疑，甚至怀有敌意，但腓尼基人取得的成就是如此卓越，以至于连他们的这些宿敌也放下骄傲记录了相关的故事，例如希腊学者孜孜不倦地记录下艾丽莎创建迦太基的故事,罗马诗人则称呼她为狄多并创作出她与罗马创始人埃涅阿斯的爱恨情仇的传说。

世代交替之后,这些源自希腊-罗马的记载成为我们了解腓尼基神话的主要途径之一。也正因为如此,经过异族之笔流传下来的腓尼基神话更加显现出与埃及、希腊和罗马神话彼此渗透互相影响的特质。

这是瑰丽想象力的叠加,也是文化大融合的铁证。

第一节
被拐走的公主

欧罗巴是欧洲旧大陆的名字，而这个名字的由来却与一位不幸的腓尼基公主紧密相连。这位公主是推罗国王阿基诺尔的女儿，她从童年时起便一直深居在父亲的宫殿里。当她长成一个少女时，这个腓尼基女孩无与伦比的美丽引来人间之外的垂涎目光……

在一个深夜里，欧罗巴坠入诡异的梦中：被地中海分隔开的两个大陆忽然隆起，变成两个女人的模样，其中一个由亚细亚大陆所变的女人长相和腓尼基人一样，而另一个大陆所变的女人相貌奇特，欧罗巴感觉非常陌生。

亚细亚轻抚着欧罗巴细嫩的手臂说：孩子，我是你的亚细亚母亲，我把你从小喂养大，你应该属于我。

这时那个陌生女人冲过来温柔却又坚定地将欧罗巴向自己怀里拽，她微笑着说：跟我走吧，亲爱的姑娘！命运女神已经将你指定为宙斯的情人，我会把你带到宙斯身边！

欧罗巴从梦中惊醒，她感觉冥冥中有双眼睛注视着自己，这让她感觉既兴奋又不安。

欧罗巴的第六感没有出错，这世界的主宰之神宙斯正用贪婪的目光注视着推罗的公主。

居住在奥林匹斯山上的宙斯以霹雳为武器维持着整个宇宙的秩序，他经常变身为公牛或雄鹰在人间巡察。宙斯最伟大的功绩莫过于击败巨大的怪物提丰，将世界从毁灭边缘挽救回来。

宙斯无疑是最伟大的神灵，好色几乎是他唯一的弱点。宙斯共有七位妻子：智慧女神、正义女神、水草牧场女神、丰收与农业女神、记忆女神、哺育女神以及天后赫拉。

但这位色欲熏心的神灵仍不满足，他垂涎世界一切美色，甚至连特洛伊王子伽倪墨得斯这样的美少年都难逃宙斯的魔掌。这位王子被宙斯化身的雄鹰抓到奥林匹斯山的圣殿中，先是公然成为宙斯的情人，后来又成为诸神宴饮时的侍酒童。

每当诸神欢宴之时，赤裸的伽倪墨得斯便穿梭在宴席间为众神斟满琼浆玉液。当宙斯示意他为自己斟酒时，这个行事乖巧的男孩子总是先将酒杯在自己的唇上轻轻地碰触一下，再把杯子递到宙斯的手中。

这一切恋人间的亲昵互动是公然在赫拉眼前进行的，忍无可忍的天后终于施法将伽倪墨得斯杀死。伤心的宙斯将美少年的灵魂封印在天空中，这就是水瓶座的由来。

描绘宙斯掳走欧罗巴的画作

虽然失去了亲爱的少年情人，但宙斯仍未放弃寻欢作乐的心思。作为一个把勾引别人当作日常消遣方式的神灵，他惯用的手段是化身为各种禽兽接近目标，让自己的猎物在不经意间沦陷——甚至天后赫拉本人也是这样"中招"后被迫嫁给宙斯的……

就在欧罗巴做这场梦的前几个小时，无所事事的宙斯悄然来到腓尼基海岸闲逛。

他隐身降临于推罗城中的街道上，正巧撞见推罗王室出行。当雄赳赳的武士护卫着国王和他的孩子们经过时，宙斯一眼便看中了身骑白马的欧罗巴。虽然这个女孩子蒙着面纱，但她眼光流转的一瞬间已经俘获了宙斯的心。

这个女孩子属于我——宙斯在电光石火之间做出了决定。

明天，我就要带着我的新娘回到奥林匹斯山上，向诸神宣布我又开始恋爱了！宙斯在心里如此盘算着，他设想诸神要是又按照惯例怀着羡慕嫉妒恨惊呼"又一个？"的话，他便也按惯例回答："这次的更好！"想起这帮不识相的家伙还会像以前那样讽刺："你每次都这么说！"宙斯心中发出愤怒的咆哮：我是宙斯，万神之主，你们这些吃饱了没事干的神仙有什么资格对我的私生活说三道四！总之，这个女孩子注定属于我！

清晨，欧罗巴在推罗城明亮的阳光中醒来时，她那些同龄的闺蜜已经来到宫殿中等待了。这些姑娘都出身于推罗城中的贵族之家，大家约好与欧罗巴一起到海边散步，在柔软的沙滩上捡拾贝壳。

美丽的地中海岸边阳光明媚鲜花遍地，海边的树林草坪是欧罗巴和朋友们自幼便一起玩耍的地方。

当一行人穿越树林时，姑娘们身上那些由西顿女工们用金线绣出的衣裙，灿烂得能够与朝霞媲美。但当欧罗巴走到人群中时，身上所穿的最为绚丽夺目的长裙，让同伴们的衣裙都为之失色。

欧罗巴的这件长裙是由火神赫淮斯托斯所织的神衣，上面用金丝银线编织出神灵生活的景致。这件长裙是海神当年为了追求欧罗巴的祖母，特地让火神织出来的，后来成为推罗王室的传家宝，现在终于穿在了欧罗巴的身上。

身穿神衣楚楚动人的欧罗巴跑在同伴前头，她打算摘一些风信子和矢车菊来扎一个花束。

看到欧罗巴的举动，姑娘们也欢笑着散开，去采摘自己中意的花朵。她们有的摘水仙，有的摘风信子，有的寻紫罗兰，有的找百里香，还有的去采黄颜色的藏红花。

欧罗巴为了寻找中意的花一步步走进树林深处，这时她望见一头通体雪白的公牛缓步向自己走来。

欧罗巴在心里赞叹：好一头膘肥体壮、高贵而华丽的牛啊！它比自己在推罗城中见过的那些背着轭具、拉着大车的普通公牛漂亮太多了！这头牛的牛角小巧玲珑，犹如精雕细刻的钻石，额前闪烁着一块新月形的银色胎记。它的毛皮比雪更白，一双蓝宝石般明亮的眼睛燃烧着情欲，流露出深深的情意。

欧罗巴感觉到公牛在凝视着自己，它身上的一切似乎都在邀请她靠近。

尽管很害怕，可她还是忍不住一点一点靠近了这头神秘的公牛。公牛轻柔地叫着，这声音不像是普通的牛叫，听起来如同牧人的笛声在山谷回荡。

欧罗巴伸出一双小手轻轻抚摸公牛的脖子。公牛轻柔地舔着她的手，于是她把手里的花编成花环套在公牛的脖子上，抚摸它油光闪闪的脊背。

公牛依偎在欧罗巴脚边，驯服地卧在地上，仿佛在邀请她骑上去。

其他的姑娘也发现了公牛，大家纷纷称赞这头牛高贵的气概和安静的姿态。

欧罗巴心中升起一个大胆的想法，她招呼同伴说："你们快过来，我们可以一起骑在这头公牛的背上，我想牛背上足足能坐得下四个人呢！你们不要害怕，你们看它又温顺又友好，一点儿也不像别的公牛那么暴躁蛮横。我想它是像人一样有灵性的牲畜，只不过不会说话罢了！"

她一边说一边从女伴们的手上接过各色各样的花环挂在牛角上，然后壮着胆子骑上牛背，但她的女伴们仍然犹豫着不敢骑。

欧罗巴刚坐上牛背，公牛便轻快地站起来缓步走向海滩，它的步伐轻松缓慢，但欧罗巴的女伴们无论如何用力奔跑都赶不上它。欧罗巴兴奋地向朋友们挥舞着手帕，根本不知道自己将面临怎样的残酷命运。

古希腊马赛克壁画：宙斯掳走欧罗巴

当公牛走出林间草地踏上柔软的沙滩时，它忽然加快速度向大海急速奔跑。欧罗巴还来不及想明白发生了何事，公牛两肋已经生出洁白的双翅，驮着魂不附体的公主飞上了天！

公牛驮着欧罗巴飞抵地中海上的克里特岛，它降落在陆地中的一棵大树旁，让公主从背上轻轻滑下来，自己却突然消失了。

欧罗巴正在惊异时，一个俊逸如天神的美男子出现在她眼前。这位美男子自称是克里特岛的主人，如果姑娘愿意嫁给他，他可以保护姑娘不受公牛的威胁。

欧罗巴在绝望之余便朝他伸出一只手去，表示答应他的要求。于是这位由宙斯化身的美男子便得以同自己垂涎已久的姑娘颠鸾倒凤，满足了自己的愿望……

当一轮红日自地中海上冉冉升起时，欧罗巴从昏睡中渐渐醒来。

她惊慌失措地望着四周，呼喊着亲人的名字。接着她又想起了昨夜发生的事情，可怜的公主十分哀伤地自言自语："我是个卑劣的女儿，怎么可以呼喊父亲的名字？我不慎失身——天啊，我怎么才能忘掉这一切！"

欧罗巴环顾四周：不知名的山川和森林包围着她，岛屿周围的大海波涛汹涌，海浪冲击悬崖峭壁发出惊天动地的轰鸣。

终于她明白了自己经历的一切都不是梦，她愤恨不已地高声呼喊："天哪，要是该死的公牛再出现在我的面前，我一定折断它的角！我的家乡推罗远在天边，除了死以外我还有什么出路呢？天上的神灵啊，请给我送上一头雄狮来了结我这蒙羞的生命吧！"

虽然欧罗巴虔诚地祈祷，可是猛兽并没有出现在眼前，她看到的只是碧空中洒下的灿烂阳光。

"可怜的欧罗巴！"公主大声质问自己，"你不想结束这种不名誉的生活吗？难道父亲不会因为你的行为而咒骂你吗？你难道愿意给一位野兽的君王当侍妾，辛辛苦苦地为他当女佣吗？你怎么可以忘掉自己的高贵血脉，你可是推罗国王的公主！"

虽然欧罗巴痛苦万分，可她确实没有自杀的勇气。

这时一声轻笑自欧罗巴耳后传来，她猛一转身，看见爱情女神阿佛洛狄忒站在自己面前，浑身闪着天神的光彩。

阿佛洛狄忒微笑着说："美丽的欧罗巴，赶快息怒吧！我就是给你托梦的那位女子，而你所诅咒的公牛马上就来，它会把牛角送来让你折断——因为它和那位自称是克里特岛主人的美男子是同一个人，那就是宙斯本人幻化而成的呀！"

就在这一瞬间，宙斯的声音在被吓坏了的女孩耳边回荡：

亲爱的欧罗巴，我是主宰一切的宙斯，而你将是我的新娘。

你现在成了大地上的女神，你的名字将与世长存！

看，远方地中海彼岸的新大陆，你将在那里开始与我共享新的生活，这块大陆就用你的名字命名为欧罗巴！

就在宙斯话音刚落的一刹那，满含泪水的欧罗巴看到父王阿基诺尔坐在王座上悲伤不语，看到她的哥哥卡德摩斯奔波在各地寻找自己的踪迹。而她已经明白了自己的宿命——推罗的公主欧罗巴已经永远无法见到自己的亲人，永远与生养自己的土地告别了！

第二节
卡德摩斯的历险

推罗王宫陷入一场混乱之中，起因便是美丽的欧罗巴公主被神秘公牛拐走了。

推罗王阿基诺尔最初听到这消息时感到一阵天旋地转，牧人们报告说清晨时所有的牲畜都被不知何人赶到海边去了，而欧罗巴女伴们的证词显示，那头神秘的白色公牛无疑是借助牛群的掩护靠近公主并趁机得手的。

虽然痛失爱女让可怜的老人心如刀绞，但他不光是一个备受打击的老父亲，还是对推罗臣民承担责任的国王。他恨不得立即放下一切去找回心爱的女儿，可是一位国王不能因为家庭私事而远离国土和人民。

经过一番思考之后，阿基诺尔招来自己的儿子卡德摩斯。

"儿啊，你可怜的妹妹欧罗巴被绑架，被带离推罗的土地了！你要立刻收拾行李出发，就算走到天涯海角也要把欧罗巴给我找回来！"

卡德摩斯知道自己接到了不可能完成的使命，但他无法拒绝绝望的父亲，于是慨然允诺并且聚集了几个心腹伙伴离开推罗，踏上了漫漫冒险之旅。

卡德摩斯赶到爱琴海东岸的希腊城邦爱奥尼亚。这座城市智者云集，这些希腊学者擅长哲学，并且通晓地理。

卡德摩斯拜访了阿那克西曼德和赫卡泰。这两位大学者都曾前往埃及，见识过尼罗河那令人惊讶的泛滥。他们一致同意尼罗河就是亚非两洲的分界线，并将非洲称为利比亚。

卡德摩斯从希腊学者那里得到了一份充满知识的珍宝——爱奥尼亚地图。

阿那克西曼德是第一个敢于在铜板上刻出地球形状的人，在此之前这个奥秘只有神灵知道。而赫卡泰将世界各地的名称和描述都加在地图上，让来自推罗的王子能够知晓地球上各个地方山川河流的模样。

虽然爱奥尼亚的学者几乎无所不知，但他们却不知道欧罗巴公主的去向。于是卡德摩斯与希腊人告别，进入埃及渡过尼罗河，一路前往利比亚沙漠。

他每经过一地都向当地人打听妹妹的下落，可无论是希腊学者、埃及法老还是利比亚的酋长，没有一个人能告诉他欧罗巴的消息。

卡德摩斯按照地图的指引抵达奥林匹斯山，但沉默的神灵拒绝回答他的提问。最后他渡海抵达有着著名巨人石像的罗德斯岛，在这里有同伴抱怨说："亲爱的卡德摩斯，你算过我们已经离家多久了吗？就算是最有耐心的腓尼基商队，也没走过我们这么多的路啊。"

卡德摩斯也感到心力交瘁，他看着灰心丧气的同伴们，回想着推罗城中的一切——如果不找到妹妹，他又怎敢回去面对父亲失望的眼神呢？

夜幕降临时，卡德摩斯脑海中忽然灵光一闪——为何不去德尔菲城的阿波罗神庙中求助呢？那里的女祭司号称可以预知一切，向她请教一定可以得到欧罗巴的下落！

卡德摩斯的心情转好，他轻松地睡了一觉消除疲倦，天一亮便扬帆出海前往希腊雅典。

德尔菲城位于雅典附近的群山峻岭当中，当初宙斯为了确定地球的中心在哪里，便从地球的两极放出两只神鹰相对而飞。这两只鹰在德尔菲相会，宙斯便断定这里是地球的中心，于是将一块圆形石头放在德尔菲作为标志。后来这里建立起大地之母盖雅的神庙。

盖雅创造出一条巨蟒守护自己的神庙，但宙斯之子阿波罗也相中了这块地方。他一箭射杀巨蟒后占据此地，从此阿波罗成为德尔菲的主人。

在奥林匹斯众神中，只有阿波罗能使人们获知有关宙斯的思想，他通过自己神庙中的女祭司皮提娅之口，为人类的事务提供神圣的指引。

阿波罗神庙的祭司热情接待了推罗的王子，卡德摩斯被引领到降神谕的圣殿中等待。

他的心紧张得怦怦直跳——这下终于能知道欧罗巴的下落了！

他透过朦胧的亚麻布帘看到皮提娅已经来到自己面前。当帘子被徐徐拉起时，卡德摩斯不禁被皮提娅那圣洁的美貌搞得目眩神迷：她长长的黑色头发梳成发辫，垂落在洁白的祭司长袍上，她的容貌端庄无比，皮肤白皙如象牙，眼睛像湛蓝的爱琴海水一般。

神殿里燃烧着的月桂树枝发出股股浓香，这是祈求阿波罗神谕的烟火信号。沉默良久之后，皮提娅忽然高声唱出神灵的指引：

推罗的卡德摩斯啊，你要当心那白色的霹雳主宰者！
远离被爱迷惑的宙斯吧，你会拥有不同于欧罗巴的遭遇。
快去跟随第一头圣牛前进，它在何处停驻你就在哪里落脚。
命运会让你了解到，该在何处筑起你的城池，该如何成为不朽的生灵！

神谕宣读完了，随着亚麻布帘被快速放下，皮提娅的身影消失不见，只留下惆怅的推罗王子独自在神殿中苦苦思索……

在阿波罗神庙中苦思许久后，卡德摩斯缓缓走出神殿，他还不知道自己即将面临崭新的生活，心里始终在遗憾为何伟大的阿波罗不明确告诉自己妹妹的下落——欧罗巴正在克里特岛上做宙斯的新娘，阿波罗就算再喜欢多管闲事也只能含糊其词以免惹火了自己的老爸啊……

当卡德摩斯走出神殿后，强烈的阳光照得他睁不开眼睛，这是太阳神阿波罗在提醒他注意眼前的事物——当卡德摩斯揉揉眼睛定睛一瞧，看清楚的第一个东西就是一头肥壮的母牛！

这就是圣牛？

卡德摩斯半信半疑地跟着母牛一路走到一座神秘的城池门口，城中鸦雀无声，没有一点儿生灵存在的迹象。

他和同伴们走进城，却发现眼前出现了两条路，他们分开各走一边。他选择的道路蜿蜒曲折，走了一段之后他感到自己已经远远落后于自己的伙伴了。

忽然前方传来一声令人毛骨悚然的吼声，这声音简直叫卡德摩斯浑身的血液都凝固了！虽然心里十分恐惧，但他不能丢下陪伴自己四处奔波的伙伴们不管。于是卡德摩斯加快脚步向前奔跑，终于看到那吼声的源头——一条如老橡树一般高大的恶龙正抓着他的伙伴们！

这条隐藏在森林里的蓝色恶龙无比凶猛，它那紫红的龙冠闪闪发光，猩红的眼睛好像喷射着熊熊火焰，从它的血盆大口中伸出犹如三叉戟一般的三条芯子，嘴里的三层獠牙正不断地滴下毒液。

卡德摩斯的腓尼基伙伴们一个个吓得魂不附体，他们被恶龙的气势压倒，毫无对策。

就在卡德摩斯的眼前，恶龙闪电般地用巨大的獠牙咬穿了一个伙伴的胸膛，又撕开另一个伙伴的喉咙朝伤口喷吐致命的毒液。

转眼间，所有的伙伴都被杀害了，只剩下浑身颤抖的卡德摩斯独自站在恶龙

杀死恶龙之后的卡德摩斯用龙牙种出了自相残杀的战士们

面前。

这场力量悬殊的战斗几乎没有悬念，卡德摩斯在心里呐喊：阿波罗啊，你这是为我指出了通往坟墓的道路吗！

正在这时，一个轻柔坚定的少女声音在他脑海中响起："推罗的王子啊，战胜你的恐惧！我是雅典娜，我来指点你取胜的方法。"

卡德摩斯在雅典娜的鼓励下镇定下来，他裹一张狮皮做铠甲，又披挂上全身武器，谨慎地走近恶龙。

恶龙得意地吐出血红的芯子，舔食着遍地尸体。

"可怜的朋友们啊！"卡德摩斯痛苦万分地叫了起来，"我要为你们复仇，否则就跟你们死在一起！"

说完他举起一块大石头向恶龙投去，那势头看似连城墙都会被打穿砸塌。石块正砸在龙头上，但恶龙坚硬的鳞片和皮肤如同铁甲一般保护着它，这石块只是让它短暂眩晕了一阵。

卡德摩斯又狠狠地扔去一杆标枪，枪尖穿透了龙皮，深深地刺入恶龙体内。恶龙在剧痛刺激下狂暴地转过头来咬下背上的标枪，又用身体将它压碎，可是枪尖仍然留在体内，这样一折腾恶龙反而受伤更重。

愤怒的恶龙大张着嘴从喉咙里喷出剧毒的白沫，像利箭一般冲向渺小的卡德摩斯，打算把这个狂妄的人一口吞掉。

卡德摩斯用狮皮遮挡住恶龙的毒液，趁它张嘴来咬自己的机会抢先将长矛刺进龙口。恶龙一口咬住了长矛，卡德摩斯双臂牢牢抓住长矛左右摇晃，将恶龙嘴里那些锋利的獠牙纷纷打落。

恶龙终于撑不住了，它背靠着一棵大栎树喘息，卡德摩斯看准机会一剑刺穿恶龙的脖颈。看着轰然倒下的恶龙，卡德摩斯毫不犹豫地拔出短剑斩下龙头，就这样他取得了胜利。

雅典娜继续指点卡德摩斯，吩咐他拔下巨龙的牙齿，当作种子种在干旱的沙地上。虽然卡德摩斯认为这个命令非常古怪，但他还是照吩咐去做了。

他用长矛在地上画出田垄，用矛尖铲松坚硬板结的土壤，然后以腓尼基农夫的手法将龙牙埋进土中，又怀着虔诚的心取来清水浇灌自己种下的龙牙。

忽然间，大地开始震动，泥土下面活动起来。

卡德摩斯好奇地凑近观瞧，忽然间一杆长矛的枪尖露了出来差点刺中他！

卡德摩斯急忙向后一跃，这时候整片树林晃动得如同地震一般。

土里冒出了一顶武士的头盔，紧接着又露出了肩膀、胸脯和四肢，最后，一个全副武装的战士从土里钻了出来！卡德摩斯发现地里长出来的不止这一个战士，而是在他埋下龙牙的其他地方，按照播种的先后顺序，长出了一整队战士。

卡德摩斯大吃一惊，他连忙摆开架势准备投入新的战斗。

可是这些泥土中长出的战士对他喊道："别紧张，别拿武器对着我们，别参加我们兄弟之间的战争！"

战士们一边说着一边厮杀起来，这些刚从土地中诞生的生命转眼间一个又一个地倒下死去，大地母亲吞饮着她所生的第一批儿子的鲜血。

直到只剩下五个人时，这些战士终于开始接受雅典娜的建议放下了武器。

雅典娜告诉卡德摩斯说：这些战士就是你的新伙伴，他们将帮你重建眼前这座荒废的城市。

卡德摩斯连忙问：那么这座城市叫什么名字呢？

女神以响亮的声音告诉他：底比斯。

底比斯城被卡德摩斯从恶龙魔爪下解放出来了，地下的泉水开始喷涌，花草树木恢复了繁茂。干旱的沙土地变成生机勃勃的肥沃田野，郁郁葱葱的树林和草地引来了飞禽走兽。

伙伴们遵照卡德摩斯的命令建立起神庙和塑像，远近经商的腓尼基人和周边的希腊人都闻风而来加入城市的建设，底比斯城迅速恢复了生机！

为了纪念自己创建底比斯的伟大功绩，卡德摩斯将推罗的腓尼基字母传授给自己的臣民。于是希腊人学会了读和写，正如后来希罗多德在《历史》中记载的那样：卡德摩斯带领腓尼基人来到希腊，引进了希腊本来没有的字母表。

腓尼基人发明的文字很快传遍了希腊，于是文明之光在希腊的土地上重新点亮了！

卡德摩斯杀死恶龙

时光飞逝,底比斯之王卡德摩斯听从臣民的建议开始寻找自己的伴侣。

宙斯听说这个消息后,亲自安排战神阿瑞斯和爱神阿佛洛狄忒的女儿阿尔摩尼娅做了卡德摩斯的王后。阿尔摩尼娅是希腊女神中最为温柔贤惠的,她一腔热忱地爱着自己的丈夫,忠诚地陪伴着卡德摩斯直到终老。

他们俩一共生下四个女儿和一个儿子,其中最美的公主是塞墨勒。

宙斯为塞墨勒的美貌所倾倒,再度出手引诱了这个女孩,令其珠胎暗结。

天后赫拉得知后火冒三丈,她变成塞墨勒的亲人,怂恿怀孕四个月的公主向宙斯提出要求:要看宙斯真身,以验证宙斯对她的爱情。

宙斯拗不过小情人的撒娇,没想清楚后果便现出自己真正的原形——雷电。红颜薄命的塞墨勒瞬间被雷火烧伤不治,在临死前她祈求宙斯拯救自己腹中的胎儿。

宙斯含泪答应了塞墨勒的请求,他将胎儿放入自己的大腿中,让这孩子得以继续发育成长,最终从宙斯大腿中生出了酒神狄奥尼索斯。

终于有一天,卡德摩斯在铜镜中看到自己已经两鬓斑白风华不再。

他回忆起少年时代离开推罗城寻找妹妹欧罗巴的经历,这才惊觉自己已经步入暮年了。

于是他放下铜镜,对着妻子唏嘘不已,苦笑着提起阿波罗的女祭司曾经预言自己会变成不朽的生灵,可现在自己已成老人,既没有不朽更没有完成父亲的嘱托……

阿尔摩尼娅温柔地安慰丈夫,陪着他一起回忆青年时代所经历的大风大浪、立下的不朽功绩。

最后卡德摩斯笑着告诉妻子:"亲爱的阿尔摩尼娅,你知道吗——每当我想起杀死巨龙建立底比斯城的时候,我总是心怀愧疚的。"

阿尔摩尼娅觉得奇怪,问道:"但是你只有杀掉那凶猛的巨龙才能建立这座城市啊!"

卡德摩斯望着大海的方向,说起了腓尼基故乡的风俗:"在我们腓尼基人看来,龙是不能被伤害的动物,因为它是智慧和美德的象征!"

话音刚落，卡德摩斯的身体就开始变形：他的双腿合拢变成光滑的尾巴，浑身皮肤都覆盖了鳞片。在这一瞬间，卡德摩斯心里明白了一切，他连忙对妻子说告别的话，却只能吐出蛇芯般的长舌头发出"咝咝"声了。

　　阿尔摩尼娅看着变成巨龙的丈夫，哭喊着祈求诸神："全能的神灵们啊，如果你一定要把我的丈夫变成龙，那么也将我一同变成龙陪伴他吧！"

　　话音刚落，底比斯的王后也变成了一条龙。

　　两条巨龙交相缠绕着离开王宫，前往伊利里亚生活了。

　　当年在阿波罗神殿中，皮提娅曾经对卡德摩斯说出如此神谕："幸运的卡德摩斯，在不久的将来你就会从芸芸众生中脱颖而出，跻身永生一族！"

　　如今诸神用这个办法既惩罚了违背传统杀害龙的卡德摩斯，也赐予了他永生的幸福……

第三节
艾丽莎的迦太基

在欧罗巴和卡德摩斯离开推罗之后,腓尼基人的聪明才智已经随着航海家的脚步扩散到四面八方。但推罗的人民通常只去希腊和埃及做生意,他们很少涉足偏远的非洲海域。

时间过去了数百年,推罗城的主宰者变成了皮格马利翁。

这位贪婪的少年国王一向认为命运不公,为何推罗城中最有钱最有声望的人居然不是自己而是梅尔戛神庙的大祭司阿士尔巴斯?

虽然阿士尔巴斯娶了皮格马利翁的姐姐艾丽莎,但这并没有缓解推罗国王对姐夫的妒忌和憎恨。因为推罗先王曾经为传位给艾丽莎还是皮格马利翁而犹豫过,所以姐弟俩之间的手足情早已被权力的游戏所侵蚀。

皮格马利翁对黄金的贪欲以及对坐不稳王位的恐惧就像两股烈火在焚烧他的心,终于让他决定暗中对自己的姐夫下手⋯⋯

一天傍晚,艾丽莎在王宫中和姐姐安娜嬉戏玩耍,等待着丈夫阿士尔巴斯打猎回来好一起回家。

但时间一点点过去,直到夜深时分也不见阿士尔巴斯的踪影。艾丽莎越来越着急,安娜安慰妹妹说:"不要过于担心,阿士尔巴斯可是侍奉梅尔戛大神的祭司,很有可能是附近的城市请他去主持紧急的献祭祈祷仪式了。"

艾丽莎知道姐姐说的有道理，虽然还是有些放心不下，她还是选择在王宫中住下了。

躺在床上辗转反侧的艾丽莎干脆坐起来点燃一支蜡烛，她对着烛光祈祷："无所不能的天神巴尔啊，请你保佑我的丈夫吧，让他快些回到我的身边，不要再让我忧心忡忡了！"

子夜时分，疲倦的艾丽莎昏昏沉沉睡着了。

忽然间，丈夫出现在她面前：白天还神采奕奕的阿士尔巴斯此时脸色惨白脸颊深陷，头上还戴着一顶香桃木树叶编成的花冠。香桃木的花语是爱情密语，但从梅尔戛大祭司嘴里说出的却是死亡的警讯：

赶快逃走吧，亲爱的艾丽莎！

我已经被你那胆小如鼠又卑鄙无耻的弟弟暗算了：我在打猎途中被皮格马利翁邀请到他的住所，说是有问题向我请教。但我一进入他的宫殿，就被埋伏好的卫兵们刺杀了……

他看中了我的财产，现在这世上只有你知道这些财宝藏在何处。

快走吧，你是我唯一的继承人了。找些可靠的随从，带着我的财产远走高飞

227

吧！不要辜负我的嘱托，快走！

艾丽莎在惊呼中醒来，她的额头满是恐惧引发的冷汗。

紧接着她明白了这是丈夫的冤魂在向自己示警，她挚爱的丈夫阿士尔巴斯已经不在人世了！

艾丽莎痛苦地痉挛着，用拳头用力砸自己的胸口，发出绝望的呻吟。她的爱人已经离世，那么她一个人苟活着还有什么意义？

推罗的公主想到了死，但她立刻想起阿士尔巴斯的告诫——对，要活着，要逃出去，不能让皮格马利翁的阴谋得逞！

艾丽莎近乎狂热地投入自己的逃跑计划当中，她十分清楚姐弟之间的亲情并不能阻止弟弟继续挥舞屠刀，皮格马利翁为了霸占财富可以不择手段。

但艾丽莎也是腓尼基贵族之后、推罗王室的传人，她拥有无愧于祖先的机智和魄力。在这场斗智游戏当中，皮格马利翁并不是自己姐姐的对手。

艾丽莎连夜召集起几位忠诚于自己的手下——阿斯特鲁巴尔、希米尔卡尔、马拉尔巴尔和阿沙贝，她吩咐大家说："听我说，我们必须立刻离开推罗，这里已经变成我弟弟的屠宰场了！时间紧迫，我们必须趁着夜幕掩护把阿士尔巴斯的财宝都运到码头装进货船的底舱。"

看着大家连连点头称是，艾丽莎忽然又提出一个匪夷所思的要求：在甲板上堆满面粉袋子。

马拉尔巴尔惊异地问道："公主，我没听错吧——你真要堆满面粉袋吗？"

艾丽莎毫不犹豫地点点头确认，然后说："我要去皮格马利翁那里，告诉他我打算去推罗的岛城中住一段时间。"

"什么？！"大家都惊呼起来，他们暗中怀疑自己的公主是不是因为压力和悲伤而精神错乱了。

艾丽莎瞬间露出一副"以你们的智商，我很难对你们解释清楚"的表情，摇摇头说："我总得让他知道我为何要乘船出海吧！"

艾丽莎的伙伴们这才恍然大悟连连点头，大家按照公主的吩咐将财宝和面粉统统装上船，终于赶在地中海日出之前做好了一切准备。

清晨时分，推罗港口的宁静被海鸥的喧嚣打破。

伙伴们在船上焦急地等待，终于看见艾丽莎公主的身影出现在码头上，她的身边是一批国王派来"保护"她的贴身侍卫，这些全副武装的战士彪悍而精明，寸步不离地紧紧盯着艾丽莎。

随着海螺号角一阵长鸣，水手们解缆升帆，腓尼基式的大海船缓缓离开推罗港向大海航行。

推罗城的轮廓越来越小，艾丽莎装作眺望远方散心的模样缓步走到甲板前端。忽然间她捶胸顿足地号哭起来："阿士尔巴斯，阿士尔巴斯，我亲爱的阿士尔巴斯！没有你以后，我还要这些金银财宝有什么用呢？珍珠、青金石和黄金既然都不能换回我爱人的生命，那对我来说就和粪土没什么区别了！

永别了，财宝，我愿从此贫困终老！"

这段半真半假的哭诉正是艾丽莎的伙伴等候已久的信号，他们一起动手把甲板上的面粉袋子全丢进海里去了。这下皮格马利翁的侍卫们傻眼了，他们甚至连一句"不要啊"都没来得及说出口！

面粉口袋瞬间沉入大海喂了鱼，侍卫们沮丧绝望地望着艾丽莎，大家心里都知道完蛋了——正在王宫里热切等待着接收姐夫遗产的那位少年暴君绝不会饶恕办事不力的手下，陛下有一千零一种酷刑等着收拾自己的侍卫⋯⋯

艾丽莎摆出公主的气派劝说侍卫们效忠自己，很明显他们已经没有其他选择，就算是杀光艾丽莎及其同党也没用了。

于是整船人都成了一根绳子上的蚂蚱，大家齐心协力踏上了逃亡之路。

这下押送艾丽莎的船只变成了她逃亡的工具，大家一同向梅尔戛大神祈祷后，一路顺利抵达了塞浦路斯岛。

塞浦路斯岛也是推罗的领地，岛上侍奉阿诗丹特女神的大祭司盛情款待了公主一行。

大家胡吃海塞一顿后开始讨论接下来的行动方案，因为只要塞浦路斯的商船抵达推罗，公主逃亡至此的消息立刻会被皮格马利翁知晓。

希腊？埃及？还是西班牙？

大家正在窃窃私语时，躲在一旁偷听的大祭司举手要求发言："请问我能插嘴吗？"

大祭司知道自己盛情招待公主的事情现在已经变成了现行的叛国罪证，推罗王一定不会相信自己没有加入艾丽莎的小团伙。与其坐以待毙，不如主动入伙一起脚底抹油先溜走……

大祭司特别指出自己入伙之后的独特优势：他手下有八十名美艳如花的阿诗丹特神庙神妓，他保证能把这些女孩都忽悠上船，让所有男人都能分配到一个妻子，这样不管未来的落脚地在何方都将拥有繁衍人口的希望。

当然，大祭司也有自己的小小心愿：他希望艾丽莎能够保证，无论未来的落脚地在何方，在她的国度中阿诗丹特神庙大祭司的职位将由他以及他的后代世袭罔替。

艾丽莎同意了这个要求，反正对她来说也只是开出一张空头支票罢了。

大祭司眉开眼笑地又为大家指出一条明路：无论是去希腊、埃及还是西班牙都不靠谱，因为这些地方或者是推罗的领地，或者是推罗的贸易伙伴，它们的统治者随时会为了推罗王的酬金而卖掉艾丽莎的。地中海世界里只有非洲还处于腓尼基人探索的盲区，虽然有些小殖民点存在，但都还不成气候——艾丽莎在那片土地上应该有足够的生存空间。

大家一听连连点头称是，这才知道这家伙除了会拐带贩卖人口以外，在见识方面还是有两把刷子的……

于是阿诗丹特的大祭司便带领妹子们一同登船，大家怀着去非洲殖民的雄心壮志出发了。

艾丽莎一行在海上航行了几日，这片陌生的水域完全不是腓尼基水手们所熟悉的航路。瞭望手整日待在桅杆上眺望，寻找海平线上陆地的踪影。

终于有一天，从瞭望手的嘴里喊出了大家期盼已久的词语："陆地！"

艾丽莎等人冲上甲板，眺望着远方那抹遥远水线上的深色阴影。随着船只的接近，那阴影逐渐拉长，显露出一块陌生大陆的轮廓。

这就是非洲，艾丽莎的再生之地！

大家欢呼着、高歌着一路航行到海滩上，男人们把船上的粮食、武器、服装、马匹和财宝都搬下船。推罗来客们组成一支旅队谨慎地向内陆出发，他们盘算着这里最好是无主之地，或者有个好说话的统治者，能够接受腓尼基人的安家请求。

艾丽莎一行很快遇到了土著的村落，显然这里并不是没有主人的国土。

推罗的公主小心翼翼地接近土著老大爷问道："请问这里是什么地方？"

"这里呀，俺们村啊！"

"我是问你们的国家叫什么？"

"利比亚！"

"请问你们的国王是谁，我能去觐见他吗？"

"那谁知道，问村长去！"

就这样，在土著长老的引领之下，艾丽莎终于抵达了利比亚国王海尔布斯的王宫中。这个国家还处于半野蛮状态，连国王都住在帐篷里面。

利比亚国王海尔布斯是一个卑劣凶残的暴君，他留着一撮精心修剪过的黑色山羊胡子，一对三角形的小眼睛里闪烁着奸诈狡猾的光芒。

艾丽莎的到来并没有引起海尔布斯的警惕，陛下是见过大世面的人，区区一条船上的百余名腓尼基人并没让他放在心上。

听完艾丽莎提出的购买土地安家的请求，海尔布斯手抚胡须思索起来：他渴望财富，但利比亚人的经营能力根本不能与腓尼基人相提并论。要是眼前这位腓尼基公主以及她的随从们能够为他所用的话，倒是一个天赐的发财机会。但是这个种族的人过于精明，要是真让他们购置土地建立起城市来，将来一旦反客为主自己就要遭殃了。所以应该把腓尼基人软禁起来，让他们不得不听从本王的吩咐！

想到这里，海尔布斯哈哈大笑着表示卖土地毫无问题，然后给出了一个天文数字的报价。

艾丽莎犹如遭到当头一棒，这个数字就算把阿士尔巴斯的遗产全部搭上都不够，分明是利比亚国王在用嘲弄的方式表示拒绝。

但推罗的公主已经无路可退，他们已经抛弃了船，也无力再度跋涉寻找非洲陆地上的下一个国度了！

"我们利比亚人是慷慨大方的，我决定送给你一块土地！"海尔布斯一边抚摸着自己的胡子一边笑着说，"真的，分文不取，地点任你挑选！"

还没等惊喜的艾丽莎表达谢意，海尔布斯又伸出双臂比画了一下："不过只有一块牛皮能盖住的土地，一点儿也不能多，一点儿也不能少！哈哈哈……"

一块牛皮能盖住的土地？这分明是利比亚国王又一次恶意满满的嘲讽行为啊！

怎么办呢？绝望中的艾丽莎闭上眼睛向天神巴尔、向推罗的守护神梅尔戛、向仁慈的阿诗丹特女神祈祷，并祈求所有腓尼基人的祖先帮助自己的孩子们渡过难关。

在国王的帐篷外面，艾丽莎的同伴们也都跪在地上虔诚地祈祷，他们祈求腓尼基人信仰的所有神灵，恳请他们施舍怜悯救助绝境中的信徒和子民。

忽然间，阿诗丹特女神的声音在艾丽莎脑海中响起，那是一把点醒她心智的钥匙："艾丽莎，牛皮能以很多种方式覆盖你要的土地……"

艾丽莎的眼睛睁开了，她那双美丽的瞳孔中射出自信而精明的光芒："成交！"

当艾丽莎回到自己的伙伴中间时，大家都向公主投以热切期盼的目光。

艾丽莎宣布自己与利比亚国王达成了交易得到了土地，伙伴们的欢呼声还没落地，就听到土地面积只有一张牛皮大小……

大家看着自信满满的公主，不由得满腹狐疑：整条船上一共一百多号人，一张牛皮大小的地方连站都不够站啊！

艾丽莎又一次露出一副"以你们的智商，我很难对你们解释清楚"的表情，她朗声问道："有谁是裁缝高手？"

就在这天夜里，几位巧手的塞浦路斯神妓用剪刀将一整张牛皮裁成极细的牛皮条，男人们则将这些牛皮条首尾相连后沿着一座海边小山围成圆圈。

自尽前的艾丽莎女王

第二天，应艾丽莎邀请来到现场的海尔布斯目瞪口呆地看着狡猾的腓尼基人已经用牛皮圈出了足够兴建一座城市的土地——而且还是他亲口许诺白送的！

艾丽莎拿出许多财宝作为接受利比亚土地的回礼，海尔布斯弄巧成拙，被迫答应了这个赔本买卖。

这些腓尼基人欣喜若狂，他们将艾丽莎举起来扛在肩上绕着未来的城市巡游，人们高呼着"艾丽莎""女王"！

于是腓尼基人所兴建的新国度就这样诞生了，艾丽莎宣布脚下这座被牛皮围起来的城市名叫"迦太基"，在腓尼基语中的意思是"新的城市"。而那座被牛皮围出来的小山就是后来的迦太基城核心区，它被称为比尔萨卫城——"比尔萨"意思是"牛皮"。

迦太基建立后吸引了大量推罗海外城邦的移民，腓尼基人从地中海各处向这个新兴之城涌来。随着定居人口越来越多，城邦越来越富裕，显然这个"牛皮之城"将长久存在下去了。

艾丽莎为迦太基制定了一部基本法，用法律形式确定了行政官员、贵族和平民之间的关系，让迦太基的政治沿着平衡和公正的路线前进，这部法律为迦太基带来了持续七百年的和平和繁荣。

迦太基城的发展日新月异，而利比亚国王海尔布斯的愤恨则与日俱增。

他每日都在自己的帐篷里痛悔不该答应艾丽莎的交易请求，但这桩生意已经在双方神灵面前发誓达成了，该怎么才能挽回自己的颜面，收回迦太基的土地呢？

艾丽莎那美丽的面容和迦太基城的壮丽恢宏反复在海尔布斯的脑海中盘旋，最后他想出个夺回土地的无赖招数：既然迦太基已经建立了，而它属于艾丽莎，那么只要艾丽莎属于我，迦太基不就是我的了吗？

第二天早上，身披豹皮的利比亚使者来到迦太基城。他在迦太基元老院里宣布了海尔布斯的口信：我非常仰慕迦太基女王艾丽莎，所以在神灵的启示下向她求婚。这不是来自国王陛下的强迫要求，艾丽莎可以自行做出决定——但如果她拒绝的话就意味着迦太基与利比亚之间会爆发战争！

元老们一听都愤怒了,已经威胁说不答应就宣战了还说不是强迫?但他们不敢翻脸将无礼的利比亚使者赶出城去,毕竟立足未稳的迦太基如果陷入战火,其后果不言自明。

　　正当元老们犹豫着是否要向艾丽莎汇报这一令人左右为难的消息时,听说利比亚使者来访的女王已经来到元老院查问情况了。

　　艾丽莎猜测到一定是海尔布斯提出了某种无理要求,便显出王者之风吩咐元老们不要对无情的命运采取回避态度。

　　艾丽莎这样一说,元老们终于趁机将皮球一脚踢给了女王:陛下,要面对无情命运的正是您啊,现在您需要嫁给海尔布斯,如果您拒绝的话,利比亚军队转眼间就将摧毁我们这座牛皮之城了……

　　这下艾丽莎傻眼了——原来需要做出牺牲的竟然是她自己!

　　无助的女王在心里向腓尼基诸神求助,却没有得到任何回音。她知道这是神灵们要求她为自己所创建的国度的命运做出选择,眼前的元老和市民们都默默等待着她的抉择,这可怜的女王被自己的豪言壮语逼入墙角,只好浑身颤抖着答应了人民的请求。

　　利比亚使者一路飞奔离开迦太基城,他呼喊着将喜讯告诉沿途经过的每一个村庄:"艾丽莎同意嫁给利比亚国王了!"

　　海尔布斯大喜过望,立即率领侍从带着聘礼前来迎亲,但艾丽莎却下令架起一座高高的柴堆,她说自己在出嫁前要用向梅尔戛大神献祭的仪式来抚慰前夫阿士尔巴斯的灵魂。

　　在推罗城中跟随艾丽莎出逃的朋友们——阿斯特鲁巴尔、希米尔卡尔、马拉尔巴尔和阿沙贝都怀着复杂的心情站在身穿礼服的女王身边,现场的气氛不像是送女王出嫁,倒像是为阿士尔巴斯举行追思。

　　黄金、青金石和珠宝都被堆积在柴堆上,献祭给梅尔戛的动物们按照腓尼基的规矩被杀死放血。

　　在利比亚和腓尼基人的见证下,柴堆被点燃了。

　　艾丽莎看着升腾的火苗撕心裂肺地哭喊着:"阿士尔巴斯,阿士尔巴斯,我亲爱的阿士尔巴斯！"

忽然间，艾丽莎在一片惊呼声中飞快地爬上燃烧着的柴堆顶端！

这位美丽的女王站在火焰之巅眺望天空，在这一瞬间推罗城里那个噩耗传来之夜的恐惧悲伤、万里出逃的奔波劳苦、伙伴们用牛皮围出迦太基城的心手相连都化为云烟，云端只有阿士尔巴斯的幻影在向她走来……

阿士尔巴斯，阿士尔巴斯，我亲爱的阿士尔巴斯！

艾丽莎掏出藏在礼服里的短剑，微笑着刺入自己心脏，熊熊火焰吞没了迦太基的女王……

第四节
被诸神遗弃的推罗

当亚历山大大帝登上马其顿王位之后,他先是征服了希腊,又发兵小亚细亚。

在马其顿军营的营帐里,亚历山大指着世界地图上的腓尼基海岸说:"腓尼基诸城邦将归属我的王国!"

他的将军们纷纷点头称是,亚历山大兴奋得两眼闪闪发亮:"我的王冠上少了一颗明珠,那就是推罗!你们看吧,推罗这座传说之城,最终也将是我的!"

亚历山大说到做到,马其顿的大军立刻向腓尼基开来。

消息传来,腓尼基诸城邦立刻陷入慌乱不安之中。

在紧急召开的腓尼基联席会议上,大家基本上都自认是最强的商人和最弱的战士,腓尼基人擅长的是银弹攻势而不是短剑长矛。

经过反复讨论以后,大部分城邦都选择谨慎从事,打算派出请降使者去迎接亚历山大大帝。

唯独推罗城的使者却满怀骄傲地敲打着桌子说:"投降吗?这是背叛,这是亵渎!我们的城市是如此显赫,我们是地中海上永远的霸主!我们神圣的推罗受诸神垂青,神灵们怎能容忍马其顿人染指推罗?我们必须不惜一切代价奋勇抵抗亚历山大!"

西顿的使者战战兢兢地问道:"我的兄弟,那么你们确定打算与马其顿开战吗?"

推罗的使者摇着头说:"不不不,我们会用计谋打败亚历山大!"

自信的推罗人说到做到,他们准备了一份厚礼,然后派遣巧舌如簧的代表团去觐见亚历山大。

亚历山大听说推罗人来了,决定在一艘马其顿最雄壮的军舰上接见他们,以显示自己手里也有不弱的海军力量。

推罗的代表团见到亚力山大的军舰时心中不禁生起一阵轻蔑,这条船与航海民族腓尼基的战舰比起来实在是差远了。

"尊敬的国王陛下,欢迎你来到腓尼基!"推罗代表团团长向亚历山大问候,"您的大驾光临令我们蓬荜生辉!"

"很好,腓尼基人!"亚历山大也客气地说道,"你们知道我是推罗守护神梅尔戛的虔诚信徒——当然在我的国度里他被称为大力神赫拉克勒斯。我想去你们的城市里朝拜梅尔戛大神的神庙,向他献上我的敬意和丰厚的礼物。"

推罗的使者们听完亚历山大大帝的话之后不由得面面相觑,如果放亚历山大入城的话,那么不就等于将推罗的独立自由拱手交出了吗?但他们在这种场合不能明确说出拒绝的话，于是团长机敏地回答："哦，我的陛下，我们怎敢不答应您的要求呢？但让您亲自到推罗城中朝拜梅尔戛实在是不敢当，不如我们将梅尔戛神像请出神庙安置到海边，这样您就可以在您的战舰上随意瞻仰朝拜他了。"

亚历山大听到这个回答后大为恼火，显然推罗人无论如何也不肯让马其顿人实际控制自己，在他看来这无疑是在向自己宣战！

"你们这些自以为是的推罗人！"亚历山大翻脸威胁道，"地理位置给了你们一个小小的天堑，你们居然以为自己可以高枕无忧了？你们住在小岛上就敢于蔑视我的步兵吗？很好，我很快就会让你们知道，小岛依旧属于陆地，而在陆地上没有人能战胜我！"

谈判破裂之后，双方开始各自准备一场无可避免的大战。

听说推罗与亚历山大翻了脸，其他腓尼基城邦吓得魂不附体，争先恐后地向马其顿人请降。毕竟它们与推罗不一样，没有一个远离海岸处于深水区的岛城能逃离来自陆地上的威胁。

事实上推罗城的核心是一座要塞化的小岛，它有又高又厚的城墙，还有庞大的舰队保护。每当外敌入侵腓尼基时，推罗人都龟缩在自己的岛城里笑看风云变化，其他腓尼基城邦就成了跑得了和尚跑不了的那座"庙"，无论是亚述、巴比伦还是埃及、波斯，这些饿狼一般的强大入侵者在打不着推罗时，就会把气撒到其他城邦头上，谁让大家都是腓尼基人呢！更别说这次打上门来的亚历山大可是战神下凡一般的狠人，从他起兵起，凡是胆敢对抗的城邦无不落得个国破人亡的下场，一次次的屠城和全民沦为奴隶让马其顿的敌人都吓破了胆。

总之其他腓尼基城邦认为这种"吃饭睡觉打豆豆"的游戏实在不能再上演了，这次无论如何也得抢先站在马其顿这一边，谁爱当豆豆让谁当去！

亚历山大知道靠马其顿的海军要登陆推罗岛城是不靠谱的想法，毕竟马其顿人真正的杀手锏是身经百战的重装步兵，他有信心在近身白刃战中将愚蠢的推罗人按在地上摩擦——但前提是得能够得着推罗的岛城。

关于这个问题他已经有了解决办法，那就是筑堤！

亚历山大在指挥推罗围城战

亚历山大让士兵们放下刀枪拿起铲子，从陆地上采掘土方填海，打算硬生生地造出一条通往推罗的大路来。这样可以让推罗人的海军优势无从发挥，变海战为陆战。

"可是陛下，我们要从哪里找到那么多的石块和大树来修筑堤坝呢？"希腊人听到这个命令后沮丧地问亚历山大。

亚历山大激励他们说："士兵们，拿出勇气来！你们跟随我已经征服了那么多的城邦，摧毁了无数的敌人，赢得了数不清的胜利荣誉和战利品！现在的这场战争可能并不是那么好打的，但胜利女神还是必将站在我们这一边！"

亚历山大并不是推罗人曾面对过的那些西亚君王，他在下令筑堤之后就研究过土方材料的来源问题。这位君王的解决方案非常具有亚历山大个人特色：彻底拆毁推罗的陆地主城，将建筑残骸作为填料从海岸筑堤坝直抵推罗岛城！

推罗人发现马其顿人的举动后大为惊讶，毕竟填海筑堤是他们过去从没遇到过的情况，谁能想象到亚历山大会采取如此疯狂的举动呢？

推罗城中的梅尔戛神庙烟火不断，市民们抱着祭品献给城市的守护神，祈求他尽快显灵赶走陆地上的那些马其顿疯子。

梅尔戛回应了自己的子民，海上刮起狂暴的西南风，马其顿人的筑堤工程被狂风暴雨和巨浪轮番打击，希腊的军舰也被风暴掀翻。

但亚历山大身先士卒率领马其顿战士热切进行着这项浩大的工程，在国王的鼓舞下希腊人咬牙坚持下来。与此同时，亚历山大随军的祭司们也向海神波塞冬献上丰厚的祭品，于是风暴渐渐平息了。

马其顿人的工程逐渐进入深水区，这里是推罗舰队能够活动的领域。

推罗的水手驾驶着战舰接近修筑堤坝的马其顿士兵，尽情嘲笑这些挥汗如雨的希腊人："看看他们，他们的国王自以为是海神呢！亚历山大让他伟大的战士们像驴子一样背着沉重的石块和土筐干蠢事，现在我们来叫他们知道陆战和海战的区别！"

推罗人一边嘲笑一边以雨点般的箭赶走了干活的希腊人。

在屡次受到推罗舰队袭击之后，马其顿的工匠制作了两座带轮子的木制巨塔推到堤坝尽头,这两座木塔外裹生牛皮防箭,顶端安装了投石器来打击靠近的推罗战舰。

推罗人把一只运输骑兵用的大船木板舷墙加高,装满干树枝、木屑、刨花、松脂、沥青、硫黄等易燃物,趁着西风起时将这艘火船拖拽到堤坝附近。

当接近堤坝尽头的那两座木塔时,推罗人点燃火船,在箭雨掩护下将木塔付之一炬。

接着,推罗城中的市民带着决一死战的勇气蜂拥而出,他们乘着小船冲到堤坝上,捣毁了护堤的木桩木栅。

双方的僵持拉锯持续了一段时间,直到有一天一场可怕的风暴忽然出现在推罗附近海域。在惊天动地的风雨咆哮声中,大堤被巨浪打成了豆腐渣。

当亚历山大匆匆走出自己的帐篷查看情况时,他感到像有一盆凉水当头浇下来:他辛苦几个月监工修筑的堤坝连个影子都不见了!

马其顿的士兵们站在雨里号啕大哭,连亚历山大都手捂额头考虑是否应该收兵回去不再招惹这些腓尼基魔鬼了。

当天夜里,因为淋雨而发烧的亚历山大做了一场奇怪的噩梦:他在一个诡异的迷宫里与长着羊角羊蹄的半兽人怪物萨提洛斯周旋,萨提洛斯百般嘲弄亚历山大,不断地做鬼脸说脏话取笑马其顿的国王。被激怒的亚历山大大帝跟踪萨提洛斯多时,终于在迷宫中捉住了这个怪物。

亚历山大将它的手脚牢牢捆起来,然后以其人之道还治其人之身,将羞辱和嘲讽如数奉还给萨提洛斯。

这时雅典娜女神出现在迷宫中,她祝贺亚历山大取得了胜利,并且提示他萨提洛斯这个名字拆开念的谐音就是"推罗"。

当亚历山大从梦中醒来时,一身大汗的他不仅风寒痊愈,而且还因为获得神示而有了无尽的信心——推罗必将是我的!

不久之后,推罗人的瞭望哨发现海面上出现了一支庞大的舰队。

毫无疑问来的并不是朋友,但推罗人毫不担心,派出舰队迎击——马其顿人根本不擅长打海战,虽然不知道他们是怎么凑出这些战舰的,但推罗海军有足够的信心把这些希腊人都送进地中海里喂鱼。

当双方舰队逐渐接近时，推罗人感觉到不对劲了——对面的船看起来怎么像是腓尼基自己人的战舰呢？

他们的猜测很快得到了证实，推罗海军逐渐看清楚对方战舰的旗帜：西顿、比布鲁斯、朱拜勒、赛达，甚至还有塞浦路斯——这可是推罗直属领地的舰队！

没错，亚历山大率领的正是由近三百艘腓尼基战舰组成的庞大舰队。

原来，他在因为风暴和推罗舰队袭击而暂时失利后，认为必须依靠海军力量的协助才能摧毁推罗。那么哪来的现成海军呢？答案就在推罗的那些腓尼基姐妹城邦身上。

亚历山大亲自到西顿等城邦搜集战舰，推罗的那些腓尼基同胞们当然不敢拒绝马其顿人的命令，更别说是伟大的亚历山大大帝亲自出面要求"借"船了。大家一琢磨：干脆我们也参与到"吃饭睡觉打豆豆"的游戏里吧，这回轮到推罗自己扮演豆豆了！

转眼间腓尼基海岸的各大港口为之一空，所有的军舰都集结在希腊人的旗帜之下，商船也用来给马其顿大军运输给养物资，很快亚历山大手上拥有了一支一百五十艘战舰的腓尼基舰队。

与此同时，塞浦路斯等推罗直属领地的腓尼基城市得知亚历山大击败了波斯皇帝大流士三世，并且开始围攻推罗之后，这些投机分子为了避免与推罗同归于尽，决定叛变自己的祖国，他们也凑出一百四十艘战舰来投靠亚历山大。

亚历山大带着庞大的舰队从海上逼近推罗，为了防止腓尼基人三心二意，他在每艘战舰上都配置了英勇善战的马其顿近卫步兵，他本人就站在最前沿的一艘战舰上。

推罗舰队面对由同胞组成的庞大敌舰队时感到无比震惊，他们这才发现除了自己之外，所有的腓尼基人都站在敌人那一边了！

绝望的推罗人放弃了正面交锋的打算，龟缩在两个港口内避而不出。

亚历山大见推罗舰队拒绝海战，便下令直接攻击推罗的两个港口。但"埃及

中世纪版画,亚历山大进攻推罗

人"和"西顿"这两个港口肚子大口子小的防御优势被推罗人充分利用起来,他们将战舰密密麻麻挤在狭窄入口处挡住了航道。

在西顿港,效忠于亚历山大的腓尼基战舰跟停泊于最外侧的三艘推罗战舰船首对船首地战斗起来,并凭借数量上的压倒性优势把它们打沉了。但那三艘战舰上的推罗水手在船沉之后都悠然自在地游到岸边,又回到自己人身边了。

继续攻击的腓尼基舰队发现推罗的战舰密密麻麻地挤塞在狭窄入口处,继续发挥数量优势已经不可能。他们顶着陆地和海上的密集火力尝试着攻击了几次都不能取得突破,反而是沉船越来越多,有阻塞航道的风险,于是亚历山大便让舰队停止攻击,停泊在新修的堤坝附近。

第二天,他下令来自塞浦路斯的原推罗舰队战舰负责封锁西顿港,以部分腓尼基战舰封锁埃及人港,剩下的一些战舰原地待命。

随着炎热的七月份来临,推罗城下的筑堤工程已经完成。

大型攻城器械如攻城木塔、投石器、撞城槌都已造好并由马其顿士兵们推过堤坝直抵推罗城墙之下,另外还有些攻城器械被放置在亚历山大从西顿带来的运输船上。

当一切准备就绪之后,亚历山大拔出佩剑用力一挥,马其顿军从堤坝上和海面上同时发起了总攻。

然而推罗人事先也做了充分的准备,他们不仅加固加宽了城墙,在城垛口竖起箭塔,还把大量的石块抛掷到城墙四周的水里,形成了许多阻止敌舰接近的人造暗礁。

推罗人从木塔里向外投射出密集的箭石,压得堤坝上的马其顿士兵根本抬不起头来。试图从海面接近城墙的腓尼基战舰大多还没靠近就触礁搁浅,这些动弹不得的目标转眼间就被火箭点燃变成熊熊燃烧的大火炬。

偶尔有些幸运的战舰得以接近城墙开始用撞城槌摧毁城墙时,推罗人就将滚沸的热油从城头上倒下来,马其顿士兵和腓尼基水手们被热油烫得狂呼乱叫,紧接着城上又丢下无数火把点燃了热油,浑身起火的攻城者哀号着跳进海水中死去。

至于那些躲过热油的人也难逃木梁的打击：推罗人打造出一些巨大的铁钩子，他们将房屋的木梁拆下来挂在钩子上丢下城头，做钟摆运动的木梁一扫一大片，把敌军士兵成堆地砸死。

眼看得堤坝上和海上的进攻同时受挫，亚历山大立即下令清除推罗人制造的暗礁。于是马其顿的战士们跳下战舰蹚水接近城墙，艰难地从海里把石头搬上船运走。

推罗人给一些小划艇装上铁甲，快速冲到腓尼基战舰抛锚处，使它们不能在城下清理暗礁。亚历山大也如法炮制，给一些三十桨大船装上铁甲后组成一道钢铁屏障，横在泊锚的工作船前。

推罗人立刻改派水性好的战士潜水接近工作船，从水下割断粗亚麻绳做的锚索。于是亚历山大又让士兵们把麻索改成铁索，让推罗潜水员无计可施。终于，马其顿人清除了水中的石块，完成了对推罗城的海陆总包围。

就在被彻底围困的那天夜里，在推罗元老院中任职的一位法官做了一个奇怪的梦：太阳神阿波罗对他说神灵们已经放弃了推罗，太阳神也要离开这座城市里的太阳神庙了。

法官惊醒后吓得魂不附体，这神示如果是真的，那么无疑预示着推罗的万劫不复！于是他匆匆披衣下床，奔跑在深夜中的推罗街道上，将所有的元老都一一唤醒。

得知这一情况的元老院陷入恐慌之中，经过一夜讨论，大家在黎明时分来到太阳神庙中哭泣祈求阿波罗不要抛弃推罗，他们甚至想出了将阿波罗神像用大金链子拴在梅尔戞神像旁边的办法，希望推罗的守护神梅尔戞能够劝说神灵们不要放弃推罗人。

出于谨慎的考虑，法官建议立即把高贵家庭出身的妇孺转移到友邦迦太基派来的朝贡船上去，毕竟迦太基是中立国，马其顿人可能会放他们一条生路。

这条建议被采纳了，这是推罗人的幸运，因为就在天亮以后，推罗的末日来临了……

绝境中的推罗人在这天中午发起了一次偷袭：由三艘五排桨和七艘三排桨的

快船满载着精兵,悄悄地逼近靠岸吃午饭的塞浦路斯舰队。这次袭击非常成功,塞浦路斯舰队的水手大多在岸上,无人操纵的战舰遭受到重创。

亚历山大这时也在岸上吃饭,他丢下食物立刻带着一部分腓尼基战舰支援塞浦路斯舰队。城头上的推罗守军看到亚历山大出征,连忙大声呼喊自己人赶紧往回撤。

但出击的推罗战士已陷入混战之中,他们无法打退塞浦路斯人的反击顺利撤离,结果被亚历山大率领的战舰前后夹击,几乎全军覆灭。

这场漂亮的反击战让马其顿联军士气大振,他们乘胜猛攻推罗城。马其顿陆军推动着投石器和攻城槌沿着堤坝攻击城墙,塞浦路斯和腓尼基舰队则分别猛攻"埃及人"和"西顿"两个港口。

马其顿陆军沿着堤坝排成矛尖一般的阵形,手持长矛,举着盾牌和云梯,向推罗的城门猛冲。推罗人宁死不降,他们从城头上不断浇下热油,又将弓箭和砖石雨点一般丢下来。马其顿人悍不畏死地冲锋,一些战士踩着云梯冲上城头与推罗人短兵相接。青铜兵器的撞击声响成一片,不断有人带着垂死的哀号从城墙上坠落……

在一片混乱之中,亚历山大忙着做自己最重要也是最秘密的工作——他指挥着禁卫军在城墙外快速拼装起一座巨大的木塔,这座木塔和推罗城墙一样高,沉重的木塔里好像藏着极其沉重的物资。

当木塔成功竖立起来以后,亚历山大身先士卒攀登上去,他在木塔里找到了自己亲爱的伙伴——布塞弗勒斯。这是太阳神阿波罗赐予亚历山大的坐骑,阿波罗曾通过德尔斐神谕告诉亚历山大的父亲菲利普二世:谁能骑上一匹有着牛头记号的马匹,谁就能统治整个世界。而布塞弗勒斯不仅身形比一般的战马大得多,额头上正好有一个公牛头一样的白斑。

被藏在木塔上的除了布塞弗勒斯以外,还有其他几匹战马,亚历山大忠心耿耿的卫士随后也攀登上木塔,他们就是跟随陛下南征北战的"伙伴骑兵"。亚历山大向敌人的城根放下便桥,紧接着翻身上马。

就这样,马其顿的骑兵在太阳神阿波罗的帮助下从天而降登上了推罗的城头!

古希腊风格的青铜头盔

马其顿士兵攻破推罗

整个战场上的人都被亚历山大的英姿惊呆了：他挥舞长枪冲破彩虹凌空而下，身上的黄金铠甲反射出万点金光，如同战神阿瑞斯附体一般不可抵挡。推罗士兵的武器纷纷落地，马其顿人则发出气冲霄汉的欢呼。

与此同时，推罗人的那些腓尼基同胞已经占领了南北两个港口。

推罗人见大势已去便纷纷退到王宫做最后抵抗，亚历山大率领近卫军一阵猛攻后攻破了王宫，推罗终于陷落了……

为了报复围城时推罗人杀害战俘的行为，马其顿人进行了屠城，推罗的青壮年男子几乎都无法逃脱杀红眼的马其顿人的屠刀。

鲜血染红了大街，成群结队的妇女儿童被马其顿人从自己富裕的住宅中抓出来，用绳索拴成一串押送到城外的奴隶市场，像动物一样被出售。

梅尔戛神庙中的避难者战战兢兢地等待着末日来临，就在马其顿士兵们拎着长矛欢呼着杀进来时，亚历山大大帝忽然听到一句耳语般的提醒，这是梅尔戛神不忍看到自己的子民毁灭殆尽，于是对征服者发出的警告。

亚历山大骑着自己的布塞弗勒斯风驰电掣般穿过血可没膝的街道，来到梅尔戛的神庙门外，制止了自己士兵的抢掠和屠杀。

亚历山大走进神庙，越过那些匍匐在自己脚下祈求怜悯的推罗人——他们是推罗国王和部分名流要人及一些从迦太基来的香客。

他对着梅尔戛的神像施礼："伟大的大力神赫拉克勒斯，或是腓尼基的守护者梅尔戛，我向您致敬！为了表达我的虔诚，所有在您的圣殿中躲藏的避难者都会被赦免，他们不会死于杀戮，也不会被卖为奴隶，这全是仰仗您的荣光！"

在梦中受到阿波罗启示的推罗法官也躲在梅尔戛神庙中避难，他和其他人一样成为被亚历山大大帝饶恕的幸运儿。

当他颤抖着走出神庙时，看到的是祖国被毁灭的悲惨场景。亚历山大的军队排成火炬长龙进行游行以纪念这次辉煌的胜利，一个个希腊人戴着羽毛装饰的青铜头盔吹着号角从他身边列队经过，征服者们陶醉在自己伟大显赫的武功当中。

法官悲怆地看着梅尔戛神庙逐渐被蔓延的火焰吞没，耳边传来生还者走向奴隶生涯的无助哭号，他举起手想向上天所有的神灵发问祈祷，却无法发出一言一语。

终于，他放弃了对神灵的质问，接受了自己和祖国的命运。

在气势雄浑的马其顿阅兵式举行的同时，法官裹紧身上的长袍，蹒跚地走出城外，永远离开了被诸神遗弃的推罗……

尾声
ENDGAME

  腓尼基神话是来自东方民族的古老回忆，这些勇敢的冒险者离开自己狭小的故土，将足迹留在整个地中海世界。

  无论在神话中还是现实中，腓尼基人都是开辟文明之路的先行者。那些好奇又开放的腓尼基水手走遍世界，将他们探索出的航海技术、他们发明的腓尼基文字、他们传播的神话传说散播到四海之外，给源于地中海的西方世界点燃了文明的星星之火。

  腓尼基海岸地处山海之间，他们的家园虽然富庶却时刻面临强大邻国的威胁和觊觎。在历史上，那些强大的邻居从未放弃过对腓尼基的控制和影响，也正因为如此腓尼基神话才得以吸收了迦南、埃及、亚述、巴比伦、赫梯、希腊乃至于罗马神话的因素，同时也艰难地保持了自己的民族独创性。

  虽然腓尼基神话只留下了残缺的片段，甚至只能通过其他民族的转述来流传后世，但这些源自蒙昧时代的动人故事已足够让我们回味不已。我们在感慨他们神奇的命运之余，更赞叹这个民族的天分和努力。

  别了，腓尼基人；别了，腓尼基神话……